참마도 新무협 판타지 소설

화산진도 3
참마도 新무협 판타지 소설

초판 1쇄 찍은 날 § 2006년 10월 30일
초판 1쇄 펴낸 날 § 2006년 11월 9일

지은이 § 참마도
펴낸이 § 서경석

편집장 § 문혜영
편집책임 § 유경화
편집 § 이재권

펴낸곳 § 도서출판 청어람
등록번호 § 제1081-1-89호
등록일자 § 1999. 5. 31
어람번호 § 제2-1044호

주소 § 경기도 부천시 원미구 심곡1동 350-1 남성B/D 3F (우) 420-011
전화 § 032-656-4452 팩스 § 032-656-4453
http://www.chungeoram.com
E-mail § eoram99@chollian.net

ⓒ 참마도, 2006

ISBN 89-251-0311-7 04810
ISBN 89-251-0308-7 (세트)

※ 파본은 구입하신 서점에서 교환하여 드립니다.
※ 저자와 협의하여 인지를 붙이지 않습니다.

華山劍

Fantastic Oriental Heroes
참마도 新무협 판타지 소설

③
인간도(人間道)

도서출판 청어람

목차

第一章　형문산에서 / 7
第二章　양진목 / 45
第三章　강상의 대련 / 83
第四章　무한의 괴사 / 117
第五章　살기 어린 새벽 / 155
第六章　구원 / 197
第七章　상처뿐인 승리 / 235
第八章　탈명천검사 장연호 / 273
第九章　상문곡으로 / 311

第一章

형문산에서

1

"**하**앗… 하앗!"

"그렇게 소리 지르지 않아도 말은 잘 간다."

얼굴 가득 인상을 벅벅 쓰며 말고삐를 흔드는 이도를 보며 지충표는 뚱한 눈으로 입을 열었다. 그러나 이도는 전혀 들은 척하지 않고 역시 그 인상을 지우지 않으며 말을 몰고 있었다.

현백 일행은 말에 이어 마차도 한 대 구입했다. 지충표에게 대체 얼만큼의 돈이 있는지 알 수 없었지만 지충표는 중경의 시장에서 한참 흥정을 하더니 이내 한 대의 마차를 다시 구입했던 것이다.

뭐, 그의 말을 들어보면 지난번 마차가 괜찮아 판 돈으로 다시 산 것인데 오히려 남는 장사라 하니 할 말은 없었지만 정말 여러모로 다시 보게 되는 사람이었다. 이재에도 남다를 줄은 몰랐던 것이다.

"에이, 아저씨. 그래도 남들 보는 눈이 있지 이렇게 몰아야 좀 모는 것 같죠."

"여기 보는 사람 없거든? 게다가 이젠 아저씨가 아주 입에 붙었구나. 내 아저씨가 아니라 형이라고 몇 번을 말하디?"

두두두두두.

달리는 마차 위에서 두 사람은 서로 이야기를 주고받고 있었다. 중경을 떠난 지 벌써 보름여, 이미 일행은 호북의 초입에 들어서고 있었다.

지충표가 마차를 구입한 것은 아주 단순한 이유였다. 아무래도 양명당과의 일전에서 안 다친 사람이 별로 없었으니 마차로 가며 요상이라도 하자는 의도였건만 생각처럼 그리 유용하진 않았다. 지금 마차 안엔 오유 딱 한 명만 있었고 현백과 주비는 한참 말을 타고 달려오고 있었던 것이다.

문득 지충표는 신형을 돌려 뒤따라오는 두 사람을 바라보았다. 현백이야 헐렁한 장삼을 펄럭이며 달려오는 모습을 봤으니 별건 없었지만 저 주비의 모습은 그야말로 천상의 장군이 따로 없었다.

영웅건을 질끈 묶은 머리에 백색 장삼을 입고 있었는데 손목과 발목은 현백처럼 토시 같은 것을 하고 있었다. 그건 현백처럼 무엇으로부터 보호하기 위한 것이 아니라 끈으로 멋들어지게 연결해 보기 좋으라고 한 것이다.

게다가 한쪽 손에 팔 척에 달하는 긴 창대를 땅으로 내리뻗은 채 달리니 그야말로 신장(神將)이 따로 없었던 것이다.

"야, 이도야."

"에?"

한참 마차를 모는 데 재미를 들린 이도라 지충표의 부름에도 그저 건성으로 대답하며 고삐만 잡고 있었다. 지충표는 그런 이도를 향해 다시 입을 열었다.

"저 주비라는 사람… 니가 봐도 좀 생겼지?"

"에? 아, 주비요. 말이라고 해요? 딱 봐도 여인네들 울리게 생겼죠 뭐."

뭘 그리 당연한 말을 묻느냐는 듯 이도가 대답했다. 지충표는 그 말에 입을 댓발이나 내밀었다. 물론 잘 알고 있지만 꼭 그렇게 확실하게 이야기했어야 하나 하는 표정이었던 것이다.

"마! 그게 뭐 자랑이라고 이야기를 해! 여자 울리는 놈이 뭐가 대단하다고!"

"…깜짝이야! 아 왜 소리를 지르고 그래요! 한참 재미있는 판에."

지충표의 말에 이도는 소리를 빽 지르곤 다시 집중하기 시작했다. 지충표는 그저 한쪽 입술을 씰룩이며 고개를 돌릴 뿐이었다.

"참… 귀신 나오것네. 아니, 찾아도 어떻게 이런 곳을 찾을 수가 있지?"
"찬 이슬 피하는 것도 다행으로 생각해라. 뭘 그리 툴툴대?"

오유의 말에 지충표는 뾰족한 소리를 내었다. 날이 저물어 현백 일행은 하루 기거할 곳을 찾았는데 마침 관제묘 하나가 눈에 띄었던 것이다.

진짜 다 허물어져 간다는 표현이 맞을 정도로 낡은 관제묘였다. 가운데 모신 관운장의 상이 부끄러울 정도였고 벽은 조금만 힘을 주면 부서져 내릴 것 같았다.

하나 지충표의 말처럼 이슬을 피하는 것만도 다행스런 일이기에 일행은 더 이상 말없이 기거할 준비를 했다. 꽤나 돌아다녀서 그런지 차 한 잔 마실 시간에 훌륭한 자리가 꾸며져 있었다.

"노숙을 정말 많이 했나 보군. 내가 흥미로울 정도인데?"
"큭! 좀 했지. 부러우면 얼렁 익히라구."

지충표는 주비의 말에 자랑스러운 얼굴을 하며 말했다. 이도와 오유는 '그게 그렇게 자랑스러워할 일이냐'라는 표정으로 지충표를 바라보았지만 지충표는 아랑곳없었다. 적어도 주비보다 나은 면이 있다는 것이 즐거운 것이니 말이다.

　사실 왠지 지충표는 주비를 보며 주눅 들고 있었다. 완전히 다른 삶을 살아온 사람, 정말 손에 물 한번 묻히지 않고 살아온 사람 같은 주비였기에 그런지 몰랐지만 비교가 되는 것은 사실이었다.

　여인의 그것처럼 붉은 입술에 선이 고운 사내였다. 그러면서도 현백에 육박하는 무위를 가진 그에게 주눅이 들지 않는다면 그게 더 이상한 일이었던 것이다.

　선천적으로 낙천적인 성격에 누구나 넉살 좋게 대하는 지충표였지만 주비만큼은 잘되질 않았던 것이다. 어쨌든 지충표는 왠지 오늘은 기분 좋게 잘 것 같은 생각이 들었다.

　"뭐… 그거야 시간이 지나면 해결되는 것이고… 현 대형, 앞으로 어떻게 할 거죠? 무턱대고 호북을 전부 뒤질 수는 없잖아요? 그 미호라는 여자를 찾으려면 말이에요."

　이도가 앞으로의 일정을 물었다. 그러나 그건 현백으로서도 쉽게 결론 지을 수가 없는 문제였다. 아는 것이라곤 호북의 끝 자락에 있다는 것, 그것 외엔 어떤 것도 알 수 없었으니 말이다.

　주비가 아는 것이 없으니 누구도 알 수 없는 문제였다. 현백은 잠시 생각을 거듭하다 입을 열었다.

　"일단 무한(武漢)으로 들어가 봐야겠지. 호북 분타가 그곳에 있다 했었지?"

"그렇기는 한데 무한으로 가려면 시일이 꽤 걸릴 텐데요? 그리고 그곳이 아니라도 개방 분타는 곳곳에 있어요. 가까운 곳이라면 여기서 사오 일 후에 나오는 형문산(荊門山) 부근에 있다고 알고 있지요."

이도가 기억을 더듬으며 말했다. 현백은 고개를 끄덕이면서도 의아한 생각이 들고 있었다. 호북 분타라면 어느 정도 상당한 사람들이 있는 곳일 텐데 산이라니 말이다.

"무슨 생각 하는지 알겠어요. 무슨 산적도 아니고 왜 분타가 형문산에 있냐는 거지요? 헤헤, 다들 이야기를 들으면 그런 반응을 보여요."

이도는 현백의 반응이 낯설지가 않은 모양이었다. 하긴 누구라도 그럴 텐데 그건 사정이 있어서였다.

"호북 지방은 잦지는 않지만 일단 비가 내리면 상당히 많이 오는 곳이라 하더라구요. 해서 혹 있을지 모르는 수해 때문에 그런 것이라던데 자세한 것은 저도 몰라요."

"곡창 지대이긴 하지만 수해가 나면 정말 무서운 곳이지. 성도인 무한은 조금 높은 지대이긴 하지만 그래도 수해가 나면 그곳도 무사하지 못해. 삼 년 전인가? 아주 대단한 비가 와서 난리가 났던 것으로 기억하는데……."

오유의 말에 지충표가 생각난 듯 덧붙이자 이번엔 주비의 입이 열렸다.

"엄청난 난리였지. 수해를 모두 복구하는 데 이 년이 넘게 걸렸다고 들었다. 그만큼 이곳의 수해는 무방비 상태라 볼 수 있어."

말하는 것을 들으니 주비는 이 지방에 대해 꽤나 잘 아는 사람 같았는데 현백은 그저 그런가 보다 싶었다. 왠지 사연이 있는 듯한 대목이지만 굳이 그 사연을 알 필요는 없었다.

때가 되면 그가 스스로 입을 열 테니 기다릴 뿐인 것이다. 현백은 조용히 입을 열었다.

"일단 그곳에서 정보를 좀 얻어야 할 것 같다. 분타라면 수상한 구석 한두 개 정도는 파악하고 있겠지. 그것이 제일 나을 것 같다."

그저 솔직히 도움을 바란다는 말이긴 하지만 사실 그 말 이상의 생각은 있을 수 없었다. 이 넓은 땅덩어리를 모두 발로 돌 수는 없으니 말이다.

"음… 그곳에 아는 사람도 계시긴 하니 충분히 도움을 받을 수 있을 것입니다. 하긴 그편이 제일 낫겠네요."

이도가 고개를 끄덕이며 이야기하자 현백은 자리에서 일어났다. 그리곤 낡은 관제묘를 벗어나려 하고 있었다.

"응? 현백, 어디 가나?"

"…잠이 오질 않을 것 같아서."

슬그머니 지충표의 말에 대답을 하곤 현백은 움직였다. 일행은 모두 움직이는 그의 뒷모습을 물끄러미 바라보고 있었는데 문득 중인들의 귓가에 주비의 목소리가 들려왔다.

형문산에서 15

"잠이 오지 않는다라… 흠……."

의미심장한 미소를 지으며 그 역시 밖으로 나가고 있었다. 그러자 이번엔 이도와 오유가 쪼르르 달려나가려 했다.

"야! 니들은 안 자냐?"

"우리도 잠이 안 와요."

"잘 자요, 아저씨."

두 사람은 지충표는 보지도 않은 채 이야기하며 후다닥 달려가고 있었다. 지충표는 한쪽 입술을 씰룩이며 나직이 입을 열었다.

"하나같이 평생 싸돌아다닐 인간들이야. 대체 이 야밤에 뭘 한다고 난리들이야?"

스읏.

말은 툴툴대지만 지충표 역시 신형을 일으키고 있었다. 산속이라 쌀쌀한 저녁 날씨 때문에 어깨를 살짝 떨며 밖으로 나갔다.

스스스스…….

한 조각 나비가 되어 허공을 누빈다. 좌우로 흔들리는 현백의 신형은 그저 신형을 움직인다는 것만으론 설명이 부족했다.

예측할 수 있을 것처럼 보이지만 막상 그 앞에 서면 할 수 없는 움직임, 현백의 움직임은 그렇게 말할 수 있었다.

문득 현백이 허공으로 도를 쭉 뻗었다. 일순 세 개의 도날이 허공에 보였고 보였다고 생각하는 순간 다시 세 개의 도는 세 개의 고리가 되었다.

기이이잉.

기의 고리는 당장이라도 세상을 부술 듯 울고 있었고 현백은 일말의 주저함도 없이 세 개의 고리를 부수는 궤적으로 도를 움직였다.

쩌어어어엉……!

강렬한 울림과 함께 고리는 조각이 난 상태로 허공으로 비산했다. 그 비산 방향엔 현백 자신도 있었다.

타닷! 파아아앙!

현백의 신형이 또다시 움직이고 있었다. 이번엔 앞이 아니라 뒤였다. 날아오는 기의 파편을 피하려는 동작으로 보였는데 그게 그리 용이하진 않아 보였다. 기의 파편은 엄청나게 빨랐고 가까웠던 것이다.

하지만 현백의 얼굴은 아무 표정이 없었다. 흡사 노상 그래왔었다는 듯한 표정이었는데 그 이유는 곧 밝혀졌다. 바로 뒤편에 있던 커다란 나무로 인해 밝혀진 것이다.

스스슷…….

유령과 같은 신법이었다. 발로 나무를 차며 움직인 것이 아니라 서 있는 나무를 타고 흘러 올라가는 듯한 모습이었던 것이다.

파가가각.

현백이 만들어낸 기운은 애꿎은 나무만 깊숙이 파 들어가고 있었다. 빠르게 올라갔던 현백의 신형은 이번엔 한 개의 가랑잎이 되어 내려서고 있었다.

발걸음 닿는 소리조차 내지 않은 채 현백은 내려서고 있었다. 그리고 때를 같이 하여 현백의 귓가에 귀에 익은 음성이 들려왔다.

"이거야 원, 연포삼합(蓮包森伦)과 일지삼검(一志三劍), 거기에 너의 본 무공인 매화칠수, 그리고 용음십이수를 섞었나? 신법은 뭔지도 모르겠군."

주비의 목소리였다. 뒤편에서 자신을 보고 있었던 모양인데 그거야 이미 알고 있는 사실이었다. 굳이 비밀로 할 것은 아닌 것이다.

남들이 보기엔 상당하다고 생각할지 모르지만 현백으로서는 그리 만족스럽지 못한 상황이었다. 지금 이런 움직임으로선 절대로 고수가 될 수 없었던 것이다.

"구대문파의 무공 하나씩은 모두 알고 있는 것 같군. 한데 그 모든 것을 하나로 꿰뚫으려 하는 것인가?"

조금은 의아하다는 듯한 얼굴을 하며 주비는 입을 열었는데 그 이유를 현백은 잘 알고 있었다. 주비 정도의 실력이면 자신의 약점을 단번에 알아보았을 터였다.

같은 문파의 초식도 아니고 하나의 무공도 아니었다. 그런 것들이 서로 어울려지니 자연스러울 리가 없었던 것인데 분명 현백도 느끼는 점이었다.

자연스럽지 않다는 것은 틈이 있다는 것을 의미한다. 초식과 초식 사이의 연결에서 어떻게 하든 다음 초식으로 넘어가는 준비 동작이 필요했다. 그러나 그 정도의 시간이면 고수에겐 승부를 걸고도 남을 시간이었던 것이다.

"화산의 매화칠수면 충분하지 않나? 그 정도의 무공으로도 날 이긴 너였다. 한데 뭐가 더 필요하지?"

"……."

이어진 주비의 말에 현백은 쓴웃음을 지을 뿐 아무런 할 말이 없었다. 매화칠수, 물론 대단한 무공이었다. 그러나 실제 사용하기엔 무리가 따르는 무공이었다.

그나마 칠수 중에 그가 아는 것은 단 세 가지 붕수(崩手), 벽수(劈手), 산수(散手)뿐, 나머지 네 가지 수는 도무지 이해할 수 없었다. 그리고 그 세 수는 다른 문파의 무공을 전수받으며 깨달은 것들이었다.

방금 전에 현백이 움직인 것도 겉보기엔 화려하고 좋아 보이지만 실상 그 안을 들여다보면 영 아니었다. 주비와 겨룰 땐 화산의 것으로만 했기에 할 만했던 것이다.

겉보기엔 고수 같지만 실제론 불완전한 고수, 그것이 현백의 현재 모습이었다. 그나마 무공의 근간이 되는 연천기를 깨달았기에 망정이지, 그것마저도 없었다면 중원에 이렇게 나

다닐 수도 없었을 것이다.

"형편없는 것이라는 걸 알면서도 그런 소리를 하나?"

"훗!"

이윽고 열린 현백의 입에서 흘러나온 말에 주비는 살짝 웃었다. 무슨 말을 더하고 싶은 듯했는데 그는 입을 다물고 있었다. 대신 뒤에서 지충표의 목소리가 들려왔다.

"젠장! 이봐, 현백. 그 정도의 무공이 형편없다면 난 죽으라는 거냐? 그리고 그게 왜 형편이 없어? 각 대문파의 독특한 절기들을 하나로 모아놓는 것이 그리 쉬운 일이었나."

투덜거리는 지충표의 입에선 좋은 소리가 나오지 않고 있었다. 그리고 그건 틀린 말이 아니었다. 지충표나 이도, 오유에겐 현백의 모습은 거의 신처럼 다가왔었던 것이다.

어떤 문파든지 독특한 심법이 있다. 그리고 그 심법에 맞는 활용법이 있기 마련이었다. 그런데 지금 현백은 그 방법을 모조리 무시하면서도 분명 그 형상을 보여주고 있었다.

그 정도만 해도 대단한 것이었다. 물론 그것이 현백 스스로가 창안한 것은 아니지만 세상에 이렇게 할 수 있는 사람은 현백밖에 없었다. 그 누구도 이러한 일을 해낸 사람은 본 적이 없던 것이다.

"결국은 흉내일 뿐인 것을……. 사실 이 무공들의 진실한 위력을 본 나로서는 부끄러울 뿐이다. 나에게 이것을 가르쳐 준 사람들은 정말 대단했었지."

자신의 기형도를 도집으로 돌려놓으며 현백은 조용히 입을 열었다. 그가 말하는 이들은 바로 충무대의 사람들이었는데 그렇다면 이야기는 달랐다.

너무 많은 것을 알고 그것을 조합하다 보니 이도저도 아니게 된 것이다. 일례로 현백이 개방에게 용음십이수를 전해주었지만 시간이 지나면 현백의 용음십이수보다 더욱더 강한 용음십이수가 나올 터였다. 그것이 본문 무공의 장점인 것이다. 원류를 알고 이를 연구할 수 있다는 것 말이다.

현백은 그것이 답답한 것이었다. 그렇다고 화산의 정종무공을 익혀온 것도 아니기에 그는 속이 타 들어가고 있었다. 이상은 높아만 가는데 그 현실은 암울한 것이다.

"흉내는요. 봐도 대단한 것을. 그리고 현 대형의 무공이 왜 없어요? 그 변하는 눈과 함께 나타나는 기이한 현상들이 있잖아요. 와룡풍처럼 휘도는 내력과 무기에 뇌전의 힘을 담은 것이요."

"와룡풍… 뇌전?"

이도의 말에 오히려 현백은 눈을 살짝 찌푸리며 되물었다. 그러자 지충표는 황당하다는 듯 목소리를 내었다.

"너 설마 기억 안 나는 거냐? 그때 객잔의 뒤편에서 일어난 소동 말이야. 젠장. 기억 안 나나 보네."

지충표는 현백의 표정을 바라보다 씁쓸한 표정을 지으며 입맛을 다셨다. 설마설마 했지만 현백이 기억을 못할 줄은 몰랐었던 것이다.

하나 정말로 현백은 기억이 없었다. 그러나 그것이 무엇인지 얼핏 알 수 있을 것도 같았다. 그저 그 감각만 조금씩 머릿속에서 떠오르려 하는 것이다.

"언젠가 나한테 이야기한 것 말이야. 뭐, 바람이 어쩌고저쩌고한 거, 그것이 네가 보여주었던 것 아니냐?"

"……"

다시금 들려오는 지충표의 말에 현백은 고개를 가로저었다. 그가 이야기한 바람의 이야기는 그저 예일 뿐이었다. 모든 무공은 같은 원류를 지니고 있다는 뜻이었던 것이다.

진짜로 바람에 대한 이야기를 한 것이 아니었다. 현백은 갑자기 신형을 빙글 돌렸다. 그리고는 저 앞의 어두운 공간으로 움직이고 있었다.

그는 그렇게 아무런 행동도 하지 않은 채 가만히 서 있었다. 그러나 그것이 정말 가만히 서 있기만 한 것이 아니라는 것은 지켜보는 일행 모두가 다 알고 있었다. 은연중에 보이는 현백의 기운이 허공에 일렁이고 있었던 것이다.

"히유… 내일은 비가 좀 오려나? 꽤나 을씨년스러운 하늘이네."

말갛게 달무리진 하늘. 지충표가 던진 말만이 허공을 울릴 뿐이었다.

*   *   *

 달칵.

 사내의 손에 들린 작은 화분이 내려지고 있었다. 창가에 위태롭게 올려졌었던 작은 화분은 그의 손에 의해 모두 탁자 위로 옮겨지고 있었다.

 마치 세상에 존재하는 모든 식물을 다 키우기라도 하는 듯 사내의 방엔 오로지 화분과 분재뿐이었다. 얼굴에 흐르는 땀으로 미루어볼 때 꽤나 오랫동안 한 것 같았는데 그래도 사내의 손은 멈추지 않았다.

 한데 화분이 달각거리는 작은 소리만이 들릴 것 같은 적막한 방 안에 낯선 사내의 음성이 흐르기 시작했다. 중저음이면서도 사람을 기분 좋게 만들어주는 그런 음성이었다.

 "초호(礎昊)냐? 이 늦은 시간에 무슨 일이더냐?"

 "…아뢸 것이 있습니다."

 사내의 뒤엔 어느새 또 한 명의 사내가 나타나 있었다. 온몸을 둘러싼 색깔은 모두 황금색이었는데 황제나 입을 수 있을 만큼 강렬한 색상으로 이루어진 옷을 입고 있는 사내였다.

 "호오… 그나마 날 제일 끔찍이 여기는 네가 이 시간에 나를 방해한다면 아주 중요한 일이겠구나?"

 "그럴 수도… 아닐 수도 있습니다. 제 판단이 흐려질 일이기에 온 것입니다."

 말을 하면서도 사내의 손은 여전히 쉬지 않았다. 바쁘게 움직이는 것도 아니지만 그렇다고 느리게 움직이는 것도 아니어서 일견하기엔 아주 자연스러워 보일 정도였다.

 "창… 룡이 배반을 했습니다."

 "응?"

 처음으로 사내의 손이 멈추어 섰다. 그는 허리를 펴면서 신형을 돌렸는데 순백의 백의를 입은 사내의 얼굴은 나이가 그리 많아 보이지 않았다. 아무리 봐도 사십대를 갓 넘었을 것 같은 얼굴이었던 것이다.

 그보다 초호란 인물이 더욱 나이가 들어 보였다. 초호의 나이는 근 오십이 넘은 것처럼 보였는데 분명 하대는 사내가 초호에게 하고 있었다.

 "비아(飛兒)가 떠났단 말이더냐? 그 혼자서?"

 궁금증이 이는지 사내는 바로 물었는데 초호는 고개를 좌우로 저었다. 그리곤 이내 입을 열어 자초지종을 이야기하기 시작했다.

 "요사이 강호에 한 사람의 이름이 자주 호사가의 입방아를 놀리게 만들고 있습니다. 현백이란 자입니다."

 "현백이라… 왠지 이름에서 도가의 냄새가 나는군."

 "맞습니다. 화산의 칠군향이 그의 스승입니다."

 "호오… 칠군향에게 제자가 있었더냐?"

사내의 눈에 강렬한 호기심이 나타나고 있었다. 칠군향이란 이름을 듣자마자 그리된 것인데 초호는 고개를 숙이며 입을 열었다.

"그렇습니다. 하나 어찌 된 일인지 그는 화산의 품으로 돌아가지 않고 세상을 떠돌고 있습니다. 명분상 양명당을 찾고 있는데 양명당은 지금 제일밀지(第一密地)로 가 있는 상태입니다."

"양명당을 그가 밀지로 몰았단 말이더냐? 현백이란 친구 혼자서?"

조금은 이해가 가지 않는 상황이었다. 다른 것은 몰라도 양명당의 당주는 그리 호락한 사내가 아니었다. 목표를 위해 수단과 방법을 가리지 않는 사람이었던 것이다.

무공을 좀 하는 사람과 별로여도 게거품 물며 덤비는 사람, 귀찮은 정도는 뒤쪽이 더하다. 여기에 양명당 당주인 고도간은 어느 정도 머리까지 가진 놈인 것이다.

그간 양명당이 공격받는다는 소식을 듣지 못했으니 한순간에 이루어진 일이었다. 상황을 짐작해 볼 때 현백이란 친구가 월등한 무언가를 가지고 있는 것이다.

"창룡이 배신하지 않았다면 있을 수 없는 일이었습니다. 고도간이 그토록 믿고 있었던 비화포수를 제거한 것이 창룡입니다. 그래서 이렇게 말씀드리는 것입니다."

"…무엇을 말이더냐?"

사내는 갑자기 뚱한 표정을 지었다. 좀 전까지 호기심에 두 눈을 반짝이던 모습은 온데간데없었는데 이런 적이 한두 번이 아닌 듯 초호는 아무렇지도 않게 이야기하고 있었다.

"아직 양명당은 필요합니다. 그러자면 도와주어야 합니다. 한데 그러다……."

"창룡과 부딪쳤을 때 어찌하냐고?"

"…그렇습니다."

초호가 온 이유가 바로 이것이었다. 사내는 문득 고개를 좌우로 흔들다 살짝 웃음 지었다. 그리곤 다시 허리를 숙이며 입을 열었다.

"어찌긴 뭘 어째? 적이라 판단되면 싸워야겠지. 나를 떠난 순간 이미 그는 나와 아무런 관계가 없는 사람이다."

"…알겠습니다, 대인."

초호는 원하는 대답을 들었고 이내 신형을 뒤로 돌렸다. 그리곤 작은 방문을 열고 나가려 하는데 그의 발걸음을 잡는 소리가 들려왔다.

"이보게, 초호."

"예, 대인."

초호는 다시 신형을 돌렸다. 사내는 계속 화분을 옮기며 굵직한 음성을 흘리고 있었다.

"함부로 건드리지는 말게나. 보기보다 비아의 실력이 대단해. 그리고 그 현백이란 자… 좀 알아보게. 왠지 느낌이 있어."

"예, 대인."

그 말을 마지막으로 초호는 방에서 사라지고 있었다. 사내는 아무도 없는 적막한 어둠 속에서 갑자기 허리를 일으켰다. 그리곤 창 너머 보이는 풍광을 바라보았다.

"흠… 기어이 내 품을 떠났단 말이지. 스스로 일어서겠다는 것이냐, 아니면 나보다 더 대단한 누군가가 있단 말이더냐?"

스스로에게 반문을 하듯 그는 입을 열었다. 문득 그의 눈에 창밖 풍경이 들어오고 있었다.

말간 달무리가 허공에 짙게 깔리고 있었다. 세상은 점점 흐려지고 또한 빛을 잃어가고 있었다. 하나 그가 보는 풍경은 대낮과도 같은 풍광이었다.

옅은 빛이지만 이 땅의 기운 때문에 엄청난 빛으로 보이고 있었다. 길 하나, 나무 하나에 이르기까지 모두 황금색이었던 것이다.

"언젠가는… 알 수 있겠지."

사내는 다시 허리를 숙였다.

2

쏴아아아아아!

하늘에 구멍이 났다면 이런 것일 터였다. 눈앞이 부연 것이 제대로 보이지도 않을 정도로 비가 많이 내리고 있었지만 현백 일행의 움직임은 멈추지 않고 있었다.

"참 말이 씨가 된다고 정말 무섭네. 오늘이 벌써 며칠째야?"

"오 일째인 것 같은데? 그나저나 엄청난 비다. 한번도 쉬지를 않고 이렇게 오다니……."

이도와 오유는 걱정스런 눈빛으로 하늘을 바라보고 있었다. 마차 안에서 고개만 옆으로 내민 채 바라보는 하늘은 시커먼 잿빛을 보여주고 있었고 그 잿빛 하늘에선 쉼없이 굵은 빗줄기가 흘러내렸던 것이다.

해서 밖에서 달리는 사람은 오직 현백뿐이었는데 마부석의 지충표를 빼놓고는 모두 안에 들어와 있었다.

"이 정도라면 형문산은 문제가 없겠지만 무한까지는 힘들 것 같은데요? 이것 참."

걱정스러운 얼굴로 하늘을 보며 이도가 입을 열자 주비는 고개를 살짝 끄덕였다. 지난 오 일 동안 마차 안에서 생활하다 보니 세 사람은 상당히 가까워졌다.

"그렇겠지. 하나 무한은 나름대로 이런 일을 잘 생각해 방비를 하고 있을 테니 별일이야 있겠냐마는 성도 이외에 다른 곳은 어떨지……."

근심 가득한 목소리가 주비에게서 흘러나오자 이도와 오

유는 고개를 끄덕였다. 그들이 할 수 있는 일이라고 해봤자 물난리가 나기 전에 성도 안으로 피신하는 것밖엔 할 수 없었던 것이다.

"그래도 지금 그친다면 어찌 될 것도 같은데… 한데 현 대형은 대체 어디에 있죠?"

"그러게. 이렇게 비 오는 날에 왜 마차 안에 안 들어오고 밖에 있는지 거참."

이도와 오유는 고개를 갸웃거리며 마차 밖으로 눈을 돌렸는데 현백은 마차의 오른쪽에서 말을 타고 달리고 있었다. 그것도 지난 오 일 동안 내내 저렇게 혼자서 움직이고 있었던 것이다.

아마도 바람과 뇌전의 이야기를 한 직후인 것 같았는데 그때 이후로 그는 미친 사람처럼 혼자서 말만 달리고 있었다. 물론 잠자는 시간은 빼고 말이다.

"아마… 뭔가 생각하고 있을 것이다. 혼자서 생각하는 것만큼 좋은 효과를 내는 것은 없지. 더구나 이렇게 비가 온다면 더욱더."

은연중에 현백을 바라보며 주비가 말했다. 현백은 고개를 푹 숙인 채 계속 말을 달리고 있었다. 누가 보면 잠이라도 자는 줄 알겠지만 그것이 아니라는 것을 다들 알고 있었다.

"대관절 뭘 생각하는 것인지……."

이도는 현백의 의도가 궁금한 듯 입을 열었지만 알 수 있는 뾰족한 방법은 없었다. 그저 지켜보는 수밖에 없었던 것이다.

하나 계속 지켜보던 주비의 눈엔 다른 변화가 보이고 있었다. 현백의 등 뒤로 내리는 빗물, 그 빗방울의 궤적이 심상치가 않았다. 한순간 회오리치며 어디론가 퉁겨지고 있었던 것이다.

현백은 지금 최대의 고민을 하고 있었다. 남의 무공을 소화시키려는 것이 아니라 자신의 무공을 새로이 창출하려 노력하고 있었던 것이다. 그에게 지금 가장 필요한 것이 바로 시간이었다.

*　　　*　　　*

"이 빗속을 뚫고 왔단 말이냐? 그것도 마차까지 끌고서?"

"우리 아저씨가 좀 마차를 잘 몰아요."

싱긋 웃으며 이도가 입을 열자 지충표는 시큰둥한 표정을 지었다. 타고 오는 사람들이야 웃으며 이야기할 수 있어도 지충표는 정말 쉽지 않은 길이었다.

보이지도 않는 길을 찾아 안력을 잔뜩 집중한 채 온 긴장을 다해서인지 피곤이 밀려오고 있었다. 하긴 조금만 잘못해도 질척한 진흙 속에 바퀴가 빠져 버리는 상황이니 신중할 수밖에 없었던 것이다.

일행은 기어이 형문산에 들어설 수 있었다. 형문산은 생각보다 상당한 크기의 산이었는데 크기도 크지만 완만하기도 상당한 편이라서 마차가 올라올 수 있었다.

물론 쉬운 길은 아니었지만 기어이 일행은 올라왔고 형문산 분타에 있는 사람들은 그 질척한 길을 치고 올라온 일행을 놀라워하고 있던 중이었다.

"참, 내가 이 형문산에서 벌써 십 년째지만 이런 경우는 처음이다. 어쨌든 잘 왔다. 그렇지 않아도 소문을 듣고 한번 가보고 싶었고만."

날카로운 눈매를 빛내며 사내는 입을 열었다. 그 사내의 눈이 향하는 곳에는 한 사람이 있었는데 다름 아닌 창룡 주비였다.

"사찬이 녀석과 동등한 실력이라… 물론 대단한 솜씨이긴 하지만 난 그것보단 당신이 화산파 출신이라는 데서 놀라고 있었소. 검의 명가에서 검을 버린 사람이라니……."

작은 얼굴에 약간 긴 듯한 얼굴, 거기에 길쭉한 손발은 사내가 권각을 주로 수련했음을 알려주고 있었다. 그는 주비를 향해 다가오며 계속 입을 열었다.

"그리고 또 하나. 천하를 울리는 개방삼장로를 애먹게 할 정도로 대단한 잠재력을 가진 사람이라……. 훗! 오늘 이 진소곤(眞素坤)이 아주 눈요기 하나 제대로 하는구만."

"……."

스스로를 진소곤이라 밝힌 사내를 향해 주비는 쓴웃음을

지었고 이도와 오유는 입을 꾹 다물며 어깨를 떨고 있었다. 아무래도 단단히 오해를 한 듯 보였다.

"반갑소이다. 본인은 이 형문산의 모든 것을 관장하고 있는 진소곤이오. 강호의 동도들은 우량관목(優亮貫目)이란 과분한 이름으로 불러주지요. 그대가 현백이시오?"

"……"

주비의 얼굴이 살짝 일그러지자 지충표는 기이한 웃음을 흘려내었다. 별호에 관목이라는 것을 붙여넣은 것으로 봐서 사람 보는 눈이 상당할 듯싶은데 어째 하는 짓은 영 아니었다.

"킥!"

결국 오유가 참지 못하고 작은 소리를 내자 진소곤은 뚱한 얼굴로 쳐다보았다. 상황이 이렇다 보니 애꿎은 주비의 얼굴만 점점 홍시가 되어가고 있었다.

"우량관목은 무슨… 차라리 동태눈깔이라 불러라. 사람 보는 눈이 그리 없어서야……"

"…사숙님께선 또 언제 나오셨습니까?"

한쪽에서 꽤나 나이가 많은 사람이 소리를 내며 앞으로 나오자 진소곤은 한쪽 눈썹을 찡그렸다. 새로이 나타난 사람은 자신의 키보다 큰 지팡이 하나를 짚으며 걸어나오고 있었는데 사실 곧은 허리로 봐서 지팡이는 별 필요가 없어 보였다.

얼굴도 그리 나이가 많지는 않아 보였지만 실상 그의 나이 올해로 아흔이었다. 개방삼장로만큼이나 개방 내에선 상당한 영향력을 발휘하는 사람이었던 것이다.

"태사숙님, 안녕하셨어요?"

"오호호! 요놈들, 정말 오랜만이구나. 소식은 들었다. 바라던 무공을 얻었다고?"

개방삼장로와 동년배지만 그들과는 달리 철저하게 안이 아니라 밖으로만 나돈 사람, 유행천개(流行踐丐) 남궁장명(南宮將明)인 것이다.

특이하게도 그는 명문 남궁가의 사람으로서 홀연히 모든 것을 털고 개방으로 들어온 사람이었다. 남궁가에서도 어느 정도 재목으로 소문난 사람이었기에 지금으로부터 육십 년 전엔 상당한 반향을 무림에 일으켰었다.

배분으로 따지자면 이도와 오유에겐 태사조뻘이지만 그 명칭을 남궁장명은 싫어했다. 그래서 그는 개방 내에서 태사숙으로 통한다. 배분명임과 동시에 마치 별호처럼 굳어진 것이다.

"자네가 현백이고 자네는 창룡이란 친구겠군. 놈! 사람을 앞에 두고 농이 너무 심한 것 아니냐."

"농이라뇨? 풍채로 본다면 소문의 현백은 이 친구가 맞지요. 뭐… 에이."

뒷머리를 긁적이며 움직이는 진소곤을 보며 주비의 눈이

형형한 빛을 내고 있었다. 모든 것을 다 알면서 농짓거리를 한 것이다.

원래 개방이 좀 자유로운 곳이니 그럴 수도 있지만 사실 실례는 실례였다. 만일 이 자리가 현백이 무언가를 바라기 위해 온 것이 아니면 주비는 바로 창날을 씌운 천을 벗어 젖혔을 터였다.

"그래… 요 두 녀석이 이들을 데리고 온 것엔 목적이 있겠지. 양명당과 좋지 않은 관계를 가지고 있다 하더니, 그 일로 온 것이냐?"

"예. 실은 성도로 가려다 일단 이곳부터 들렀습니다. 아무래도 정보가 좀 필요한 것 같아서요."

"성도? 지금 성도로 간다고? 너 제정신으로 하는 소리냐?"

진소곤은 말을 한 이도를 향해 황당하다는 듯 입을 열었다. 하나 황당한 것은 이도 역시 마찬가지였는데 뭔가 가지 않을 이유가 달리 없었던 것이다.

"왜요? 무슨 일 있어요?"

"…아주 큰일 날 일을 벌이는구만. 좋아, 모두들 절 따라오시지요. 사숙님, 잠시 길 좀 비켜줘요."

"이놈이 이제 대놓고 사람 무시하네. 싫다, 이놈아. 내가 앞장설련다."

"그러시던가요."

한두 번이 아닌 듯 두 사람은 티격태격하면서도 빠른 걸음으로 이층으로 올라가고 있었고 일행은 쓴웃음을 지으며 그 뒤를 따랐다. 그러나 그들의 걸음이 멈춘 것은 그로부터 차 한 잔 마실 시간이 훨씬 넘은 후였다.

무공을 한 사람들임에도 불구하고 다리가 뻐근할 정도로 많이 올라왔다. 근 삼백여 개가 넘는 가파른 계단을 밟고 올라온 곳은 망루 같은 곳이었는데 사방 일 장여의 공간이 있어 일행이 다 올라오기엔 무리가 없었다.
"헥! 아이고, 힘들어. 아니, 여긴 왜 온 거예요?"
주룩주룩 사방엔 내리는 빗소리만 들렸고 그 비가 뿜어내는 운무에 사방은 온통 회색빛이었다. 심지어 지금 낮인지 밤인지조차 구분할 수가 없었던 것이다.
"왜 와? 눈 있으면 한번 봐봐, 상황이 어떤지."
"에?"
오유는 대관절 무슨 말을 하는지 알 수가 없었다. 보고 싶어도 뭐가 보여야 말을 하던지 말던지 할 터인데 어쨌든 보라니 계속 볼 뿐이었다.
"보는 것보다는 듣는 것이 빠르군."
"그래… 위험하겠어."
현백과 지충표가 낯빛을 굳히며 이야기하자 이도와 오유는 더욱더 궁금해지기 시작했다. 주비는 이미 얼굴을 굳히며 아무 말 없이 있는 것이 한참 되었고 말이다.

"아니, 뭐가 어째……!"

아무리 봐도 모르겠기에 이도는 입술을 삐죽 내밀며 눈을 좁혔다. 그러자 보이지 않는 어둠을 뚫고 무언가 보이고 있었다.

탁류… 그렇게밖에 말할 수 없었다. 분명 이 형문산 아래는 드넓은 평야가 펼쳐 있어야 정상이건만 그 평야 부근에 무언가 빠른 속도로 움직이고 있었다.

거대한 강물이었다. 이미 강물은 범람을 시작했던 것이다.

"이 정도라면 성도조차 위험한 상황이야. 양진목(陽陣目)을 막아놓은 방책이 아직 괜찮다면 모를까. 아무래도 그건 바라기 힘든 상황이야."

장난스러운 표정을 지우며 진소곤은 이야기하고 있었다. 조금 전에 봤던 모습과는 전혀 다른 모습이었다. 그때였다.

"부타주님, 부타주님!"

"…뭐냐?"

분위기 깨는 호들갑에 진소곤은 인상을 벅벅 썼고 한 사내가 헐레벌떡 망루로 올라오고 있었다. 흥건하게 흘린 땀으로 보아 무공이 그리 높지 않은 것 같았는데 사내는 거친 숨을 토해내며 말을 이었다.

"사… 사람들이 몰려오고… 헉헉… 있습니다! 어떻게 문을 닫아걸어야… 할 것… 헉헉… 같은데요."

"…사람들이 몰려온다고? 수재민들 말이냐?"

진소곤의 말에 사내는 대답을 잊은 채 연신 고개를 아래위로 끄덕이고 있었다. 그러자 진소곤은 고개를 살짝 기울이며 입을 열었다.

"그래서 뭐가 문제가 되는데?"

"문제라뇨? 그 사람들이 다 온다면 저희 먹을 것도 없습니다. 게다가 그자들 중 상당수는 이곳 곳곳에 있는 산적들입니다. 한데 어찌 그냥 받을 수 있습니까?"

사내는 이해가 안 간다는 듯이 입을 열었고 진소곤은 비뚤어진 고개를 더욱더 기울이며 낮은 소리로 말했다.

"호오, 그래서 일단 문 걸어 잠그겠다? 남들이야 죽든 말든 우리만 살면 그만이다 이거냐?"

"예?"

살짝 책망하는 듯한 진소곤의 말에 사내는 눈을 동그랗게 떴다. 진소곤은 고개를 바로 하며 이번엔 큰 소리를 내었다.

"우리가 그동안 받은 것은 생각하지 않는 거냐? 우리가 잘나서 이곳에 진을 세울 수 있다고 생각했냐? 생각이 고따우로밖에 안 돌아!"

"……."

"무림에 몸을 담고 있다고 해서 다른 사람들이 아니다. 우리 역시 그들과 다를 것이 없어. 먹지 못하면 죽고 입지 못하면 추위를 견디지 못한다. 그들 중 좋지 않은 세력이 있다고 해서 받아들이지 않는다면 대다수의 선량한 사람들을 저버리게 된다. 넌 그걸 원하는 거냐?"

"아니, 전 그게 아니라……."

강한 진소곤의 어조에 사내는 입술을 비죽거리며 입을 열었다. 진소곤은 손을 흔들며 더 들을 것도 없다는 듯 입을 열었다.

"우리 대문으로 물이 차 들어오는 것이 아니라면 활짝 열어라. 그 누구라도 생명은 소중한 것, 만일 그들 중 네가 말한 그 산적 놈들이 소란을 피운다면 내 손으로 명줄을 따버리겠다. 알겠냐?"

"네… 알겠습니다."

풀죽은 목소리로 사내는 발걸음을 돌리고 있었다. 딴엔 생각해서 한 이야기인데 바로 타박이니 사내의 입장에선 좀 민망할 수도 있었다.

"헛헛, 녀석. 꼭 그리 말해야겠느냐? 순범이도 다 우리 생각해서 한 말인데… 일단 받거라. 먹을 것이야 서로 아끼면 된다. 그 정도는 충분히 생각하고 모아두었으니."

"알겠습니다, 분타주님. 그럼……."

남궁장명의 부드러운 목소리에 사내가 한층 환한 얼굴을 하며 내려가자 진소곤의 눈이 옆으로 쭉 째졌다. 문득 그의 목소리가 중인들의 귓가에 들려왔다.

"사숙님, 나만 나쁜 놈 만드는 겁니까? 난 야단치고 사숙님은 어르는 겁니까?"

"그러게 누가 소리치라더냐? 다 네놈이 벌인 짓이니 날 원망 마라."

남궁장명은 싱긋 웃으며 신형을 돌렸고 진소곤은 심드렁한 얼굴로 뒷모습을 쏘아보고 있었는데 그 모습에 현백 일행은 진소곤에 대한 생각을 달리하기 시작했다.

마냥 사람 웃기는 놈이 아니었다. 나름대로 진지한 구석도 있었고 사람들을, 특히 생명을 소중히 하는 것이 상당히 마음에 들었다.

"한데 대체 성도는 왜 가려고 하는 거지? 뭐 알아볼 것이라도 있나?"

"꼭 성도를 가려는 것은 아니죠. 그거야 태사숙님께 달렸어요."

"으잉? 나?"

갑자기 자신을 가리키는 이도의 목소리에 남궁장명은 눈을 동그랗게 뜨며 물어왔다. 그러자 이도는 그간의 일을 이야기하기 시작했다. 그리곤 자신들이 이곳에 온 목적을 이야기했다.

"흐음… 그렇다면 뭔가 다른 세력이 이 땅에 있단 말인데… 아직까지 그런 보고는 받은 적이 없단다. 역시 성도로 가야 뭔가를 알 수 있을까나?"

"그 평통이 죽일 놈을 이야기하는 것이라면 난 싫습니다. 보는 것만도 화가 치밀어 오르는 놈을……."

"평통?"

현백은 자신도 모르게 작게 되물었다. 아무래도 이곳보다 그 평통이란 자가 정보를 더 다루는 사람 같았는데 남궁장명은 고개를 끄덕이며 입을 열었다.

"이곳 형문산 분타의 가장 중요한 일은 바로 이 수재에 관한 것이지. 게다가 무당파가 떡하니 자리 잡고 있는 지방이기에 무림 세력들이 함부로 날뛰지를 못해. 그러니 그쪽에 관한 신경은 거의 쓰지 않지. 하나 평통이는 다르지만……."

"그놈이라면 난 보기도 싫습니다. 전 절대 그놈 얼굴 안 볼 것입니다. 정보를 돈으로 주고받는 그딴 놈을 왜들 사람 취급하는지……."

인상을 벅벅 쓰면서 진소곤이 입을 열자 남궁장명 역시 쓴웃음을 지었다. 그러나 솔직히 그게 그리 화낼 일은 아닌 듯싶었는데 그 정도의 대가는 다들 원하는 정도였던 것이다.

"정보를 원한다면 어느 정도는 줘야 하는 것 아닌가? 그 평통이란 자가 많이 달라고 하나?"

지충표는 조금 이해가 안 가는 듯 입을 열었다. 그러자 진소곤은 한쪽 입술을 씰룩이며 입을 열었다.

"그놈은 원래 우리 개방의 놈이었소. 돈에 환장한 놈이라 내쫓아 버린 놈이지. 그런 놈을 상대로 난 한마디도 하고 싶은 생각이 없어."

"……."

왠지 진소곤과 평통 사이엔 모르는 무엇인가가 숨어 있는 듯 보였다. 서로의 개인적인 일로 얽혀 있는 것이라 무어라 말할 거리는 되지 않았는데 어쨌든 현백의 입장에선 그 평통이란 자를 만나볼 필요가 있었다.

"이곳까지 와서 그냥 돌아갈 수는 없겠지. 우린 아무래도 성도로 움직여야 되겠군."

"그렇겠지. 길이 험하다고는 하지만 어차피 가야 할 길, 어서 떠나도록 하지."

단 하루도 쉬지 않은 채 현백과 주비가 바로 떠날 것처럼 이야기하자 지충표는 울상을 지었다. 어차피 제일 힘든 사람은 바로 그였던 것이다.

"이 비를 뚫고 간다고? 다들 정신이 있는 건가? 언제 강이 범람해 성도가 박살날지 모르는 상황인데도?"

남궁장명은 이해할 수 없다는 듯 입을 열었다. 하긴 이곳에 오래 산 사람이라면 누구나 다 알 수 있을 터였다. 이러한 자연재해를 이길 수 있는 사람은 없다고 말이다.

"하나 우린 가야 합니다. 설령 그것이 이 일보다 더 힘든 일이라 해도 가야 합니다."

현백의 입장은 단호했다. 남궁장명은 그런 현백의 얼굴을 물끄러미 보다 한마디 했다.

"하나 물어봐도 되나?"

"……."

"꼭 그렇게 해야 할 정도로 중요한 일인가?"

바보 같은 질문이었다. 중요한 일이 아니면 갈 필요가 없는 것이 당연한데도 어떤 대답을 기대하는 것인지 정말 알 수가 없었던 것이다.

현백은 대답 대신 가슴 어림에 손을 올렸다. 피가 흠뻑 먹어 이젠 붉게 변한 목패를 만지작거리며 생각에 잠겼다. 정말 그의 말대로 이 일이 그토록 중요한 일인가를 말이다.

솔직히 이 목패보다 중요한 일이 있었다. 강호에 나돌 수도 있는 천의종무록의 행방을 쫓는 일, 모든 일은 그것으로 시작되었다. 그러나 지금 현백의 가슴속에선 그런 책자 따윈 까맣게 잊혀져 있었다.

명목상 그는 소명에 대한 생각으로 움직였다. 그 아이의 아픔을 조금이라도 달래보고자 하는 마음에서 그리했지만 그건 섣부른 동정일 수 있었다.

하지만 현백에겐 절대 동정이 아니었다.

그리 친하지 않았고 별로 본 적이 없다고도 말할 수 있는 아이였지만 소명은 현백의 어린 시절과 너무나 닮은 아이였다. 좋은 어미가 있고 무가에 몸을 담지 않은 것이 다를 뿐, 그 외에 무공에 대한 열망이라든지 세상을 대하는 눈은 현백의 그것과 똑같았던 것이다. 현백은 그 과거를… 아이를 위해 움직임으로써 통째로 지우고 싶은 것이다.

"그렇습니다."

결국 현백은 조용히 입을 열었다. 다른 사람들은 모두 현백의 의사를 존중하기에 아무런 말을 하지 않았다. 그러자 남궁장명이 고개를 끄덕이며 입을 열었다.

"그렇다면 준비를 좀 해야지. 그냥 가다간 무슨 일을 당할지 모르니."

"에? 분타주님도 가시려고요?"

진소곤은 대번에 안색이 변하여 입을 열었다. 남궁장명의 말은 그 역시 현백의 일행과 같이 가겠다는 의사였으니 말이다.

"그럼 멀리서 온 손님이 사지로 갈지도 모르는데 그냥 모르는 척하라고? 내 널 평소에 그리 가르쳤냐?"

"누가 그런 이야기를 하는 겁니까? 사숙님의 연세가 얼만데 지금 그곳으로 움직이려고 합니까? 차라리 가면 내가 갑니다."

진소곤은 퉁명스러운 목소리를 내었지만 확실히 그 말속에선 한줄기 따스한 기운이 감돌고 있었다. 남궁장명은 웃으며 말을 이었다.

"예끼놈, 나이 이야기는 해서 무얼 하누? 사람이 움직이는데 나이 따라 움직이리?"

알 듯 말 듯한 문구를 남기며 그는 망루를 내려가고 있었다. 부연 물안개로 싸여 있는 망루 안에서 현백은 그저 사라져 가는 그의 뒷모습을 바라볼 뿐이었다. 왠지 걸어 내려가는 그의 작은 뒷등이 참으로 커 보이고 있었다. 마치 그의 사부처럼 말이다.

第二章

양진목

1

굼벵이도 구르는 재주가 있다고 하던가? 지금의 상황이 딱 그 짝이었다. 설마 고도간이 이런 사람들과 교류를 쌓고 있을 줄은 몰랐던 것이다.

제룡 일행이 도착한 곳은 정말 이름 모를 산골이었다. 밖에서 무슨 일이 일어나던지, 아니, 전쟁이 나도 전혀 모를 만큼 깊숙한 곳이었고 이런 곳에 상당수의 사람들이 있을지는 정말 예측도 못했다.

달칵.

따뜻한 차 한 잔을 다탁에 내려놓으며 제룡은 잠시 생각에 잠기기 시작했다. 왠지 지금 상황이 꼬집어 말할 수는 없어도 이상한 느낌이 들고 있었던 것이다.

고도간은 이 모든 것이 미래를 예측한 자신의 혜안이라 말하지만 그걸 믿을 사람은 아무도 없었다. 그 주변머리에 자신의 주변에 이만한 사람들을 모은다는 것은 말도 안 되는 일인 것이다.

살수, 이들은 살수 집단이었다. 살수뿐만이 아니라 용병단도 있었는데 그 용병단이란 것들도 이상하긴 마찬가지였다.

중원의 사람들이 별로 없었다. 세외의 세력들을 뭉쳐 놓은 듯한 사람들이 대부분이었고 각양각색의 무공과 옷을 입고 있지만 분명히 체계는 잡혀 있었다. 꽤 오래전부터 단체 훈련을 해온 사람들인 것이다.

아니, 모든 것을 다 양보한다고 해도 이 살수들부터가 이해가 되질 않았다. 정말 제룡이 보기에도 꽤나 대단한 살수들이 근 백여 명이 넘었다. 실력이 약간 떨어지는 자들까지 합치면 오백이 넘는 숫자인 것이다.

여기에 약 천여 명의 용병들까지 합산한다면 이곳의 병력은 대단한 규모였다. 한 지방의 군사들도 이 정도는 아니었는데 마음만 먹으면 도지휘사사가 채 병력을 모으기도 전 두 개 내지는 세 개 지방을 한순간에 쓸어버릴 수 있는 실력이었다.

"쯧, 뭘 그리 골똘하게 생각하기에 사람이 와도 모르나?"

"아… 어서 오게, 소룡. 잠시 잡생각 좀 하고 있었네."

너무 생각을 깊게 했는지 사람의 인기척을 듣지 못했다. 어느새 눈앞엔 소룡이 예의 옅은 웃음을 흘리고 있었는데 제룡은 옆 자리의 의자를 가리키며 그를 앉혔다.

"보나마나 이곳에 대한 생각이겠지? 하긴 나도 이상한 생각이 많이 드니 말이야. 뭐, 어쨌든 우린 지금 이곳에 얹혀 있는 신세가 아닌가? 당주의 생각은 다르지만……."

일순 소룡의 미소가 씁쓸하게 변했다. 그 역시 이곳에 대한 생각이 많은 듯했는데 제룡은 약간 목소리를 낮추며 입을 열었다.

"그래, 알아보라는 것은 알아보았는가?"

"흠, 그러긴 했네."

제룡의 말에 소룡은 왼손으로 턱을 쓰다듬었다. 실은 그가 이곳에 온 이유가 있었다. 얼마 전 제룡이 부탁한 것을 한번 알아보기 위해 은밀히 이곳을 떠났던 것이다.

"양각(羊覺)이라는 이름은 정말 아는 사람이 없더군. 어떤 소식통을 뒤져도 양각이란 사람을 아는 사람 자체가 없었어."

"그런가?"

짐작은 했지만 사실로 밝혀지자 제룡은 실망스런 표정을 지었다. 양각이란 사람에 대하여 알아보는 것이 이곳에 대한 의문을 푸는 가장 빠른 길이었다. 양각은 바로 이곳 살수들의 책임자였던 것이다.

이곳엔 두 명의 책임자가 있었다. 한 명은 이미 언질한 양각이란 자로 그는 오백여 명의 살수들을 책임지고 있었다. 그리고 또 한 명은 나머지 용병들을 데리고 있는 수수께끼의 인물이었다.

살수답지 않게 양각은 선선히 모습을 보이는 사람이었다. 이곳 상문곡(相門谷)이란 곳에 들어설 때부터 고도간을 반갑게 맞이해 준 사람이었다. 그래서 밖에서도 아는 사람이 있지 않을까 하는 생각을 해봤던 것이다.

"한데 이상한 것이 있네. 양각이란 사람에게 접근하면 할수록 결정적인 사람들이 모두 사라진 것을 알게 되었지. 즉, 모두 죽었다는 말일세."

"…가공의 인물이라는 것인가?"

누군가의 과거를 지운다는 것, 그건 곧 새로운 현실을 창조하기 위한 수단이었다. 그렇다면 알아봐도 헛것이었다.

"하나 그의 별호는 알 수 있었네. 아는 살수 한 사람이 있어 양각이란 이름을 말했더니 바로 일러주더군. 밀천사(密天事)라 불리고 있었네."

"밀천사?"

독특한 별호였다. 하긴 살수에게 있어 그러한 별호는 최상의 것이겠지만 어쨌든 기이한 별호였다. 한 번 들으면 잊혀지지 않는 별호인 것이다.

"일은 그것만으로 마무리 지었네만, 다른 소식을 들었네. 창룡이 이곳에 나타났다고 하더군, 현백과 같이 말이야."

"……."

짐작하던 일이었다. 창룡이 현백과 같이 없다면 모를까 이쪽으로 간다고 고도간이 이야기까지 해놓은 터 오지 않으면 이상한 일이었다.

그러나 내심 이해가 안 되었다. 창룡이나 현백, 모두 양명당과는 그리 큰 원한 관계가 없었다. 오히려 피해를 입은 것은 양명당이었고 현백으로서는 아무런 해도 입지 않았던 것이다.

그가 원하는 것은 단 하나, 식객으로 있는 미호란 여인이었다. 그 여인은 지금 이곳에서 고도간과 양각에게 붙은 채 두 사람을 오가며 아주 잘살고 있고 말이다.

"그리고 그 미호라는 년, 그년이 요즘 이상한 일을 또 꾸미고 있네. 이유는 모르지만 동남동녀(童男童女)들을 모으고 있어."

"뭐라?"

미호라는 이름을 들은 순간부터 제룡의 이마엔 짜증이 묻어나고 있었다. 이번엔 또 무슨 짓을 벌여 자신들을 곤란하게 만들지 모르니 말이다.

동남동녀라는 말에 괜시리 좋지 않은 기분이 들고 있었다. 역대 강호의 패악으로 분류되어 공적이 된 사람들을 보면 대부분 힘없는 아이들을 데리고 몹쓸 짓을 한 놈들이 많으니 말이다.

"지금이야 물난리가 일어나기 직전이라 아무도 신경 쓸 여력이 없지만 이 일이 수그러들면 바로 난리가 될 것이야. 혹 모르지, 물난리가 아주 크게 되면 모를까."

소룡은 그 말을 마지막으로 자리에서 일어섰다. 모든 볼일을 다 보면 일어나는 그의 습성은 여기서도 변함이 없었다. 그는 웃는 얼굴 그대로 신형을 돌렸다. 그리곤 손 한 번 까딱하고는 사라지고 있었다.

"멀리 가지 않겠네."

"바라지도 않네."

어느새 소리만 들리고 그의 모습은 보이지 않았다. 제룡은 잠시 턱을 감싸며 생각에 잠겼다.

위쪽에서는 여전히 고도간을 도우라 했기에 그는 이곳에 남아 있었다. 지금은 아무런 할 일이 없는 채로 빈둥거리지만……

"언제쯤 이 바람이 다시 시작될는지……"

조용히 중얼거리며 그는 다시 찻잔에 손을 대었다. 따스했던 찻잔은 어느새 차갑게 식어 있었다.

*　　　*　　　*

형문산 분타에 대한 걱정은 하지 않아도 상관없었다. 진소곤과 남궁장명 밑엔 근 오십여 명이 넘는 사람들이 있었고 그중엔 일류고수급도 끼어 있었다.

사정이 이렇다 보니 난민으로 온 산적들도 감히 기를 펴지 못하고 있었고 식량 또한 상당히 넉넉했다. 그간 준비를 많이 해온 듯한 인상이었는데 남궁장명이 얼마나 많이 노심초사를 했는지 잘 알 수 있는 대목이었다.

어쨌든 그런 이유로 인해 현백의 일행이 또 늘었다. 그럼으로써 진소곤과 남궁장명이 마차를 타고 이동하게 되었다.

일행의 입장에선 아쉬울 것이 없었다. 길을 잘 아는 두 사람이 탔으니 도움이 될지언정 해가 되진 않을 테니 말이다.

"조금씩 가늘어지는 게 곧 비가 그칠 것도 같은데요?"

"제발 그래야지. 벌써 십여 일째인가? 이러다 양진목이 넘치는 것은 한순간일 터인데……."

아직도 잿빛인 하늘을 보며 진소곤과 남궁장명은 근심 어린 목소리를 내었다. 그러나 하늘은 무심하게도 비만 계속 뿌릴 뿐, 별 변화가 없었다.

"무한까지는 아직 좀 남았죠?"

"좀 남은 정도가 아니라 이런 날이라면 두 달도 넘게 걸리겠다. 아니, 저 친구의 마차 모는 실력으로 봐선 한 달도 안 걸리긴 하겠다만."

새삼스레 지충표의 마차 모는 실력이 다시금 빛을 발하고 있었다. 이 정도의 진흙길을 오면서 어떻게 모는 것인지 모르지만 정말 대단한 실력이었다. 마차가 요동은 좀 있어도 한

번도 멈추는 일이 없었던 것이다.

오늘로 오 일을 지나는데 그동안 단 한 번도 마차는 멈추지 않았다. 물론 자는 시간은 빼고 말이다. 그것 하나만 가지고도 이 강호에서 충분히 먹고살 수 있는 사람이었던 것이다.

"아저씨가 마차는 좀 몰죠, 딴 건 어떨지 몰라도……."

오유는 툭하니 입을 열곤 바로 창문 밖으로 시선을 돌렸다. 그곳엔 현백과 주비가 나란히 말을 몰아가고 있었다.

두 사람 다 아무런 말 없이 그냥 말만 몰고 있었는데 아무래도 마차는 다섯 사람이 타긴 좀 작았다. 주비는 별말도 없이 그냥 말을 타고 따르기 시작했던 것이다.

"이 비가 오는데도 아랑곳하지 않는구만. 정말 재미없게 사는 사람들이네. 가면서 이야기라도 할 것이지."

"세상 사람들 다 너처럼 실없으란 소리냐? 아서라, 더욱이 저 두 사람 지금 그냥 말만 타는 것이 아니다."

"예?"

진소곤의 말에 남궁장명은 이상한 소리를 했다. 이도와 오유는 그것이 무언지 궁금해하기 시작했는데 남궁장명은 그저 웃을 뿐이었다.

현백과 주비. 두 사람은 지금 서로의 내력을 치열하게 주고받으며 움직이고 있었다. 주비의 송곳 같은 내력이 현백에게 치달으면 현백은 차분히 이를 돌려 막고 있었다. 흡사 소용돌이 같은 기이한 내력이 현백의 몸을 휘감고 있었던 것이다.

그것은 이제 옅게 휘날리는 빗줄기를 보면 잘 알 수 있었다. 현백과 주비의 중간 부근의 빗줄기는 형편없이 휘날리고 있었다. 도무지 그 방향을 짐작할 수 없을 정도로 말이다.

물론 그 크기는 그리 크지 않았지만 실로 대단한 두 사람이었다. 잠자면서까지 하는 행공이 있다는 소문은 들어봤어도 말 타고 움직이면서 내력으로 서로 운공했다는 말은 들어보지 못했던 것이다.

그렇게 이도와 오유가 눈만 껌벅일 때였다. 마차의 속력이 현저하게 줄기 시작하자 오유는 고개를 홱 돌리며 소리쳤다.

"아저씨! 뭔 일 있어요?"

"아무래도 잠시 세워야겠다!"

걸걸한 지충표의 목소리가 들려오며 마차의 속력이 점점 떨어지더니 아예 멈추었다. 사람들은 무슨 일인가 싶어 마차문을 열고 상황을 살폈다.

"…어느새 양진목에 도착했군 그래. 생각보다 훨씬 빨리 왔는데?"

"그렇네요."

남궁장명과 진소곤의 대화를 들어보니 이곳이 바로 양진목이었다. 이도와 오유는 고개를 빼며 풍광을 살폈는데 길은 오직 하나뿐이었다.

자신들이 있는 곳은 야트막한 언덕이었다. 그 언덕 아래 계곡이 있었고 길은 바로 그곳과 연결되어 있었던 것이다.

"아저씨, 이곳이 뭐가 이상한가요? 왜 안 가죠?"

"쯧! 무공을 했다는 녀석의 안력이 왜 그 모양이야? 저쪽을 봐."

"……!"

이도는 지충표의 타박에 입을 비죽 내밀었다가 이내 다시 들여보내야 했다. 양진목의 가장 좁은 저 위쪽에 한 떼의 사람들이 모여 있었던 것이다.

일견하기에도 천여 명이 넘는 사람들이었는데 한군데 모여서 무엇인가 하고 있었다.

"저 사람들… 방책을 막으려는 것인가요?"

"그래, 그래서 그냥 가기가 쉽지 않다고. 길이라고는 그곳을 지나는 것밖에 없으니."

오유의 말에 지충표는 고개를 끄덕이며 입을 열었다. 확실히 남들 고생하는 것 보면서 그냥 가기는 좀 뭐한 상황이었다. 물론 그냥 무시하고 갈 수도 있지만 말이다.

하나 어쨌든 가야 할 길은 가야 했다. 현백은 고개를 끄덕이며 입을 열었다.

"일단은 내려가기로 하지. 내려가서 그냥 갈지 아닐지를 생각하는 것이 좋을 것 같군."

푸르릉!

말과 함께 현백은 말고삐를 잡아채었고 투레질 한번 짧게

한 말은 서서히 내려가기 시작했다. 그리고 그것으로 일행의 행보는 결정되었다.

"헛헛헛… 그래, 일단 가봐야겠지. 모든 것은 그 이후의 일이니……."

왠지 의미심장한 웃음을 지으며 남궁장명은 조용히 중얼거리고 있었다.

"그냥 갈 수 있겠어?"

"……."

지충표의 말에 현백은 아무런 대답도 할 수가 없었다. 가까이서 본 방책은 정말 위태위태했다. 이곳저곳 삐걱거리며 움직거리는 것이 언제 무너져도 할 말 없을 정도였던 것이다.

좌우로 십오 장여, 아래위로 오 장여에 달하는 상당한 크기였다. 이 정도의 큰 방책이 무너진다면 그 뒤의 광경은 모두 물에 잠긴 것만이 보일 터였다.

아무리 현백이 바쁜 일이 있더라도 쉽사리 지나칠 수 없는 광경이었다. 곳곳에 무림인도 보였지만 모두가 이곳 농민들인 듯싶었는데 지친 모습이 역력한데도 방책 위 덧댄 목책 부분에 등을 대고 밀고 있었다.

정말로 미약한 사람의 힘… 하물며 무림인도 아닌 사람이 이토록 필사적으로 노력하는 광경을 보며 그냥 가기는 정말 힘들었다. 물론 현백이 강호의 협사를 원하는 것은 아니었지만 보기만 해도 절로 협사가 되고 싶게 하는 광경이었던 것이다.

"허허허, 이곳 양진목의 사람들은 친절하기로 유명하지. 손님들에게 더할 나위 없는 친절을 베푸는 것으로 잘 알려져 있는데 그건 언젠가 받아야 할 도움이기도 하단다. 이 양진목에 이리도 많은 무림인이 있을 수 있겠나?"

"……."

남궁장명의 말에 현백은 다시금 눈을 돌려보니 정말 근 사오백 정도의 무인들이 보였다. 아마 그들 역시 현백 일행처럼 중간에 보고 그냥 가지 못한 사람들인 듯싶었다. 그때였다.

"으랏차!"

우지지지직!

바로 옆쪽에서 상당한 굵기의 나무가 쓰러지고 있었다. 어른이 양팔을 벌려도 잡힐 듯 말 듯한 두께였는데 나무 밑동의 제일 아래는 반쯤 깨끗이 잘려 나가고 있었다.

소리를 지른 것은 나무가 쓰러지니 주의하라는 뜻일 터였다. 삽시간에 근 사 장여에 달하는 나무는 바닥으로 쓰러지고 그 뒤에 새로운 사람들이 나타나 있었다.

"아니, 형문산의 남궁 타주 아니십니까? 진 부분타주까지……. 역시 와주셨군요!"

"허허허, 도장께서 오실 줄 알고 있었습니다. 늦게 와서 죄송합니다."

"아니, 무슨 말씀을……."

노란색 도복을 입고 도관을 쓴 사람들, 옆구리에 장검 하나씩 찬 그들은 바로 무당의 사람들이었다. 이전에도 이미 교류가 있었던 듯 모두들 반가운 얼굴로 서로를 마주하고 있었다.

"아직 건재한 것 같아 마음이 놓이는군요. 참, 이쪽은 일검지(一劍支) 규앙(規央) 도장이시라네. 인사들 드리게나."

모두 십여 명의 무당 도장들, 그중 가장 나이가 들어 보이는 사람을 향해 남궁장명이 이야기하자 현백을 제외한 사람들의 눈에 옅은 놀람의 눈빛이 나타났다.

일검지 규앙이란 이름은 허명이 아니었다. 상당한 무위를 가지고 있고 현 강호에서 내로라하는 무림인 중에 꼭 드는 사람이었다. 한 자루의 검, 일검의 위력이 여타에 견줄 바가 아니기에 그런 별호가 생긴 것이었다.

"이도라 합니다."

"오유라고 해요."

이도와 오유가 인사를 하고 곧 지충표와 주비가 입을 열자 웃기만 하던 규앙의 눈에 이채가 서리기 시작했다.

"현백이라 합니다."

"……! 그럼 자네가 충무대원 중 살아남은 유일한 사람인가?"

"…그렇습니다."

현백의 이름을 듣자마자 규앙은 한 걸음 다가서며 다급히

묻고 있었다. 그는 실태를 깨달았는지 곧 신색을 회복하며 다시금 물어왔다.

"하면… 문서도 알겠구려?"

"송 형을 말씀하십니까? 그렇습니다. 누구보다도 중검(重劍)에 열중한 사람이 바로 그였습니다."

"…무량수불… 무량수불……."

도호를 외는 규앙의 눈엔 빗물인지 모를 액체가 고이고 있었다. 지금까지 중원에 와서 무엇보다도 잊혀진 충무대원에 대해 먼저 물어봐 준 사람은 규앙이 처음이었다.

"상황이 급해 오래 이야기할 수 없겠구려. 시간이 된다면 잠시만 있어주시겠소? 일단 수위가 높아 방책을 더 높여야 할 것 같으……."

꽈아아아앙!

채 규앙이 감정을 추스르며 이야기하기도 전 귀청을 떨구는 소리가 허공에 울리고 있었다. 반사적으로 고개를 돌린 사람들의 눈에 섬뜩한 광경이 보이고 있었다.

방책의 제일 위쪽에 큰 나무 한 그루가 비죽이 나와 있었고 그 사이로 물이 쉴 사이 없이 치들어오고 있었다. 조금만 더 있으면 바로 방책이 무너질 것 같았던 것이다.

"이런! 뭣들 하느냐!"

"예, 사숙님!"

파파파파팟!

빠른 손놀림이었다. 원래 자신이 병기로 삼는 무기는 웬만해선 다른 용도로 잘 쓰지 않는 것이 무림인의 생리였다. 그러나 이들 무당의 사람들에겐 다른 나라의 이야기인 것 같았다.

검을 들고 바로 가지를 쳐 둥근 원통 줄기 하나만 남겨놓자 규앙은 공중으로 신형을 살짝 띄웠다. 그리곤 자신의 검을 뽑아 나무 둥치 정가운데에 그대로 박아 넣었다.

콰악!

거의 검동이 둥치에 닿을 정도로 깊숙이 박힌 검을 확인하곤 규앙은 내력을 끌어올렸다. 삽시간에 규앙 주변의 공기는 모두 규앙에게로 빨리듯 움직이고 있었는데 그 광경에 현백 일행의 눈이 빛나고 있었다.

이건 마치 현백이 무공을 펼치는 것과 비슷한 현상이었다. 대기를 빨아들이는 듯한 느낌이었던 것이다.

"벽(劈)!"

콰가각! 쫘아아아악!

이런 상황에서 어울리지 않는 말이지만 정말 장관이었다. 규앙이 내력을 쓰며 손목을 돌리자 그 큰 나무가 반쪽으로 갈라지고 있었다. 진정 보면서 감탄할 만한 광경이었던 것이다.

"하압!"

쫘아아악!

또다시 검을 사용하여 반쪽으로 갈린 나무를 다시 반쪽으로 가르자 이번엔 무당의 사람들이 움직이고 있었다. 서너 명이 재빨리 하나를 둘러메더니 그대로 달리기 시작한 것이다.

달려간 사람들은 방책 앞에 수직으로 세웠고 한 사람이 그 나무를 딛고 하늘로 치솟았다. 그리곤 비죽이 나와 있는 나무 그루터기를 잡고 매달리자 밑에 있는 사람들이 힘을 합해 나무를 집어 던졌다.

커다란 나무가 힘들이지 않고 위로 치솟고 있었다. 먼저 매달려 있는 사람은 올라오는 나무를 잘 보더니 그대로 오른발을 차올렸다.

파아아앙… 꾸우우웅……!

한 바퀴 빙글 도는 나무는 비죽 나온 그루터기 위로 올라가 가로로 놓이는 형상이 되어 있었다. 그러자 어느 틈에 나타났는지 방책의 제일 위에 사람들이 보였고 그들은 손에 무슨 끈 같은 것을 가지고 재빨리 올라온 나무를 묶고 있었다.

"한두 번 해본 솜씨가 아니네요."

"그래. 정말 대단하다. 이런 데 쓰는 무공이라면 정말 아깝지가 않다고 생각될 정도로……"

이도와 지충표가 그 광경에 감탄하며 입을 열었다. 확실히 대단한 광경이었지만 나무는 하나 더 필요한 상태였다. 아직 흘러넘치는 물을 막기엔 한 그루 정도는 더 올라가야 했다.

막 남아 있는 그루터기 하나를 사람들이 집어가려 할 때였다. 현백의 목소리가 중인들의 귓가에 들려왔다.

"규 자 앙 자를 쓰시는 도장님이라면 송 형의 사부님으로 알고 있습니다."

"그렇네만……."

뜬금없는 말에 무슨 소리인가 싶어 규앙은 입을 열었다. 그러자 현백은 앞으로 나서며 말을 이었다.

"송 형은 중검에 매달렸었습니다. 생을 마감하는 그 순간까지도 송 형은 그것만을 생각했었습니다."

스르르릉!

현백의 허리춤에서 기형도가 뽑히고 있었다. 이젠 규앙뿐만이 아니라 무당파 사람 모두가 현백을 바라보고 있었다.

"송 형이 전하라는 말이 있어 지금 하려고 합니다. 송 형은 한 가지 가능성을 가지고 중검을 연구했습니다. 그리고 그 결과가 이것입니다. 이름조차 알려주지 않았지만 당신의 사부님께서 본다면 한 번에 알아보실 것이라 말했습니다."

"……."

스읏…….

현백은 도끝을 반쪽이 남은 나무 둥치로 움직였다. 그리곤 그 끝에 살짝 대었는데 문득 현백의 왼손이 움직이고 있었다.

타타타탓!

대여섯 군데의 혈도를 점하는 것처럼 보였는데 그건 점혈이 아니라 그냥 살짝 대는 것뿐이었다. 하나 그 손길을 보는 규앙의 눈은 살짝 커져 있었다. 그리고 그 순간이었다.

"합!"

찌이잉… 쫘아아아앗!

"엇!"

"아니!"

사람들 모두가 눈을 휘둥그렇게 뜨고 있었다. 현백의 도는 나무 둥치에 완전히 닿은 것이 아니었다. 나무에 찔러 넣지도 않았는데 규앙 도장처럼 반으로 갈려 버린 것이다.

물론 그 단면은 규앙 도장처럼 매끈한 것은 아니지만 그게 중요한 것이 아니었다. 중요한 것은 규앙 도장의 입에서 나온 말이었다.

"중검천압(重劍天壓)! 이놈! 네놈이 기어코 해냈구나……!"

규앙 도장의 목소리가 조금씩 떨리고 있었다. 그토록 검에 대해 졸랐던 한 아이의 얼굴이 그의 뇌리에 떠오르고 있었다. 하나 그는 더 이상 그 추억을 떠올릴 수가 없었다. 현백의 움직임은 그것이 다가 아니었다.

"보이지 않는 힘을 보이려 한 것이 잘못이었다 했습니다. 순리를 거스르지 말라는 당신의 말씀을 겨우 이해했다고 했습니다."

터어엉!

황당한 일이 연이어 일어나고 있었다. 현백이 손목을 틀어 도를 집어 들자 나무가 하늘로 올라가고 있었다. 현백은 재빨리 오른손의 기형도를 허리춤에 넣고 이어 왼손을 올려 내려오는 기둥의 중앙을 받쳤다.

 터턱… 파아아아앙……!

 그리곤 빛살과 같은 속력으로 앞으로 달려가고 있었다. 좌우로 조금씩 흔들리는 듯한 신형이 인상 깊은 보법이었는데 이번엔 무당 사람들의 입에서 놀란 음성이 흘러나왔다.

 "아니, 저자가 어찌 본 문의 제운종(制雲從)을……!"

 틀림없는 제운종의 신법이었다. 구름 위를 노니는 듯한 유연한 방향 전환을 장기로 한 신법인 것이다. 하나 규앙의 생각은 달랐다.

 "아니다! 저건 제운종이 아니야. 저건……."

 규앙은 목이 메는 듯이 보였다. 역시나 가슴속에 묻어두었던 추억 하나가 다시금 떠오르는 것이었다.

 "사부님, 전 제운종보다 더 대단한 신법을 만들 겁니다. 중검을 쓰면서도 빨리 움직일 수 있는 그런 보법이요……. 만들게 되면… 뭐라고 하지?"

 열 살도 안 된 아이의 말, 그 말이 생각나고 있었다. 마침 그때 현백은 방책에 도달했고 도달하자마자 눈을 의심하게 만들고 있었다. 벽을 평지 걷듯 미끄러져 올라가고 있었던 것이다.

 "비연설(飛燕說)이라는 것이다."

투툭…….

결국 그의 눈에선 비보다 맑은 액체가 흘러내리고 있었다. 제비가 날아다니는 이야기라는 어이없는 아이의 작명, 그것이 지금 세월을 건너뛰어 눈앞에 펼쳐지고 있는 것이다.

쿠궁…….

혼자서 여유롭게 나무를 올려놓는 현백을 보며 규앙은 한 사내를 생각하고 있었다. 떡 벌어진 어깨에 부리부리한 눈을 가진 사내. 그의 제자인 송문서의 마지막 모습을 말이다.

2

"뭐가 어떻게 돌아가는 거냐?"

"글쎄요… 일단은 그냥 보는 수밖에 없을 것 같은데요?"

지충표의 목소리에 이도는 뚱한 표정으로 입을 열었다. 진짜 상황이 우습게 되어가고 있었다.

하루라도 빨리 성도로 가야 하는 것, 그것이 일행의 목표일진대 벌써 일주일째 이곳에 머물고 있었다. 웃기는 일이지만 빗줄기도 가늘어져 더 이상 수위는 높아지지 않고 있었던 것이다.

이제 안심할 수 있는 상황이니 떠나도 그만이었다. 물론 이런 생각은 비단 지충표만 하고 있는 것이 아니었다. 이미 상당수의 무림인들이 모두 떠난 상태이고 말이다.

그런데 현백 일행은 떠나지 않고 있었다. 물 때문이 아니라 무당의 사람들 때문이었다. 특히 규앙 때문인 것이다.

개방의 모인 장로 외에 현백을 귀찮게 할 정도로 질문을 하는 사람이 하나 더 있었다. 그것이 바로 무당의 규앙이었는데 규앙은 현백이 가는 곳마다 따라다니며 이야기를 하고 있었다.

전부터 생각한 것이지만 현백은 유난히 어른들에게 친절한 이상한 면모가 있었다. 이도 같으면 화가 날 정도였는데도 현백은 귀찮은 표정조차 전혀 없었던 것이다.

"하여튼 싸울 땐 저승사자가 따로 없더만 이럴 땐 정말 다른 사람처럼 보인다니까."

이도는 도무지 이해가 안 간다는 듯 입을 열었다. 그의 눈은 한쪽으로 가 있었고 그곳엔 이야기를 하는 현백과 무당 사람들이 보이고 있었다.

몇 명 있지는 않았다. 반수 정도는 아직 줄어들고 있지 않은 방책 위로 올라가 있었던 것이다. 그곳에서 가끔 방책을 향해 다가오는 이물질을 밀어내고 있었다.

"뭐… 어찌 되었든 이젠 가야 되니 곧 현백도 이야기할 일은 없겠지. 여기 사람들도 한시름 놓은 것 같으니 말이다."

지충표는 주변을 돌아보며 입을 열었다. 그의 말대로 사람들의 표정은 처음 이곳에 왔을 때 봤던 것과는 상당히 달라져 있었다. 모두가 밝은 표정으로 변해 있었던 것이다.

"그래도 전 마음이 좋네요. 무공을 하고 난 후 그간 알던 방향이 아니라 전혀 다른 방향으로 무공을 써봤어요. 사람들을 돕기 위해 쓰는 무공이라……."

아마도 며칠전 방책의 물이 넘칠 때를 생각했던지 이도는 아릿한 표정을 지었다. 지층표는 그저 고개를 끄덕일 뿐이었다.

누구를 위한 무공이었던가? 요즘을 보면 개인의 영달을 위해 익히는 것이 무공이었다. 과거 달마 대사가 소림의 무공을 창시하며 세상에 무공이란 것을 선보일 당시 수련에 심신이 허약해진 수도승을 위해 만든 것이 바로 무공이었다.

그것이 시간이 흘러 다른 여러 무공들이 파생되었고 그 발전상 속에서 많은 우여곡절이 있었다. 그리고 지금의 무림이 된 것이다.

강한 무공, 그것만이 세상에서 제일 중요한 것이었고 많은 무림인들은 그 강함을 추구했다. 지금 이곳에서 보았던 무림인들이 자연과 싸우는 모습은 그리 낯익은 광경이 아니었던 것이다.

"그래, 어쩌면 그것이 무공을 하는 제일 중요한 이유인지도 모른다. 약한 사람을 위해 강한 사람이 나서는 것, 그것이 당연한 일인지도 모르지."

"당연한 일인지도가 아니라 당연한 일이에요. 그리고 전 앞으로 제 갈 길을 찾은 것 같구요."

강한 어조로 이야기하는 이도의 목소리에 지충표는 고개를 돌렸다. 이도는 이번엔 방책 위로 넘실거리는 물방울들을 향해 눈길을 돌리고 있었다.

"사람들에게 대협이라 불리는 사람, 전 그런 사람이 될래요. 나보다는 남을 생각하며 소보다는 대를 생각하는 사람, 전 그런 사람이 되어야겠어요."

"……."

나름대로 생각을 굳힌 이도를 보며 지충표는 아무런 말을 할 수가 없었다. 이도의 생각에 그가 굳이 어떤 이야기를 해 줄 필요는 없었다.

그러나 그런 이도의 생각이 얼마나 위험한 것인지 그는 잘 알고 있었다. 대협이란 한 글자에 목숨을 거는 사람들은 수도 없다. 문제는 그러한 대협의 기준이 너무나 제각각이라는 것이다.

상황에 따라 혹은 자신의 이익 정도에 따라 대협의 칭호가 달라진다. 때로는 정말 이해할 수 없는 자도 대협이라 불리는 것이 이 강호였다. 아직 이도가 그러한 점을 생각하고 있지는 않았다.

하나 굳이 이러한 것을 이도에게 이야기해 줄 필요는 없었다. 그가 보기에 이도는 곧은 청년이었다. 자신의 가치관 정도는 확실히 잡는 말이다.

그 가치관이 깨어질 때 그때 이야기하면 그만이었다. 물론 그때까지 자신이 같이 있다면 말이다.

"근데 요즘 이 녀석은 어딜 가서 보이지 않는 거야? 진짜 바람이라도 났나?"

한마디 툭 던지며 지충표는 주위를 두리번거렸고 이도는 쓴웃음을 지었다. 그가 말하는 이 녀석이란 오유를 이야기하는 것이었다. 바보가 아닌 이상 오유와 지충표의 관계를 모를 수가 없었다.

싸우다 정든다는 말, 그 말처럼 지충표와 오유는 정이 함뿍 든 상태였다. 뗄래야 뗄 수 없는 그런 정 말이다.

"다시 한 번 고려해 보라고 이야기하고 싶다."

"…생각해 본 것입니다. 번복하지 않을 겁니다."

오유의 차분한 목소리에 주비는 미간을 찌푸렸다. 주비와 오유는 일행으로부터 조금 멀리 떨어진 곳에 있었다. 이십여 장 정도 떨어진 곳에서 서로 이야기하고 있었던 것이다.

"지금 네가 가지고 있는 무공도 훌륭한 것이다. 이미 이도는 그 극을 향해 전진해 가는 듯한데 너 역시 그 이상이 아니냐?"

"하나 이도같이 될 수는 없겠죠. 지금이야 제가 깨닫고 있는 것이 조금 많기는 하지만 그것이 장점이 될 수는 없을 거예요. 시간이 흐르면 저는 많이 뒤처지게 될 테니까요."

오유는 심각했다. 어찌 보면 전혀 심각하지 않을 일을 고민하고 있는 것처럼 보이고 있었지만 주비는 그 심정을 이해할 수 있었다.

용음십이수, 가장 강한 양강의 힘을 그 모태로 하는 것이다. 선천적으로 음유의 힘이 강한 여자의 몸으로 양강을 키우는 것이 쉽지 않을 터였다. 그리고 그 현상은 이미 나타나고 있었다.

무공을 하는 데 남녀의 구분이 없다고들 하지만 실제로는 엄연히 있었다. 기본적인 외공을 뒷받침할 수 있는가에 따라 무공이 또 한 번 변하게 되는 것이다.

무공이 낮을 때는 그러한 차이를 잘 알 순 없었다. 하나 시간이 흐르고 이제는 고수라는 판정을 받을 때쯤이면 그 차이는 컸다. 아주 작은 차이 하나가 승부를 가를 수도 있으니 말이다.

오유는 그때까지를 생각하고 있었다. 요사이 부쩍 무공이 느는 이도를 보며 느낀 것일 수도 있지만 사실 이건 누구나 한번쯤 생각해 볼 문제였다. 객관적으로 봐도 오유에게 계속 용음십이수를 익히게 놔두는 것도 문제가 있고 말이다.

"차라리 이런 일엔 현백이 나을 것 같구나. 현백은 구파일방의 다양한 무공들을 알고 있다. 비록 한두 개씩이라 해도 모두 절기라 부를 수 있는 것이다. 그중 하나를 달라 하는 것은 어떠하냐?"

"그럴 수는 없습니다. 현 대형도 보니 그 무공들을 사용하기 꺼려하고 있어요. 또 절기를 가져간 문파들도 다른 문파에 사용되기를 꺼릴 것은 당연한 이치고… 그래서 주 형에게 온 겁니다."

"……."

확실히 오유는 생각이 깊었다. 어찌 보면 무사형이 아니라 문사형의 사람으로 보여 길을 잘못 든 것이 아닌가 하는 생각도 들게 했다.

사리 판단이 상당히 정확한 아이였다. 무공보다 오히려 이 장점을 키우는 것이 나을지도 몰랐지만 문젠 일행 중 아무도 이런 분야엔 자신이 없다는 점이었다.

"그래도 내 무공을 배운다는 것은 없었던 것으로 하자. 흔히들 창술이 가장 쉽다고는 하지만 그건 그저 찌르고 베는 군부의 창술일 뿐이다. 깊이있게 들어가는 창술 역시 여인의 몸으론 쉽지 않은 것이다."

"……."

결국 주비는 결론을 내릴 수밖에 없었다. 냉정하게 들릴지도 몰랐지만 그것이 정답이었다. 그리고 아무리 냉정하게 대답해도 오유는 잘 알아서 들을 터였다. 사리 판단이 좋다는 것은 이럴 때도 빛을 발하니 말이다.

"잘 알겠습니다. 어쩌면 주 형의 말이 옳을 수도 있네요. 전 잠시 생각 좀 하다가 갈… 응?"

오유는 말을 마치려다 뭔가를 본 듯 눈을 살짝 찌푸렸다.

그러자 주비 역시 그녀의 시선을 따라 눈을 돌렸다.

"……!"

주비의 눈에 보인 것은 커다란 나무였다. 방책 위에 올라간 무림인들이 힘을 다해 장력을 날리고 있었고, 그 힘에 방책에 떠 내려온 나무들이 허공으로 튕겨지고 있었던 것이다.

"얼른 가보자! 아무래도 방책에 무슨 일이 일어난 것 같구나!"

"예!"

두 사람은 언제 고민했었냐는 듯 동시에 신형을 날렸다. 오유의 문제도 중요하지만 지금 저 방책이 무너진다면 말도 안 되는 일이었다. 그동안 여러 사람들이 그토록 힘을 써온 것이 하루아침에 무너져 버리는 것이다.

"그간 귀찮게 굴어 미안하네. 나에겐 마치 그 녀석이 살아 돌아온 것같이 느껴져서 말이야……."

규앙은 현백을 향해 조용히 입을 열었다. 대여섯 명의 무당 사람들과 함께 규앙과 현백은 조용히 이야기를 나누고 있었는데 나머지 사람들은 귀를 쫑긋하며 두 사람의 대화를 듣기만 하고 있었다. 간간이 규앙에게서 나오는 옛이야기들이 재미있었던 것이다.

"이렇게 귀한 선물을 받았으니 내가 무언가 해주었으면 좋으련만 우습게도 난 가진 것이 별로 없네."

"개의치 마십시오. 그럴 생각도 없습니다. 또한 앞으론 무당의 무공을 사용할 생각도 없고 말입니다."

현백의 말을 들으며 규앙은 여러 생각을 할 수 있었다. 서로 말하기 껄끄러운 이야기를 자연스럽게 하는 것을 보니 이런 일을 몇 번 겪은 듯싶었다.

새삼 무림이란 곳이 우습게 느껴지고 있었다. 귀한 소식을 전해주고 거기에 무공까지 전해주었건만 오히려 위협이라……. 아마도 다른 문파에선 그렇게 했을 터였다.

"가진 것이 무에 없단 말입니까? 규앙 도장께서 나서주신다면 현백의 일은 쉽게 풀릴 것입니다. 자네도 그냥 이야기하지 그러나?"

"응? 그게 무슨 말입니까?"

어느새 나타났는지 남궁장명과 진소곤이 뒤쪽에 와 빙글거리고 있었다. 그러자 진소곤은 이때를 기다렸다는 듯 앞으로 나서며 입을 열기 시작했다.

"역시 아직 이야기하지 않았구만. 그럼 여태껏 있었던 일을 제가 정리하죠."

"쯧쯧, 그 가벼운 입을 어찌 닫고 살았을꼬? 맘고생 많…이 했겠구나?"

"…사숙님 눈치 보는 것이 제일 힘들었습니다. 그만 초치고 옆에 계세요."

"조금만 더 있으면 날 죽일 태세네?"

"설마요."

두 사람은 절대 지지 않으며 입을 열다 이내 꽉 닫았다. 어쨌든 지금은 현백의 일을 알려주는 것이 제일 급선무이니 말이다.

"흐음… 양명당이라……."

규앙은 고개를 갸웃하며 입을 열었다. 아마도 기억 속에 그런 이름은 없는 듯 보였다. 그러자 진소곤은 답답하다는 듯 입을 열었다.

"아니, 양명당을 들어본 적이 없습니까? 하는 짓이 점점 악랄해져 가는 문파인데……."

"쯧쯧, 멍청한 소리하고는. 규앙 도장이 지금 양명당을 몰라서 이런 반응을 보이느냐? 그게 아니라 양명당이 이곳으로 들어왔다는 소식을 듣지 못해 그런 것이지."

성급한 진소곤의 말에 남궁장명은 혀를 차며 입을 열었고 진소곤은 그저 눈만 흘길 뿐이었다. 문득 규앙 도장의 목소리가 허공에 울렸다.

"너희들은 혹 들은 바가 있느냐? 반드시 양명당이 아니더라도 양명당에 준하는 세력이 근자에 이 지방에 나타났더냐?"

"……."

규앙의 말에 그의 제자들은 서로를 보기 바빴다. 모두가 잘 모르는 듯했다. 그때 한 사람이 입을 열어 말했다.

"양명당인지 모르지만 잘 모르는 움직임이 있기는 합니다. 상호산 부근에서 가끔 사람들의 기척이 보인다는 말을 들은 적이 있습니다."

"상호산? 상문곡 부근 말이더냐?"

규앙이 다시 묻자 사내는 고개를 끄덕였다. 그러자 규앙은 다시금 입을 열었다.

"그러고 보니 거참 이상하군. 상문곡 부근에서 뭔가 있는 것 같다는 말을 이전부터 조금씩 들은 것 같다. 한데 아직까지 본 파에서 그러한 움직임을 완전히 파악하지 못했다니 말이야."

"어쩌면 알고 있는지도 모르지요. 다만 우리에게 말을 하지 않는지도……."

규앙의 말에 조금 전 입을 열었던 어린 제자 하나가 입을 열었다. 그 모습에 현백은 이들이 무당에서 환영받는 존재가 아닐지도 모른다는 생각이 들었다.

하긴 아무리 이곳을 막지 못하면 물난리가 난다고 하지만 지금 강호의 가장 큰일은 영웅지회였다. 그것에 아랑곳하지 않은 채 이곳에 있는 것부터 뭔가 있기는 있었던 것이다.

"경호야, 그 무슨 말이더냐! 입조심하거라!"

"…예, 사형."

조금 지나쳤는지 사형이란 사람이 그를 조심시키자 경호

란 청년은 조용히 입을 닫았다. 왠지 분위기가 살짝 무거워지고 있었다.

"그럼 이렇게 하도록 하지. 이 일이 끝나면 우린 상문곡 부근으로 가보겠네. 그곳에서 무슨 징후가 있다면 바로 연락을 하지. 연락은……."

"사부님! 큰일입니다!"

규앙의 말을 끊으며 다급한 목소리가 중인들의 귓가에 들려왔다. 일제히 고개를 돌린 사람들의 눈에 한 무당 제자의 모습이 들어왔다.

온몸에 물을 흠뻑 적신 채 그는 거친 숨을 몰아쉬고 있었다. 그의 목소리가 계속 들려왔다.

"바… 방책이… 방책이 위험합니다!"

"뭣이!"

그럴 리가 없었다. 이미 큰비도 끝났고 남은 것은 상류에서 흘러오는 부유물들만 조심하면 되었다. 하나 그것도 그리 큰 것들은 내려오지 않고 있었던 것이다.

"어찌 그런 일이! 아니, 지금 상황……!"

꾸우우우웅!

규앙의 말이 채 끝나기도 전이었다. 귓가에 울리는 둔중한 충격에 모두의 시선은 다시 한곳으로 모여졌다. 힘들게 쌓아 놓은 방책으로 말이다.

방책의 상단에서 상당한 양의 물이 쏟아지고 있었고 사람들은 그 물을 막으려 하고 있었다. 깎아지른 나무의 끝부분이 방책의 상단을 뚫고 나왔던 것이다.

"어서 가보자! 어서!"

규앙은 말과 함께 신형을 날렸다. 그와 함께 주변의 무림인들 모두가 방책을 향해 몸을 날리고 있었다.

"하아아압!"

투우우우웅!

온 힘을 다해 날린 장력에 나무 그루터기 하나가 공중으로 살짝 띄워 올려지고 있었다. 사내는 몸을 비틀며 오른손의 검을 깊게 앞으로 찔러 넣었다.

콰악!

삼 척의 검 중간까지 밀려들어 갈 정도로 강대한 힘이었다. 사내는 이를 악물며 검을 좌우로 비틀었다.

지이잉… 쫘자작!

내력을 잔뜩 넣은 그의 검날에 나무 둥치는 좌우로 갈라지고 있었다. 그러자 옆에 서 있던 다른 무림인들이 손에 든 포승줄을 던져 내었다.

차라라락!

멋들어지게 감긴 줄은 그대로 팽팽하게 당겨졌고 이어 삽시간에 방책으로 끌려왔다. 끌려온 나무는 방책에 바짝 붙으며 방패와 같은 역할을 하고 있었다.

쿵쿵!

"후우우웃······."

긴 숨을 들이쉬며 사내는 눈을 돌려 앞을 바라보았다. 지금 자신이 있는 곳은 방책에서도 근 이 장이나 앞으로 나온 곳이었다. 잘린 나무들을 서로 연결한 그루터기 위에 올라와 있었던 것이다.

얼마나 많이 온 것인지 모르지만 뗏목을 넘어 거의 평지 수준이었다. 정말 이해할 수 없는 일이었던 것이다.

"진표야! 어떻게 된 일이냐!"

"···사부님."

뒤쪽에서 다급한 목소리가 들려오고 이어 많은 사람들의 얼굴이 보였다. 그의 사부인 규앙 도장을 비롯하여 개방, 현백의 일행이었다.

"모르겠습니다. 갑자기 수많은 나무 등치들이 이곳을 향해 오고 있습니다. 막아도 막아도 끝이 없군요."

진표라 불린 사내는 고개를 흔들며 입을 열었다. 그의 말처럼 정말 많은 수의 나무 그루터기가 내려오고 있었고 아직도 눈앞에 보이는 것이 있을 정도였다.

"당장이야 괜찮을 것 같지만 앞으로 더······!"

진표는 규앙에게 상황을 설명하다 입을 꽉 다물었다. 눈앞에 한두 개의 부유물이 보이는 것이 아니라 거의 한 개의 검은 선이 보이고 있었다. 실로 엄청난 양의 부유물이 밀려 내려오고 있었던 것이다.

"이런!"

진표는 말을 멈추고 오른팔에 다시 힘을 주었다. 온 내력을 다시금 밀어 올리려 하지만 이젠 지쳐서 그것도 쉽지 않았다. 꽉 쥔 검날이 파르르 떨리고 있었던 것이다.

"비키거라, 진표야. 이젠 내가 해야겠구나. 잠시 쉬거라."

"……."

규앙의 말에 진표는 잠시 이를 악물다 고개를 떨구며 신형을 돌렸다. 냉정하게 생각해 보면 규앙의 말이 옳았던 것이다.

"어떻게 이런 일이… 아무리 큰 물난리라지만 이건 좀 심하지 않나……."

혼잣말을 중얼거리며 규앙은 앞으로 나섰다. 그의 몸에서 강대한 백색의 기운이 피어오르고 있었다.

"아저씨, 전에도 이런 것 본 적 있어요? 원래 물난리가 나면 이렇게 돼요?"

"어느 정도는 부유물이 흘러내려 오기 마련이지만 이런 것은 처음이다. 정말 이상한 일이야."

이도의 말에 지충표는 턱을 쓰다듬으며 입을 열었다. 물난리가 나면 부유물이 떠 내려오는 것은 정상이지만 이것은 도를 넘어선 것이었다.

아무리 지형이 낮은 곳이라지만 이 정도의 비가 왔다면 여기뿐만이 아니라 상류 쪽에서부터 난리가 시작되었을 터였다. 그렇다면 그쪽에서도 수해를 입었을 터였고 이렇게 부유물들이 떠 내려오는 것은 정상적인 일이었다.

그러나 그 부유물들이 이리도 많이 내려온다는 것은 이해할 수 없었다. 그것도 이렇듯 커다란 나무 그루터기만 말이다.

"상류의 벌목장이라도 수해를 입었나 보지. 이 정도 크기라면 그렇지 않을까?"

오유는 나름대로의 생각을 밝혔다. 물론 그렇게 생각하면 쉬운 일이었다. 하나 이내 들려오는 주비의 말에 일행은 긴장할 수밖에 없었다.

"벌목장이 수해를 입었다면 말은 되지. 그러나 그렇다고 생각해도 이건 말이 안 되지."

툭툭.

주비가 창대로 살짝 찍은 곳은 나무 그루터기의 앞쪽이었다. 반으로 잘린 나무 그루터기의 끝은 완벽한 원추형이었다. 누군가가 아주 잘 깎아놓은 것이다.

"그냥 나무를 찍어내는 것이라면 이렇게 깊이 찍을 필요가 없었겠지. 성문이라도 부술 생각이 아니라면 말이야."

눈을 반짝이며 말하는 그의 목소리에 모두의 입술이 살짝 마르기 시작했다. 그렇다면 이것은 의도된 것이라는 뜻이니 말이다.

"아무래도 어떤 놈의 짓인지 한번 봐야겠군."

스으웃.

창두에 씌운 비단 천을 벗기며 그의 장창이 온전히 세상에 드러나고 있었다. 주비는 서서히 몸을 움직이며 앞으로 나가기 시작했다.

第三章

강상의 대련

1

퉁… 투퉁! 콰르르르!

십여 개의 통나무들이 한꺼번에 움직이기 시작했다. 앞을 뾰족하게 깎아놓은 통나무들이 물에 풀리며 빠르게 하류로 내려가고 있었던 것이다.

"굳이 이럴 필요가 있습니까?"

한 사내의 입이 열렸다. 작은 조각배 위에 몸을 실은 채 떠내려가는 통나무들을 무표정하게 바라보고 있었는데 그 혼자만이 아니었다. 그의 옆에 또 한 명의 사람이 서 있었다.

"한번 시험해 보고 싶지 않나? 이 정도의 일을 어떻게 풀어내는지 말이야."

"……."

낭랑한 음성에 사내는 입을 꽉 다물었다. 그로선 도무지 지금 상황이 이해가 되질 않았던 것이다.

지금 강물은 거의 격랑이라 해도 과언이 아니었다. 그 격랑 속에 이런 쪽배를 띄운 자신들을 다른 사람들이 보면 미친 짓이라 했을 터였다.

그러나 그 격랑 속에서도 이 배는 소용돌이에 전혀 영향받고 있지 않았다. 그건 뒷짐을 지고 있는 사람 때문이었는데 그의 무공에 의해 배가 멀쩡할 수 있었던 것이다.

"시험이라면 저희 아이들을 보내면 될 것입니다. 굳이 이렇게 하지 않아도 될 것을……."

"헛헛, 천하의 밀천사가 이리도 마음이 약하다니. 내 자네의 새로운 모습을 보네."

검은색 흑의 무복에 하얀 얼굴, 사십대의 장한인 그가 바로 밀천사 양각이었다. 그리고 지금 그는 상문곡이 아닌 이곳에 있었다.

"자칫하면 이 일대가 물바다가 될 수도 있는 일입니다. 하니 이런 일은 하지 않는 것이 좋습니다."

밀천사라 불린 사내는 고개를 저으며 입을 열었다. 그러자 옆에 있던 사내는 빙긋 웃었다.

"그래도 좋고… 어차피 지워야 할 흔적들이 있지 않나? 자연의 일로 판명나면 아무도 의심하지 않을 텐데?"

중후한 인상에 걸맞지 않게 사내의 입에선 냉혹한 음성이 흘러나왔다. 밀천사는 어이가 없다는 듯한 얼굴로 사내를 향해 입을 열었다.

"제가 그냥 지울 수도 있습니다. 또한 밀령대(密鈴隊)를 통해 할 수도 있고 말입니다. 굳이 이렇게 하지 않아도……."

"자넨 궁금하지 않나?"

"……."

밀천사는 계속 입을 열었지만 그의 의견은 번번이 묵살당했다. 이번엔 또 무슨 말을 할지 말이다.

"창룡… 그자가 소속을 바꾸었네. 혼자서도 강호고수의 반열에 당당히 들 수 있는 자가 소속을 바꾸었네. 난 그 이유가 궁금해."

"……."

"그래서 내가 여기 있는 것이고 말일세."

청의 무복을 입은 사내는 그저 씨익 웃을 뿐이었다. 그는 말과 함께 손을 들어 내려오는 통나무들을 향해 내밀었다.

우우웅!

작은 울림이 밀천사의 귀에 들려온 순간 황금색 빛이 사내의 손에서 일었다. 그 빛은 이지러지듯 앞으로 튀어나가며 내려오던 통나무를 힘차게 밀었다.

쿠콰콰가가!

통나무들이 전부 방향을 바꾸며 한쪽으로 움직이고 있었

다. 격랑 속에 튀어 오르는 작은 물방울의 운무 때문에 보이지 않았지만 분명 그 방향은 방책이 있는 쪽이었다.

"자아, 어떻게 할 것이냐… 현백."

중후한 그의 음성이 들려오는 가운데 밀천사는 시선을 고정했다. 살짝 벌려진 그의 청의 무복 사이로 황금색의 장삼이 보이고 있었다.

*   *   *

"후우……."

내력으로 말하자면 세상 그 누구에도 지지 않을 자신이 있었다. 아니, 그렇다고 해서 그가 세상의 최고수라는 것은 아니었지만 말이다.

그만큼 규앙의 내력은 깊었다. 하나 그 깊은 내공에도 불구하고 지금 난감할 정도의 상황이 벌어지고 있었다.

쿠아아앙… 파팡!

힘겹게 통나무를 밀어보지만 도무지 끝도 없었다. 이미 서로 묶어놓은 통나무의 길이는 방책에서 약 십여 장, 더 이상 묶어놓을 수도 없었다.

"사부님, 더 이상은 무리이십니다! 그만 하시고 뒤로 나오십시오!"

"무리든 아니든 그게 중요하더냐? 지금 눈앞에서 벌어지는

것을 두고 어찌 물러나!'

 진표의 목소리에 규앙은 일갈을 쳐 올렸다. 그 역시 지금 상황이 절대 자연적으로 생긴 것이 아니라는 것을 잘 알고 있었으니 더더욱 그만둘 수 없는 것이다.

 사람의 목숨을 담보로 장난을 치는 자들에게 그는 지고 싶지 않았다. 그러나 상황은 그가 그만둘 수밖에 없도록 만들고 있었다.

 쿠르르르……!

 지금까지와는 비교도 안 될 정도로 강한 기운을 담은 통나무들이 한꺼번에 떠 내려오고 있었다. 언뜻 보기에도 이십여 개가 넘는 통나무들이 아래로 흐르는 물길을 무시하며 대각선으로 내려오고 있는 것이다.

 누가 봐도 확실히 내력으로 밀어낸 공격이었다. 규앙이 다시 검을 들며 앞으로 나가려 할 때였다.

 "이번엔 제가 나서도 되겠습니까?"

 "……."

 창룡 주비였다. 현백의 일행 중 다른 사람은 몰라도 이 창룡이란 인물은 그 역시 알고 있었다. 비록 그동안 현백과 이야기하느라 이 창룡에게 인사 한마디 할 수 없었지만 창룡이란 사람은 무명인이 아니었다. 오룡일제라는 양명당의 핵심 인물 중 가장 강한 인물이 이 창룡인 것이다.

 그가 시퍼런 창날을 허공에 드리운 채 앞으로 나서고 있었다. 순간적으로 규앙의 마음에 호기심이란 놈이 비집고 올라오고 있었다.

규앙은 아무런 말 없이 옆으로 비켜났다. 그러자 주비는 창두를 바닥에 비스듬히 기울이며 앞으로 나서고 있었다.

부연 물안개 속에서 그의 눈이 반짝이고 있었다. 제일 앞에 오는 통나무와의 거리는 약 오 장여, 잠시 그 통나무를 잡아먹을 듯이 바라보던 주비는 일순 오른손을 쫙 뻗었다.

촤아아아앗……!

창두 부분이 보이지 않을 정도로 물속 깊이 박은 후 주비는 눈을 치떴다. 그와 함께 그의 입에선 커다란 소리가 흘러나왔다.

"수룡(水龍)……!"

지이이이잉!

강물이 울고 있었다. 아니, 강물에 잠긴 주비의 창이 울고 있었다. 하나 그 울림은 모두의 귀에 똑똑히 들려오고 있었는데 귀로 들리는 것이 아니었다. 온몸으로 들을 수 있었던 것이다.

"지형(支瀅)!"

쫘아아앙!

이번에 들린 소리는 귓가로 들려오는 소리였다. 거대한 물기둥과 함께 주비의 창이 물 위로 모습을 드러내는 순간, 삼 장여로 접근한 통나무에서도 굉음이 일었다.

쩌어엉… 쫘아악!

단숨에 반으로 갈린 통나무는 좌우로 그 배를 내놓으며 뒹굴고 있었다. 그리고 그 순간 주비의 신형이 허공으로 차 올랐다.

파아아앙!

순식간에 삼 장여 높이로 떠오른 주비는 그 혼자만 올라간 것이 아니었다. 어느새 창대를 휘둘러 반으로 갈린 통나무 두 개까지 같이 내력으로 끌고 올라갔었던 것이다.

시링…….

부연 운무 속에서도 주비의 창대가 빛을 발하고 있었다. 그러던 한순간 주비의 창이 허공을 갈랐다.

"차아앗!"

파파팡! 씨이이잉!

공중에 떠오른 통나무의 뒤편을 강하게 때리자 갈라진 두 개의 나무는 빠른 속도로 전면을 향해 폭사되고 있었다. 주비는 그 나무를 잠시 바라보다 이어 오른발을 쭉 뻗었다.

그의 앞에 있는 한 개의 통나무. 주비는 그 통나무 위에 발을 살짝 올려놓은 것이다.

탓! 파아아앙!

주비의 체중에 눌렸음에도 불구하고 통나무는 근 일 촌 정도만 수면 아래로 가라앉고 있었고 주비는 이어 공중으로 날아올랐다. 이런 일을 자행하는 자를 향해 신형을 움직인 것

강상의 대련

이다.

"이대로 계속 있으실 겁니까?"
"이십여 장이 넘는 거리일세. 올라 치면 아직도 멀었네. 오늘따라 양 대주가 좀 이상하군."
"……."
밀천사 양각은 입을 꽉 다물었다. 왠지 오늘은 마음이 안정되질 못하고 있었다. 아무래도 이 황당한 짓거리를 그냥 보고 있는 것에 원인이 있는 것 같았다.
"사실대로 말해도 되겠습니까?"
"음? …그렇게 하도록 하게. 언제는 내 막은 적이 있었나?"
살짝 얼굴을 굳히며 양각은 옆 사람을 바라보았다. 그리곤 다시 입을 열었다.
"초 대인이야말로 오늘 좀 이상합니다. 굳이 이렇게 하지 않아도 저들의 실력은 알 수 있습니다. 아니, 이미 알려져 있고 말입니다."
"……."
"현백 일행이란 자들이 얼마나 대단한 실력을 가지고 있는지 모르지만 그중에서 경계해야 할 사람은 창룡 하나뿐입니다. 현백이란 자, 그리 대단한 자가 아닙니다. 양명당 하나 밀어버린 정도로 이렇게 대인께서 나설 이유는 없습니……."
"자네 정말 그렇게 생각하나?"

"……."

초 대인이라 불린 사람은 양각의 말을 자르며 다시 물었다. 양각은 아무런 말 없이 그저 초 대인만 바라보고 있었는데 슬쩍 고개를 돌리며 초 대인이란 자는 입을 열었다.

"그렇게 형편없는 자라면 어째서 창룡이 그에게 붙었을까? 생각나지 않나? 일전에 우리가 그토록 창룡을 데려오고자 애썼을 때 말이야. 그는 일언반구에 거절하지 않았었나?"

"…그리곤 바보같이 양명당으로 움직였죠. 그 이후에 전 창룡을 크게 보지 않습니다. 자신의 몸을 널 곳이 어딘지도 모르는 자이니 말입니다."

양각은 기억이 나는지 고개를 끄덕이며 입을 열었다. 과거 자신과 여기 초 대인과 함께 상문곡에서 세를 만들려 할 때 창룡은 반드시 데려오고 싶었다. 무림인의 특성상 타인을 잘 받아들이지 않는 것이 상례일진대 정말 이례적인 일이었다.

그만큼 창룡은 대단한 무위를 가지고 있었고 또 앞으로 발전 가능성이 무궁했다. 그러나 그는 일언지하에 이를 거절했다.

물론 그를 초빙하기 위해 여기 있는 초 대인이나 자신이 움직인 것은 아니었다. 좀 더 친밀한 사람들을 골라 보내었고 다섯 번이나 권유를 했다. 하나 모두 거절뿐이었다.

그렇게 여섯 번째 권유를 하려 했을 때 창룡이 움직였다. 뜻밖에도 강호의 잡배들이나 모여 있을 법한 양명당에 몸을 의탁한 것이다.

"바보가 아니라 뜻이 큰 자이어서 그런 것일세. 양명당이라면 그가 힘쓸 만한 사정이 되니 말이야."

"…따로이 생각한 바가 있단 말입니까?"

초 대인의 말에 양각은 눈을 좁히며 말을 이었다. 초 대인은 한껏 여유로운 웃음을 지으며 다시금 입을 열었다.

"그가 가진 뜻이 어떤 것인지는 모르나 그는 양명당에 몸을 의탁한 것이 아닐세. 돼지 한 마리가 범을 기를 순 없지. 시간이 흐르면 양명당은 아마 창룡의 것이 되었을 터이네."

"…세력을 원했단 말입니까?"

뜻밖의 사실이었다. 그것이 정말이라면 창룡이 그들의 뜻을 거절한 것도 이해가 간다. 자신과 초 대인이라면 창룡이 머리 위에 서도록 놔둘 리가 없으니 말이다.

"한데 그런 자가 모든 것을 다 물려 버리고 현백이란 사람을 따라나섰지. 궁금하지 않은가? 분명 현백은 세력이 없어. 화산의 무인이라고 알려지긴 했지만 그 화산에서조차 그는 환영받지 못하고 있어. 이건 잘 알고 있는 사실 아닌가?"

"물론입니다."

과연 궁금할 만했다. 초 대인의 말은 여러 가지를 내포하고 있는데 주목해야 할 것은 현백이란 자가 세력을 가지고 있지 않다는 것이었다. 그럼 창룡은 그 사람 자체를 보고 움직인 것이라 해도 과언이 아니었다.

그것이 무엇인지가 지금 초 대인은 궁금한 것이다. 무공으로 보자면 현백은 여기 초 대인에게 상대가 안 된다. 아니, 초 대인이 아니라 자신조차 이길 수 없을 터였다. 그건 창룡도 마찬가지고 말이다.

그럼 창룡이나 현백이나 무공의 차이는 별로 없었다. 한데도 창룡은 현백을 선택했다. 그 선택의 기준이 궁금한 것이다.

"호오, 호랑이도 제 말 하면 온다던가? 벌써 화답이 오네그려."

"……!"

자신들이 탄 배를 향해 섬전같이 날아오는 것이 보이자 양각은 등 뒤로 손을 가져가려다 멈추었다. 등에 멘 검파에 손이 닿기 직전 이미 초 대인이 손을 쓰고 있었던 것이다.

"흠… 한 번 더 시험해 볼까?"

스슷……!

낭랑한 목소리와 함께 초 대인은 손을 들었다. 그러자 그의 들려진 오른팔에서 강한 기운이 흘러나왔다.

우우우웅!

은은하게 펼쳐지는 금황색의 기운, 마치 작은 안개처럼 초 대인의 오른손을 휘감고 있던 그것은 한순간 양 갈래로 쫙 펼쳐지며 허공으로 비산했다.

빠가각!

날아오던 두 개의 통나무가 또 한 번 잘리며 네 개로 변했다. 초 대인이라 불린 사람은 이어 오른 손바닥을 쫙 펴냈다.

쩌어엉! 콰가가가가!

네 개의 통나무가 온 방향으로 되돌아가고 있었다. 날아올 때보다 근 두 배 이상 빠른 속력으로 말이다.

양각은 그런 초 대인을 어금니를 꽉 깨문 채 바라볼 뿐이었다. 설사 현백이란 자가 그리도 궁금하다 해도, 지금 초 대인이 하는 행동을 그는 이해할 수가 없었던 것이다.

"응?"

주비는 앞으로 달려나가던 신형을 멈추었다. 채 삼 장여를 움직이기도 전에 강렬한 기운이 전방에서 느껴진 것인데 무시하고 옆으로 피할 상황이 아니었다.

눈에 보이지도 않을 정도로 멀리 있는데도 온몸을 저릿하게 만들 정도로 강렬한 기운이었다. 이 정도의 기운이라면 자신이 온 힘을 다 기울여 쳐내야 할 정도였던 것이다.

"후우웁!"

긴 숨을 들이마시며 주비는 내력을 한껏 끌어올렸다. 운무에 착 가라앉았던 그의 긴 머리칼들이 조금씩 하늘로 날려 올라가고 있었다.

"……이것은!!"

규앙 도장은 어금니를 꽉 깨물었다. 보이지는 않았지만 전방에서 날아오는 강대한 기운은 느끼지 않으려 해도 느끼지 않을 수가 없었다. 너무나 강대했던 것이다.

그리고 그것은 남궁장명이나 진소곤 모두 느낄 수 있었다. 두 사람은 굳은 얼굴로 앞으로 나가려 했다. 제아무리 창룡이 대단한 사람이라 해도 혼자서 모든 것을 막을 수는 없었다.

느껴지는 기운은 모두 네 개, 그중 창룡이 잘 막아봤자 두 개였다. 나머지 것은 자신들이 막아야 하는 것이다.

한데 그렇게 두 사람이 앞으로 나가려 할 때였다. 누군가 그들보다도 먼저 앞으로 나서고 있었다.

"현백?"

헐렁한 장포를 벗어 던지며 앞으로 나간 사람은 현백이었다. 칙칙한 검은 가죽갑주를 걸친 그의 모습이 보이고 있었다. 한 걸음 한 걸음 걸어나가는 그의 주변에 기이한 운무가 서리고 있었다.

스스스스스……

일순 현백이 흐릿해 보일 정도로 운무는 짙어졌고 어느 한 순간 그 운무는 사라졌다. 모조리 현백의 몸으로 사라진 것이다. 그리고 현백은 그들의 시야에서 사라졌다.

파아앙! 출렁……

딛고 있던 나무 둥치를 밟고 움직이자 수면 전체가 한 번 큰 요동을 쳤다. 그리고 나서 다시 현백의 모습을 봤을 때 이미 현백은 주비의 머리 위로 가 있었다.

찌릿!
힘차게 창대를 한 번 공중에 털자 맑은 소리가 흘러나왔다. 은은한 백광이 감싸진 것을 본 순간 주비는 고개를 끄덕였다. 이 정도의 힘이라면 충분히 막을 수 있을 것 같았다.

비스듬히 선 채 왼손으로 창대의 중앙을 잡았고 오른손은 뒤로 길게 뺀 채 창끝 부분을 잡았다. 그리고 어느 한순간 그는 왼발을 힘껏 내밀며 오른손의 창대를 앞으로 밀었다.

"차아앗!"
피리리리링~!
그냥 밀어낸 것이 아니라 손목을 틀며 낸 공격이라 그 위력은 이루 말할 수 없었다. 주비는 차분히 날아오는 첫 번째 공격을 기다렸다.

콰아아아아!
날아오는 물체는 다름 아닌 통나무였다. 자신이 밀어낸 두 개의 잘린 나무가 이제 네 개로 분리되어 날아오고 있었다. 그래서 그런지 그 속도는 엄청나게 빨랐고 이대로라면 왼손이 창끝을 잡을 때쯤 부딪치게 될 터였다.

일단 부딪치면 그것으로 끝이었다. 그대로 통나무를 부숴 버릴 생각이기에 그런 것인데 그때, 현백의 목소리가 허공에서 들려오고 있었다.

"맞서지 마라, 주비! 그대로 흘려!"

"뭣?……!!"

카카카카카~!

채 그의 말이 끝나기도 전에 이미 부딪친 후였다. 그리고 주비는 왜 현백이 그런 소리를 했는지 알 수 있었다.

좌라라라락!

창대의 회전력이 더욱 빨라지고 있었는데 그건 자신이 의도한 것이 아니었다. 통나무 자체가 엄청난 회전력을 가지고 있었던 것이다.

이미 창끝은 통나무에 깊숙이 박혀 있어 뽑을 수가 없었다. 주비는 어금니를 꽉 깨물며 오른손을 내밀었다. 그리고는 창대의 뒤에 손바닥을 대며 힘껏 밀었다.

쫘자자자작!

주비의 의도대로 통나무는 박살나고 있었다. 그러나 그의 손 역시 무사할 수가 없었다. 내력을 집중하고 있음에도 불구하고 화끈한 마찰력이 느껴졌던 것이다.

이대로는 이 나무 하나 쪼개면 손도 같이 찢어질 것처럼 보였다. 다른 세 개의 기운은 손도 대지 못할 상황이 닥친 것이다.

기운을 감지한 순간 현백은 알 수 있었다. 이건 그가 한 번 경험해 봤던 기운이었다. 진평표국의 초인상을 죽인 바로 그 기운이었던 것이다.

그래서 현백은 달려나왔다. 뒤쪽에 있으면 다른 사람들과 함께 해소할 수 있을 기운이지만 지금 앞에 나온 주비는 달랐다. 그 혼자선 절대 막을 수 없었던 것이다.

남한테 보이고 어쩌고를 신경 쓸 겨를은 없었다. 현백은 연천기를 끌어올릴 수 있는 한 모조리 끌어올리기 시작했다. 서서히 그의 두 눈은 또 한 번 야수의 눈으로 변해가고 있었다.

2

"위험하다!"

타타탓! 파아아앙!

지충표는 온 힘을 다해 앞으로 달려나갔다. 그만이 아니라 이도와 오유를 비롯해 무당의 규앙 도장과 그의 제자들, 그리고 형문산의 진소곤과 남궁장명도 박차고 움직였다.

아무리 봐도 저 기운을 두 사람이 막아낼 것 같은 생각이 들지 않았기 때문이다. 물론 지충표나 이도, 오유는 간다고 해도 딱히 도움이 될 수는 없었지만 그래도 그냥 있을 수는 없다고 생각했다.

역시나 기댈 것은 무당의 규앙 도장과 유행천개 남궁장명뿐이었다. 그러나 그들은 기세 좋게 달려나가다 이내 멈추어야 했다. 두 눈을 부릅뜨면서 말이다.

 머리가 깨질 듯이 아파와도 현백은 계속 내력을 끌어올렸다. 굳이 따지자면 자연의 힘을 흡기해 내는 그의 내력은 무한정 불어나고 있었다.
 "으득!"
 순간적으로 온몸에 차오른 내력에 자연스럽게 어금니가 깨물려지며 이 갈리는 소리가 나고 있었다. 잠시 만만치 않은 고통이 밀려왔지만 현백은 여기서 멈출 수가 없었다.
 그 혼자라면 어떻게 해볼 만한 일이지만 문제는 바로 아래에 있는 주비였다. 혼자 몸을 뺄 수 있는 처지가 아닌 것이다.
 현백의 신형은 점차 아래로 내려가고 있었다. 이미 도약의 정점을 지난 그의 몸은 빠른 포물선을 그리며 내려서고 있었는데 우연하게도 그건 주비의 창대 중앙 부근이었다. 엄청난 속도로 회전하는 그 봉 위로 떨어지고 있었던 것이다.
 무의식중에 현백은 양 발을 아래로 내밀었다. 한데 그 순간 발목이 비틀릴 듯한 강렬한 기운이 현백에게 닥쳐오고 있었다.
 "큽!"
 부지불식간에 신음성을 흘릴 정도로 강대한 힘에 현백은 이 사이로 신음성을 내뱉었다. 그와 함께 그의 몸에서 자연스

강상의 대련 101

러운 대항력이 일어서고 있었다. 그리고…….

카카카칵……!

현백의 발과 주비의 창대가 한 뼘 정도를 남겨놓았을 때 기이한 소리가 터져 나왔다. 또한 그의 몸속에서 자신도 모르는 강렬한 폭발이 일고 있었다.

"……!"

소용돌이. 그건 와류였다. 몸 안의 기운들이 발아래의 기운에 대항하여 와류를 일으켜 낸 것인데 그 기세가 심상치 않았다.

단전 부위를 중심으로 생긴 작은 소용돌이는 곧 흉부 전체를 휘감기 시작했다. 이어 하나의 용권풍이 되어 발밑으로 쏘아져 버렸던 것이다.

까자자자작!

대기가 찢어지는 요란한 폭풍 속에 현백은 양 발에 힘을 주었다. 그리곤 결국 창대 위로 올라섰다.

탓!

마치 아무 일도 없었다는 듯 창대 위로 올라선 현백은 꼿꼿한 자세를 유지하고 있었다. 주비의 창은 이미 멈추어진 상태였던 것이다.

"……! 어떻게!!"

주비는 멍한 기분이었다. 자신이 양손으로 움켜쥐고 있는 창대, 그 위에 올라선 현백의 무게가 거의 느껴지지 않고 있었다. 아니, 문제는 그것이 아니었다.

촌각이었다. 그 강맹하게 휘돌던 창대가 한순간 잠잠해진 것은 정말 촌각의 일이었다. 양손이 거의 찢겨져 나갈 듯한 고통을 느낀다고 생각한 순간 이미 멈추어 버린 것이다.

하지만 주비의 놀람은 거기서 그치지 않았다. 살짝 공중에 신형을 띄운 현백의 모습을 본 순간 그는 두 눈을 의심할 수밖에 없었다.

"흉내는요, 봐도 대단한 것을……. 그리고 현 대형의 무공이 왜 없어요? 그 변하는 눈과 함께 나타나는 기이한 현상들이 있잖아요. 와룡풍처럼 휘도는 내력과 무기에 뇌전의 힘을 담은 것이요."

언젠가 이도가 그에게 한 말이 생각나고 있었다. 와룡풍처럼 휘도는 내력. 정확히 말하면 그가 만든 것이 아니라 붕천벽수사 모인 장로의 내력에 현백의 몸이 자연스럽게 대항한 것일 뿐이었다.

한껏 치켜 올린 내력에 두 눈은 이미 귀화를 담고 있었고 가슴은 터질 듯이 쿵쾅거리고 있었지만 이상하게 머리는 맑아지고 있었다. 더 이상 아프지도 않고 말이다.

누군가에게 영향을 받았든 어쨌든 간에 확실한 것은 자신이 가진 내력이 이러한 와류를 형성할 수 있다는 것이었다.

그리고 그 힘을 바깥에 쏟아낼 수도 있고 말이다.

몸을 축으로 했을 때 지면과 수평으로 움직이는 내력의 회오리. 그 힘이 지금 현백의 온몸을 휘감고 있었다. 내력은 고정된 채 움직이는 것이 아닌 것이다.

현백의 무공은 연천기. 그것은 자연의 힘을 끌어들이는 것이다. 용천혈로 쫙 끌어들이거나 백회혈로 끌어들이는 것이 아니었다. 현백은 피부로 모든 힘을 끌어당긴다.

다른 사람들처럼 축기를 했다가 필요한 곳으로 힘을 보내는 것이 아니었다. 따라서 언제나 힘을 끌어당길 수 있는 요인이 필요했다. 그것이 바로 기운의 회전이었다.

끝없는 회전을 통해 사용하든 안 하든 기운을 몸 전체로 퍼뜨리는 것, 그것이 요지였다. 끝없이 내력을 끌어올렸을 때 어째서 폭주가 일어나는지도 이제야 그 감을 잡을 수 있었다. 그냥 담기만 해도 힘든 크기의 내력들을 억지로 휘돌려 공명시키니 몸이 감당할 리가 없었던 것이다.

여기까지 생각을 한 현백은 더 이상 주저하지 않았다. 그는 오른손을 허리춤으로 보내 도파를 꽉 움켜잡았다. 그리곤 내력을 한껏 주입시키며 뽑아 올렸다.

찌이이이잉……!

"……."

굳게 잡은 그의 손에 쥐어진 한 자루의 기형도, 한데 그 움직임이 이상했다. 마치 물속에 도를 드리우고 힘껏 훑은 듯 좌우로 살짝 뒤틀리며 허공에 뽑혀 올라왔던 것이다.

몸속에서 치달리던 내력이 자연스럽게 흘러나온 결과였다. 현백은 양 발에 힘을 주었다. 그 어느 때보다도 가볍게 느껴지는 몸을 깨달으며 허공에 몸을 띄웠다. 그러자,

"……!"

현백 자신도 놀랄 만한 일이 일어나고 있었다. 휘도는 몸 안의 내력. 그 중심점이 움직이고 있었다. 물론 움직임에 따라 좌우, 혹은 앞뒤로 한 치 정도만 움직였는데 그 결과는 놀라웠다.

마치 커다란 물고기의 부레에 물을 조금 넣고 던진 듯한 느낌이었다. 현백 자신도 현기증이 일 정도로 잔 떨림을 보이며 신형이 이동했던 것이다.

피피피핏!

눈앞에는 주비가 박살 낸 나무 등치의 잔해들이 밀려들어왔지만 현백은 전혀 아랑곳하지 않았다. 작은 나뭇가지 수준의 잔해들이라 그대로 몸으로 부딪친 것인데 여기저기 스친 상처 외엔 나질 않았다. 이미 내력은 주비가 거의 죽인 상태니 말이다.

현백은 남은 세 개의 나무를 향해 시선을 던졌다. 정면에 하나, 그리고 좌우측에 각기 한 개씩 날아오고 있었다. 그중 제일 먼저 도착한 것은 좌측이었다. 거리는 불과 반 장도 안 되었던 것이다.

현백은 몸을 살짝 기울이며 내력을 이동시키려 했다. 몸 안의 중심점을 좌측으로 살짝 이동하자 떨어져 내리던 현백의 신형이 잔 떨림을 일으켰다.

파파팟!

순간적으로 현백의 그림자들이 어지럽게 산개하는 듯하더니 현백의 신형은 어느새 그 앞으로 가 있었다. 현백은 오른손에 든 도를 그대로 내려쳤다.

카칵! …촤아아앗!

강한 회전력을 담은 나무 둥치지만 정면에서 치지 않는다면 충분했다. 방향을 아래로 확 틀어버린 나무 둥치는 물속으로 내리박히고 있었다. 현백은 오른발을 들어올렸다. 그리곤 내려서는 자신의 체중을 그 오른발에 실어 그대로 나무 둥치의 끝을 밟았다.

콰아아아! 파아앙!

순식간에 나무 둥치는 물속으로 사라졌고 현백의 발이 물에 닿을 찰나 그는 허리를 뒤틀며 오른발을 힘껏 차내었다. 현백의 몸은 유려한 곡선을 그리며 뒤쪽으로 쏘아졌다.

몸 안의 기운은 그 크기를 점점 크게만 하고 있었다. 현백의 몸은 그 기운의 흐름이 영향을 미쳐 허공에 뽑혔지만 유려한 곡선을 그릴 수가 없었다. 살짝살짝 뒤틀며 마치 환영과도 같은 움직임을 보였던 것이다.

어느 정도 움직였다고 생각한 순간 현백은 고개를 돌려 날아오는 두 개의 나무를 향해 시선을 던졌다. 한데 위치 파악이 잘못되었던 것인지 한 개가 이 척 앞에 와 있었다.

뾰족한 부위가 눈앞에 있으니 두려울 만도 한 상황이건만 현백은 정말 아무런 두려움이 들지 않았다. 그저 그 나무만 바라볼 뿐인데 왠지 너무나 똑똑히 보이고 있었다.

빨리 오고 있는 것은 사실이었고 눈으로 보기는 힘든 상황일진대 잘려진 단면까지 모두 보이고 있었다. 시간은 흘러 어느새 나무 둥치가 일 척 앞으로 다가왔을 때 현백은 단전의 기운을 살짝 오른쪽으로 이동했다.

스슷!

기운은 몸 안에서 일 촌 정도 움직였지만 현백의 신형은 마치 튕기듯이 일 척 이상 움직이고 있었다. 똑똑히 잘 보이던 현백의 눈도 일순 어지러워질 정도로 빠른 속력이었다. 그러자 그의 왼쪽 어깨 윗부분을 스치듯 나무가 지나가고 있었다.

피핏!

"큭!"

스친 것뿐이었고 또한 아무리 보호력이 떨어진다지만 가죽으로 된 갑주를 입고 있던 현백이었다. 그런데도 왼팔이 떨어져 나갈 듯한 고통이 밀려오고 있는 것이다.

작은 신음과 함께 현백은 이를 꽉 깨물었다. 그리곤 허리를 뒤틀며 오른손에 쥔 도를 허공에 크게 휘둘렀다.

콰가가가각!

단숨에 잘리는 소리가 아니라 상당히 둔탁한 소리가 연이어 들리고 있었다. 이후 현백은 오른발을 쭉 뻗었다. 허리를 뒤틀며 휘도는 신형을 멈추고 잘린 나무 그루터기 하나를 밟고 물 위에 서려 했던 것이다.

"……."

주비는 더 이상 놀랄 일도 없었다. 지금 현백이 보여준 한수는 정말 아무리 생각해도 이해할 수가 없었다.

사람이 수평으로 이동했다. 그것도 공중에서 말이다. 공중에서의 움직임으로 유명한 곤륜의 운룡대팔식도 이런 움직임은 보여주지 못했다. 그저 조금 유려한 각도로 살짝 꺾을 정도였던 것이다.

현백은 공중에서 일 척 이상을 이동했다. 그것도 잔영이 생길 정도로 빠르게 말이다. 그것부터가 이해가 가지 않았었다.

얼마 전 현백과 겨룰 때도 환영은 보였었다. 그건 현백이 의도적으로 보여준 환영이었고 속도의 완급을 통해 보여준 것이었다. 완전히 개념이 다른 것이다.

지난번에 보여주었던 환영은 현백보다 고수라면 능히 파악할 수 있었다. 그러나 이번의 움직임은 고수라도 파악하기 힘들었다. 정말 순간적인 움직임이었던 것이다.

이렇게 현백의 움직임을 종합해 보면 적어도 세 명 정도의 현백이 동시에 움직이는 듯한 착각을 불러일으키고 있었던 것이다. 그건 정말 자신이라 해도 진짜를 파악하기 힘든 움직임이었다.

게다가 그의 기형도, 그 기형도에 담긴 위력 역시 이해할 수가 없었다. 단숨에 나무를 두 동강 내는 움직임이 아니라 파르르 떨리며 잔 상처를 일으키고 있었다. 네 동강 이상을 내버리는 현란한 움직임이 피어올랐던 것이다.

찰박…….

어느새 현백은 하던 일을 모두 마치고는 그가 잘라놓은 작은 나무 둥치 하나를 밟고 서 있었다. 두 눈꼬리에서 흐르는 기운이 근 오 척이 넘도록 길게 늘어뜨리며 말이다.

만일 방금 전의 그 도법이 자신의 창날과 부딪쳤다면… 정말 상상하기도 싫은 일이었다.

"이도야."
"예, 사숙님."
"저게 현백의 진산무공이냐?"

우량관목 진소곤은 심각한 얼굴을 하며 입을 열었다. 아무리 대단한 실력은 아니더라도 그는 강호의 무인이었고 지금 현백이 보여준 한 수의 위력을 체감할 수 있었다.

"글쎄요… 볼 때마다 다르니 저도 뭐라 하기가 좀 그렇네요. 어쨌든 기분에 가장 현 대형에게 어울리는 무공 같아요."
"뭐……?"

아리송한 그의 대답에 진소곤은 살짝 눈을 흘겼다. 왠지 뭔가 숨기는 듯한 느낌에 그런 것이었다. 하나 이어진 이도의 말은 진심이었다.

"분명 현 대형의 무공은 대단해요. 그러나 그의 무공 중 정말 그의 진실한 무공이 어떤 것인가는 저도 몰랐어요. 그저 무당파의 경우처럼 남에게 전해주는 무공만 보고 생각할 뿐이죠."

"……."

"그런데 지금 보여주는 무공이 정말 현 대형의 무공 같아요. 저런 움직임에 저 정도의 위력이라면… 그렇게밖에 생각할 수가 없어요."

결국 이도 역시 모른단 소리였다. 진소곤은 고개를 돌려 오유를 바라보았고 오유 역시 고개를 끄덕이고 있었다.

"저렇게 사이해 보이는 무공이 현백의 진짜 무공이었단 말이냐? 거참!"

왠지 좋지 않은 듯한 시선을 진소곤은 현백을 향해 던지고 있었다. 아닌 게 아니라 현백의 모습은 충분히 그렇게 보이고 있었다.

온몸에서 날리는 내력으로 인해 그의 소매와 바지가 펄럭이고 있었고 치렁한 머리 역시 내력으로 인해 흔들리고 있었다. 게다가 결정적으로 그의 두 눈은 사람의 그것처럼 보이지 않았던 것이다.

"사람의 모습이 사이하면 사악한 것이냐? 넌 어째 아직도 그런 소리를 입에 담는고?"

"에?"

문득 옆에서 남궁장명의 목소리가 들려오고 있었다. 남궁장명은 살짝 눈을 흘기며 진소곤을 향해 말하고 있었다.

"모습이 사악하다고는 하나 그 기운은 분명 청량한 기운이다. 네가 보기엔 그렇지 않느냐? 사공과 정공의 구분을 그 모양새에 두고 본단 말이더냐?"

조금은 추궁하는 듯한 목소리지만 지금 이 순간 충분히 그렇게 해야만 했다. 지금 진소곤의 생각은 그 혼자만의 생각이 아니었다. 무당의 어린 제자들을 비롯하여 다른 모든 사람들의 생각 역시 비슷했던 것이다.

"옳은 말씀이시오. 너희들도 그 의혹에 찬 눈을 그만 풀거라. 더욱이 현 소협은 우리 무당에 큰 선물을 준 사람이니라. 그런 사람을 향해 어찌 올바르지 않은 마음을 품을 수 있겠느냐?"

준엄한 말이었고 일종의 꾸지람이었다. 그 사람의 겉모양만을 바라보지 말라는 뜻인 것이다.

"허허허, 강호에 또 하나의 신진고수가 출현했구나. 아니, 내 눈앞에서만 두 명의 신진고수가 나타났구나. 혼탁해져 가는 강호에 빛이 될 것인가?"

중얼거리듯 규앙은 조용히 입을 열었다. 그의 시선은 여전

강상의 대련 111

히 저 앞에 가 있었고 두 명의 사람을 보고 있었다. 장창을 끼고 조용히 서 있는 창룡과 기형도를 들고 서 있는 현백을 보고 있는 것이다.

"쫓아갈 생각이라면 그만두라고 말하고 싶다."
"……."
현백의 마음을 읽기라도 하듯 주비는 조용히 입을 열었다. 현백은 아무런 말 없이 그저 듣고만 있을 뿐이었다.

이미 떠 내려오던 나무 그루터기들은 모조리 그 방향이 돌려진 후였다. 현백과 주비가 움직일 때 그 영향으로 몇 개 빼고는 다 하류로 떠내려갔었던 것이다.

더 이상 떠 내려오는 것도 없는 것으로 보아 이제 위험은 없었다. 하나 솔직히 현백은 더 앞으로 가보고 싶었다.

부연 안개 속에 정체불명의 사내가 있을 터였다. 감히 맞설 수도 없는 강대한 내력을 지닌 자가 말이다. 그런 현백의 마음을 주비는 읽고 이야기한 것이다.

"아무리 봐도 우리보다 고수다. 비록 그의 공격을 네가 막아냈다고 하지만 아직 네 무공은 정립되지 않은 것 아닌가?"

정확한 판단이었다. 무언가 현백이 한순간 깨달은 것을 그는 느끼고 있었다. 해서 근 두 배 이상 빠른 무공의 성취를 보게 된 것을 말이다.

그러나 이것을 실전에 사용하기는 아직 어려웠다. 깨달음이 있다고 해서 바로 고수가 되는 것은 아니니 말이다.

그 깨달음을 충분히 몸에 배어놔야만 했다. 언제 어디서든 그 모습이 나올 수 있도록 말이다. 현백에겐 그 단계가 빠져 있었다.

"잘 알고 있다, 주비."

이윽고 현백의 입술이 열렸다. 나직이 이야기하는 그의 목소리엔 작은 힘이 느껴졌다. 아직도 자신의 내력을 다 진정시키지 못한 듯 보인 것이다.

"네 덕분이다."

"응?"

뜻 모를 이야기를 남긴 채 현백은 신형을 돌리고 있었다. 양 눈가로 길게 드리워진 기운은 이젠 근 반 치 정도 남아 있었지만 완전히 없어지진 않고 있었다. 아마도 모든 기운이 진정되면 사라질 터였다.

"너와 내력을 주고받으며 생각한 것들이 한꺼번에 꿰어질 수 있었다. 그 점, 감사하게 생각한다."

"…괜찮은 건가?"

현백의 말과는 다른 대답이 흘러나왔다. 현백의 입술 사이로 가는 핏줄기가 흘러내리고 있었다. 턱 선을 타고 내린 피는 이미 현백의 앞섶을 살짝 적시고 있었던 것이다.

"아직은… 괜찮은 것 같다."

탓!

작은 음성만을 남기고 현백은 허공으로 신형을 띄웠다. 날아오르며 소매를 들어 입술을 한 번 훔치곤 그는 이도와 오유를 향해 움직이고 있는 것이다.

"……"

그 모습을 잠시 보던 주비는 다시 고개를 돌렸다. 저 어두운 운무의 끝, 그곳에 있을 어떤 사람을 생각하며 말이다.

왠지 그는 그게 누구인지 알 것 같았다. 아니, 최소한 그 소속 정도는 알 수 있었다. 나무 그루터기에 서린 보일 듯 말 듯한 금황색의 기운을 보며 말이다.

"금황천심결(金黃天心訣)… 드디어 움직이는 겁니까……?"

공허한 대기 속에 주비의 목소리가 살짝 흘러들고 있었다. 그 목소리의 여운이 채 사라지기도 전 주비는 신형을 돌렸다.

"하면, 저와 대면할 날도 머지않겠군요."

탓! 찰박!

바람결에 말을 흘리며 주비 역시 신형을 옮기고 있었다. 이도와 오유, 그리고 지충표가 있는 곳을 향해 말이다.

"이래도 흥미가 일지 않는가?"

"……"

초 대인의 말에 양각은 아무런 대답도 할 수가 없었다. 비록 근 십 장이 넘는 거리를 두었지만 무슨 일이 있었는지는 감지할 수 있었다. 현백이 여기 있는 초 대인의 무공을 한순간에 파훼해 버린 것이다.

"과연 창룡이 따를 만한 자로군. 한순간에 창룡의 수준을 넘어선다라… 생각도 못한 일이 일어나고 있군 그래."

초 대인은 싱긋이 웃으며 왼손을 슬쩍 흔들었다. 그러자 두 사람이 탄 배가 이동하기 시작했다. 상당한 격류임에도 불구하고 상류로 거슬러 올라가기 시작한 것이다.

"아무래도 현백이란 자… 조금 더 알아볼 필요가 있을 것 같군. 그렇게 생각하지 않나?"

"…알아… 보겠습니다."

마지못해 그는 입을 열었고 초 대인은 고개를 끄덕이며 배의 이물 쪽으로 다가갔다. 출렁이는 배의 움직임을 느끼며 그는 간간이 왼손을 뻗어 장력을 뒤로 날리고 있었다.

양각은 그런 초 대인의 모습을 그저 바라만 보고 있었다. 운무가 짙어 육안으로는 확인할 수 없었으나 확실히 현백이란 자는 놀라웠다. 설마 단 한 수에 초 대인의 기운을 해소해 낼 것이라곤 생각지 못했던 것이다.

물론 맞닥뜨린다면 그건 좀 다른 이야기였다. 그땐 본신의 실력이 나올 것이고 현백이 지는 것은 불문가지였다. 그는 그렇게 믿었다.

초 대인… 그는 바로 솔사림의 사람이었기에…….

第四章

무한의 괴사

1

다가닥. 다각.

천천히 말의 속력을 줄이며 현백은 일행과 보조를 같이하기 시작했다. 선두에 선 그가 속력을 줄이자 같이 말로 달리던 주비도 속력을 줄였고 뒤에서 마차를 몰고 오던 지충표 역시 속도를 줄이고 있었다.

현백 일행이 서 있는 곳은 작은 언덕이었다. 그 언덕의 정점에서 속도를 줄인 것인데 그건 약 이백여 장 너머의 풍광 때문이었다. 드디어 성도인 무한에 도착한 것이다.

"어이구, 허리야. 히유, 이제야 다 왔네."

"도착하면 일단 객잔부터 잡아야겠어요. 이거야 원, 힘들어서 어디……."

빼꼼히 얼굴을 내밀며 진소곤이 입을 열자 마부석에 지충표와 같이 있던 이도가 입을 열었다. 아닌 게 아니라 힘든 여정이었다. 양진목을 떠난 지 일주일째 되는 날이었다.

양진목이 그리도 중요한 곳이기에 사람들은 그곳과 성도가 아주 가까운 줄 알았건만 그게 아니었다. 양진목은 무한이 끼고 있는 강과 연결되는 중요 통로였다. 그곳에 물난리가 나면 무한 쪽의 강물이 불어나 수해를 같이 입는 것이다.

"쯧, 젊은 녀석들이 하는 소리하고는. 어서 움직이자. 할 일이 많아."

"참, 사숙님은 정말 정정하십니다. 힘들지 않으십니까?"

"너 때문에라도 힘든 척 못하겠다. 무슨 사내놈이 그리 말이 많아?"

남궁장명과 진소곤은 티격태격하면서도 같이 다니는 것이 신기했는데 그들이 비록 서로 아옹다옹거리더라도 그 수위는 있었다. 두 사람은 여기서 말을 그치고서 바로 마차 안으로 고개를 다시 되돌리고 있었다.

이제 비는 완전히 그쳤고 강 수위는 상당히 낮아진 상태였다. 더 이상 수해는 걱정할 것이 없기에 일행은 가벼운 마음으로 움직일 수 있었는데 물론 완전히 가벼울 수는 없었다. 마지막 현백의 무위에 보여준 마을 사람들의 시선은 말이다.

현백의 두 눈을 본 마을 사람들은 곁에 오려고 하지도 않았다. 그거야 뭐 무공을 하지 않는 사람들이니 두려움에 그럴 수도 있겠지만 문제는 무당파의 사람들조차 경계의 눈초리를 보낸 것에 있었다.

현백의 무공이 어떤 것인지는 부차적인 문제였다. 그저 눈에 보이는 것에만 현혹되었다는 뜻인데 그런 의미에서 현백에겐 아주 서운한 감정이 들 수도 있었다.

그러나 현백이 선택한 것은 그러한 눈초리를 보낸 사람들에게 아니라고 강변한 것이 아니었다. 그저 신형을 돌린 채 바로 성도로 움직인 것뿐이었다. 애당초 그의 마음속에선 자신의 무공이 어떻게 보이든 상관하지 않는 것처럼 보였던 것이다.

하나 현백과 조금이라도 오래 있었던 지충표 같은 경우는 현백의 마음을 잘 알 수 있었다. 현백은 그리 좋지 않았던 어린 시절을 겪었던 사람, 그런 사람이 다른 사람의 곱지 않은 시선을 달갑게 받아들일 수는 없었다.

아마도 마음속에선 서운한 감정을 피워 올렸을 것이다. 그게 현백이었다.

"그래도 배은망덕한 친구들보단 낫지 않습니까? 히유, 현백의 눈을 한 번 보더니 아주 사파 취급을 하려 들더만요."

"남 듣기 위해 하는 소리라면 당장 그만둬라. 사람에 대한 예의가 아니다."

"전 그 사람들이 마음에 들지 않아서입니다. 사숙님도 보시지 않았습니까?"

이번엔 다른 주제로 남궁장명과 진소곤은 입을 열었다. 그때 오유가 고개를 마차 밖으로 빼꼼 내밀고는 입을 열었다.

"이봐, 이도! 왜 안 가? 여기서 날샐 거야?"

"가도 되긴 되는데 좀 이상해서 그래. 잠깐 나와보는 것이 좋을 것 같은데?"

"뭐?"

이도와 오유의 대화는 마차 안의 사람들이 충분히 들을 수 있었기에 남궁장명과 진소곤은 마차문을 열고 밖으로 나왔다. 그리곤 주위를 둘러보다 이상한 것을 느낄 수 있었다.

그건 다름 아닌 저 멀리 보이는 성도 때문이었다. 성문에 사람들이 즐비한 것이 복작한 느낌을 주고 있긴 하나 이건 이전에 보아왔던 성도와 다를 바가 없었다.

그런데 문제는 그 복작한 느낌이 통행하는 사람들로부터 느껴져야 하는데 그렇지 않은 것에 있었다. 성도를 지키는 군사들이었던 것이다.

"정말 이상하군. 이건 마치 성도를 지키는 것이 아니라 성도에 들어가는 사람들을 지키는 것 같지 않은가?"

남궁장명의 말에 그제야 사람들은 사태를 제대로 볼 수 있었다. 확실히 출입을 통제하고 있었던 것이다.

"이것 참. 아는 사람이 있다면 들어가 볼 수도 있겠지만 쉽지 않겠습니다."

"그래도 여기서 멈출 수는 없잖아요? 그 평통이란 사람을 만나야 한다면서요?"

진소곤의 중얼거림에 이도는 울상을 한 채 입을 열었다. 그러자 진소곤은 씨익 웃으며 다시 입을 열었다.

"뭐, 그거야 그렇지. 일단 가보자구요. 그래야 뭔들 제대로 알 수 있지 않겠어요?"

"현실적으로 그 수밖에 없는 것 같군. 움직이지, 현백."

이번엔 주비까지 그리 이야기하자 현백도 고개를 끄덕였다. 별다른 뾰족한 수가 없는 것이다.

"여차하면 월담하면 되지. 여기 있는 사람들이 힘을 합치면 저 담 하나 못 넘겠어? 가자고."

지충표도 씨익 웃으며 입을 열자 현백은 말의 배를 살짝 두드렸다. 푸르륵 소리를 내며 말은 작은 걸음을 하기 시작했다.

"웬만하면 충돌 같은 것은 없도록 하자. 아무래도 느낌이 이상하니."

현백은 한마디 하곤 바로 언덕을 내려갔고 이어 일행도 같이 움직이기 시작했다. 그렇게 일행은 성도의 성문을 향해 발걸음을 옮기고 있었다.

"아저씨, 아무래도 넘기는 좀 힘들 것 같은데요?"
"제기랄, 뭐 오랑캐들이 올 일도 없는데 너무한 거 아니야?

뭐가 이리 높아?"

 무한의 성벽은 정말 높았다. 높이가 적어도 육 장 이상 되어 보였고 도저히 한 번의 도약으론 무리였다.

 지충표는 인상을 벅벅 쓰며 연신 주위를 둘러보기 바빴는데 저 앞에선 진소곤이 입에서 침을 튀기며 성문을 지키는 병졸에게 상황을 설명하고 있었다. 그러나 병사의 얼굴을 보니 아무리 생각해도 제대로 될 것 같지가 않았다.

 이윽고 지충표의 눈에 진소곤이 돌아오는 것이 보였다. 어깨를 축 늘어뜨리고 오는 것이 아무래도 좋은 결과는 아닌 것 같았다.

 "죽어도 안 된답니다. 자신이 그런 일을 결정할 만한 사람이 아니래요. 우씨… 진짜 환장하겠네."

 진소곤은 자신의 가슴을 두드리며 답답함을 호소했다. 하나 성문을 지키는 병사의 입장도 생각을 해야겠기에 그를 탓할 수는 없었다.

 "쯧… 아는 사람 한 명 없단 말이냐? 그건 그렇고 대관절 못 들어가게 하는 이유가 뭐라더냐?"

 "참나, 그것도 이유가 아주 웃깁니다."

 남궁장명은 이유라도 알고 싶어 입을 열었는데 진소곤은 어이없는 표정을 지었다. 일행은 진소곤의 입술을 바라보며 다음 말을 기다렸다.

 "요괴들이 나타난답니다. 밤마다 요괴들이 성안에 나타나

치안을 어지럽히는 모양이에요. 관에서 잡다 잡다 못 잡아 이런답니다."

"에, 요괴요? 아니, 세상이 어떤 세상인데 요괴 타령이야? 그리고 요괴하고 사람 출입하는 거랑 뭔 상관이 있다고 이러나?"

어이없다는 듯 이도는 입을 열었다. 혹 자신들을 의도적으로 들어오지 못하게 하는 것이 아닌가 하는 생각이 들 정도였는데 문득 지충표의 목소리가 들려왔다.

"혹, 요거가 필요한 일 아니오? 원래 저런 사람들이 좀 밝히기는 하는데."

"그렇지 않아도 한 번 슬쩍 운을 떼봤소. 제길, 바로 인상부터 구깁디다. 아무래도 저쪽 상황은 심각한 모양이오."

지충표는 엄지와 검지를 말아 동그랗게 만든 후 물었으나 진소곤은 고개를 흔들며 대답했다. 말을 들어보니 정말 진소곤은 할 만큼 한 것 같았다. 그러니 이젠 다른 수를 통해 들어갈 수밖에 없었다. 그때 이번엔 주비의 목소리가 들려왔다.

"그럼 이번엔 제가 가서 이야기해 보지요. 어디 다른 수가 있을 수도 있으니."

"에?"

주비의 말에 진소곤은 웬 쓸데없는 소리냐 하는 듯한 표정을 지었지만 주비는 이미 저쪽으로 가고 있었다. 창대 하나를 옆에 낀 채 천천히 움직이는 그의 모습은 정말 아무리 봐도 범상치 않은 모습이었다.

그런 주비가 병사들과 이야기하기 시작했다. 잠시의 시간이 흐른 후 한 병사가 냅다 성안으로 들어가는 것이 보였다.

"얼래? 또 뭔 일이래? 현 대형, 주비 형이 무슨 말을 하는지 알겠어요?"

"글쎄, 하지만 나쁜 방향으로 가는 것 같진 않구나."

"그거야 봐야 알지."

현백의 말에 진소곤은 비릿한 웃음을 지으며 입을 열었는데 아마도 조소 같았다. 이곳을 잘 아는 자신도 성공하지 못했는데 처음 온 듯한 사람이 성공할 리가 없다고 생각한 것이다.

그런데 그러한 진소곤의 생각은 이내 바뀌어야만 했다. 성문에서 병사가 끌고 온 사람은 다름 아닌 장수 한 명이었다.

"얼래? 저 정도 갑주면 꽤 높은 사람 아닌가요?"

"수비대장 정도로 보이는구나. 허어, 이거 잘하면 성공할 수 있겠는데?"

슬쩍 고개를 돌려 진소곤을 보면서 지충표는 입을 열었고 진소곤은 두 눈을 동그랗게 떴다. 하나 이내 더욱더 크게 눈을 떠야만 했다.

"오라는 거 아닌가요?"

"왜 아니겠느냐? 어서 가자꾸나. 쓸모없는 놈은 오던지 말던지 하고. 풋!"

 오유의 목소리와 함께 남궁장명의 말이 들려오자 진소곤의 얼굴은 거의 일그러지고 있었다. 분명 지금 주비가 손을 들어 휘젓고 있었고 좌우가 아니라 아래위였던 것이다.

"참내, 그런 약속을 덜렁 하면 어찌합니까? 그러다 잘못되면 목이 달아날 수도 있어 알고도 말 안 한 겁니다."
"설마 진 형은 진짜 요괴가 있다고 생각하는 것은 아니지요? 어차피 사람의 장난일 확률이 높지 않습니까? 그러니 말할 수 있는 것이지요."

 퉁명스런 진소곤의 말에 주비는 싱긋 웃으며 입을 열었다. 그러자 진소곤은 바로 반응을 보였다.

"물론이오! 말도 안 되는 이야기지! 어찌 요괴가 있을 수 있단 말이오? 필시 사람의 농간일 거요!"
"그럼 왜 이야기 안 했냐?"
"……."

 진소곤의 굳건한 목소리가 허공에 울리자 바로 그 뒤를 이어 남궁장명의 목소리가 들려왔다. 그러자 진소곤은 바로 입을 꽉 다물었다.

 주비가 이곳에 일행을 들여올 수 있었던 이유는 아주 간단했다. 그 요괴를 잡아준다고 한 것이다.

 여기 있는 사람들의 명호는 거의 유명하진 않았지만 두 사람만은 예외였다. 적어도 이 호북에서 우량관목 진소곤과 유행천개 남궁장명은 유명한 사람들이었던 것이다.

그들에 대한 이야기를 하였기에 통과될 수 있었다. 한데 주비는 그런 이야기를 사람들에게 아직 하지 않았던 것이다.

현백 일행이 있는 이곳은 무한 관청이었다. 비록 이 무한의 일에 별다른 관심이 없다곤 해도 약속을 한 이상 여러 정보를 얻어야 했다. 그 정보를 얻기 위해 관청으로 온 것이다. 아니, 사실은 수비대장이란 자가 억지로 끌고 온 것이긴 하지만 말이다.

"강호의 명인께서 오셨다구요?"

한껏 들뜬 목소리가 들려오자 사람들의 시선이 일제히 돌아갔다. 목소리의 주인공은 내원 쪽의 출입구에서 나오고 있었는데 화려한 관복을 입은 것을 보니 그가 이곳의 책임자인 듯했다.

"경황이 없어 제대로 소개조차 못한 것 같군요. 전 이곳의 성문을 맡은 호야준(浩爺俊)이라 하고 이분은 이곳의 포정사이신 종요(鐘謠) 대인이십니다. 이분들이 강호의 고수입니다."

"오! 진정 감사하오. 그렇지 않아도 무당에 사람을 보내달라 연통을 넣었거늘."

뭐가 어떻게 되가는지 모르지만 수비대장과 포정사는 진짜 한시름 놓았다는 표정을 짓고 있었다. 그러자 남궁장명이 앞으로 나서며 입을 열었다.

"미거한 강호의 무부들을 이리 환대해 주시니 감사할 따름입니다. 소인은 개방에 몸을 담고 있는 남궁장명이라 합니다."

"오! 형문산의 유행천개이시구려! 그럼 복색을 보아하니 그 옆의 분이 우량관목으로 불리시는 진소곤 대협이오?"

"예? 아 예, 제가 진소곤입니다만······."

뜻하지 않은 호들갑에 놀란 것은 진소곤이었다. 그가 대답을 하자마자 종요는 그의 손을 잡은 채 다시금 입을 열었다.

"특히나 눈이 남다르다는 진 대협이라면 이번 일에 절대적으로 필요합니다. 정말 감사하오이다."

"에··· 아, 예. 그렇다면 다행입니다만······. 하하하핫!"

아무리 생각해도 황당한 상황이지만 일단 진소곤은 웃음으로 때웠다. 왠지 자신이 중히 여겨진다고 생각하니 기분이 좋기도 했고 말이다.

"자자, 모두들 이쪽으로. 아무래도 이곳의 일을 좀 알고 거리로 나서시는 것이 좋을 것 같습니다."

종요는 사람들을 인도한 채 중앙에 있는 다탁으로 이동했다. 사각형의 다탁은 꽤나 컸는데 모두 다 앉아도 반도 안 찰 만큼 큰 다탁이었다. 종요는 시비들에게 차를 내오게 하며 입을 열었다.

"여러분의 성명을 모두 들어야 하겠지만 상황이 급박한지라 실례를 하겠습니다. 지금 이곳엔 괴사가 연이어 일어나 어찌해 볼 도리도 없습니다. 부디 이번 일에 여러분의 관심을 부탁드립니다."

얼마나 대단한 괴사인지 모르지만 종요의 얼굴은 심각했다. 그는 고개를 좌우로 몇 번 젓고는 이내 입을 열었다.

무한괴사라 불리는 사건은 근 한 달여를 계속되고 있는 일이었다. 뭐, 그렇다고 해서 피바람이 난무하는 그런 류의 일은 아니었는데 바로 연이은 실종 사건이었다.

한데 그 실종 사건이라는 것이 묘했다. 남녀노소를 가리지 않고 많은 사람들이 한 달여 동안 사라졌다. 하루에 한 명씩만 잡아도 삼십여 명의 사람들이 사라졌던 것이다.

무한이 꽤 넓은 성이긴 하지만 그 성안에 삼십여 명이 넘는 사람들을 가두어놓고도 알려지지 않을 곳은 없었다. 그것이 괴사라 불리는 첫 번째 이유였다. 사라진 사람들은 삼십여 명이 아니라 그 두 배가 가까웠던 것이다.

그러나 무엇보다도 이 일이 괴사로 불린 것은 납치되는 장면을 보는 사람들의 공통된 이야기였다. 거대한 곤봉을 가진 야차들이 사람들을 데려가는 것을 보았다는 것이다.

혹자는 그 뿔이 삼 척에 이른다고 했고 또 혹자는 긴 꼬리가 달려 있다고도 했지만 공통적인 것은 그 야차 같은 모습이었다. 강을 인접한 무한의 특성상 안개가 짙은 새벽 시간에 발생한 일이긴 하지만 그 모습까지 모두 감출 수는 없었던 것이다.

상황이 이러하니 포정사 종요는 도지휘사사 각운평(殼暈平) 장군과 함께 이 일을 해결하려 했으나 사건은 오리무중이었다. 도무지 그 정체를 알 수가 없었던 것이다.

"그래서 아예 성문을 봉쇄하신 건가요? 오가는 사람의 출입이 전혀 없게 말입니다."

"그렇다네. 바보 같은 방법일 수 있겠지만 일단 이 성도 안에 범인들을 붙잡아놓을 수도 있다는 생각이 들었고 그런 후 철저히 검색하면 그 실마리를 잡을 수 있을 것이라 여겼건만… 상황은 전혀 의도대로 되어가고 있지 않으니……."

지충표의 말에 종요는 고개를 끄덕이며 말문을 이었다. 일행은 그제야 성문을 잠근 이유를 알았는데 참으로 극단적인 방법이긴 했다.

"겨우 양진목에서 무림인들의 도움으로 수해를 막아 그나마 한시름 놓기는 했지만 또 이런 괴사가 생기다니… 이거야 원."

종요는 고개를 살짝 떨구었다. 한 달쯤 전이라면 현백 일행이 양진목에 도착해 도움을 주기 전의 일이었다. 생각보다 꽤 오래전부터 이런 일이 일어났었던 것이다.

"그럼 한 달 동안 전혀 그 실마리가 없었단 말씀이십니까?"

주비는 약간은 이해가 안 간다는 듯 질문을 던졌고 종요는 고개를 다시 들었다. 그는 주비의 생각을 알겠다는 듯 살짝 미소를 머금으며 대답했다.

"한 달이란 시간은 확실히 긴 시간이지. 하나 지금 가장 중요한 것은 수해를 피하는 일이라네. 그러니 우선 그 일부터 해결해야 했고 자연히 그 외의 일은 다음으로 미루어졌지. 해서 제대로 이 일에 매달린 것은 일주일이 채 안 된다네."

"그렇군요. 포정사님의 상심이 크셨겠습니다."

언제부터 서로 교류가 있는지 모르지만 진소곤이 굳은 얼굴로 입을 열자 종요는 웃음을 더욱더 크게 하며 말을 이었다.

"감사하오이다. 진 대협의 그 한마디가 본인의 심정을 조금이나마 덜어내 주는구려. 이번 일에 하늘을 날고 대지를 가른다는 강호의 고수들을 초빙하기 위해 적잖이 노력했었소. 실은 무당 쪽에 서신을 보낸 지 꽤 되었는데 아직 연락이 없어 초조하던 참이었소이다."

아무래도 종요는 무림이란 곳에 대해 다른 시선을 가진 것 같았지만 그걸 뭐라 할 수는 없었다. 관부와 무림은 엄연히 다른 것, 서로 간의 입장으로 이해를 한다는 것은 사실 무리였다.

하나 종요의 이야기를 듣고 난 일행의 머릿속엔 거의 사람의 짓이라는 생각이 들고 있었다. 무슨 전설 속의 야수도 아니고 야차라면 그것은 사람의 형상이라는 뜻이니 말이다.

"분명 괴사이긴 합니다만 그렇다고 함부로 나설 일은 아닌 것 같습니다. 일단은 알아보는 것이 우선일 것 같군요."

"물론 그러서야죠. 하나 할 수 없다는 말은 하지 말아주십시오. 남궁 대협께서도 할 수 없는 일이라면 전 미칠 것입니다."

어쩌면 잘못될 수도 있는 상황을 염두에 두고 남궁장명은 입을 열었다. 그러자 종요는 상당히 저자세로 나왔는데 남궁장명은 약간 난감한 상황이었다.

분명히 이 일행의 책임자는 자신이 아니었다. 자신은 어느 정도 도와주는 셈치고 따라온 것이고 현백이 책임자였다. 그의 생각이 우선인 것이다.

물론 현백이 이 일에 전혀 나 몰라라 할 것 같지는 않았다. 양진목의 일도 그냥 넘기지 않고 해준 현백이기에 그 성정을 믿은 것인데 남궁장명은 현백을 향해 입을 열었다.

"어떤가? 자네들의 일이 바쁘긴 하지만 그냥 손 놓고 있을 상황은 아닌 것 같은데?"

"……?"

남궁장명의 말에 종요는 눈을 동그랗게 뜬 채 남궁장명의 시선을 쫓았다. 그 시선의 끝엔 현백이 있었다.

지금 남궁장명의 말은 이 일행의 책임자가 그가 아니라는 것을 뜻하는 것이었다. 남궁장명보다 훨씬 어린 사람이 책임자라는 것을 의미하고 말이다.

"괴사라고 하기엔 인공적인 냄새가 많이 나는군요. 아무래도 사람들이 만들어내는 일 같습니다만."

"내 생각도 그래. 요괴들이 새벽에만 나타난다는 것도 그렇고……."

"여기도 그냥 갈 수는 없을 것 같은데?"

현백의 말에 주비와 지충표가 입을 열자 현백은 눈을 돌려 이도와 오유를 바라보았다. 이도와 오유는 그저 씨익 웃으며 고개를 아래위로 살짝 끄덕이고 있었다.

"저 역시 사람이고 사람이 하는 일에 확신 같은 것은 없습니다. 해서 포정사님께 반드시 해결하겠다는 무모한 말씀은 드릴 수가 없겠습니다. 하나……."

"……."

현백의 말에 종요는 목울대를 크게 삼켰다. 그가 하는 말에 따라서 골칫거리가 늘어나느냐 반감하느냐 하는 문제가 달린 것이다.

"최선을 다해보겠습니다. 그 말 외엔 드릴 말씀이 없습니다."

"고맙소이다!"

활짝 편 얼굴을 한 채 종요는 입을 열었고 현백은 고개를 살짝 끄덕임으로 인사를 대신했다. 이젠 떠나야 할 때인 것이다. 이것으로 인해 할 일이 늘었으니 빨리 처리해야 했다.

"하면 저희들은 이만 나가보겠습니다. 연통을 드리지요."

"알겠소! 나도 최선을 다해 대협들을 도우라 할 터이니 부탁드리오."

"걱정 마시고 편히 계십시오. 이 진소곤이 있는 한 반드시 그 실체를 파악하게 될 것입니다."

"역시 진 대협!…진 대협만 믿겠소이다!"

살짝 내력을 끌어올리며 말하는 진소곤의 말에 종요는 한층 감격 어린 목소리를 내었다. 남궁장명은 그 모습에 미간을 찌푸리면서도 아무런 말 없이 신형을 돌렸다.

"참! 대협의 성명은 어찌 되시오? 내 경황이 없어도 대협의 성함은 알아야겠소이다."

모두들 떠나는 뒷모습에 대고 종요가 말을 하자 현백 일행은 잠시 걸음을 멈추었다. 현백은 조용히 입을 열었다.

"현백… 현백이라 합니다."

"현… 백이라… 부탁드리오."

대답과 함께 현백은 신형을 돌렸다. 그리곤 일행 모두 관청을 빠져나왔다.

2

눈에서 불이 나간다면 어떻게 될까? 아마도 시선이 닿는 곳은 모두 불에 타버릴 테니 그만한 무공이 없을 터였다. 세상을 오시하는 무공이 될 수도 있을 터였다.

만일 진소곤이 그러한 무공을 알고 있다면 정말 대단한 일이 될 터였다. 그러나 아쉽게도 진소곤의 눈은 보기에만 불길이 일고 있었다. 누구 하나 마주하기 어려울 정도로 말이다.

"야 이놈아! 눈깔은 왜 희번덕거리느냐! 너 때문에 사람들이 우릴 경계하는 것이 보이지 않느냐!"

"참내, 사숙님, 평소에 주의를 기울여야 한다고 말씀하신 것이 사숙님이십니다. 전 지금 익힌바 그대로 행하고 있는 것뿐입니다."

"그걸 왜 지금 행하냐고? 또 한마디 들었다고 가슴에서 호기가 치밀어 오르느냐?"

남궁장명은 어이없다는 듯이 입을 열었다. 아무리 봐도 단순한 놈이었다. 요식적인 인사말에 기분이 좋아져서는 안 해도 될 일을 하니 말이다.

"사숙님, 그저 흔히 들을 수 있는 한마디가 아니라 진심이 우러난 소리였습니다. 같이 들으셨으면서도 모르시겠습니까? 누군가 자신을 알아준다면 그에 반하게 움직여야 합니다. 전 그 파렴치한 평통이 놈과는 다릅니다."

"쯧쯧. 그래, 계속 눈 뒤집어봐라. 뭐가 보이나."

결국 남궁장명이 포기하고 말았지만 진소곤의 눈은 한결 편안해져 있었다. 사람됨이 그리 나쁘진 않은데 아마도 귀가 얇은 사람인 듯싶었다. 문득 이도의 목소리가 허공에 울렸다.

"그나저나 사숙님, 그 평통이란 사람은 어디서 찾습니까? 저잣거리에서 물어보면 알 수 있을 만큼 유명한가요?"

"그 망종이 그럴 리가 있겠냐? 내 알기론 터전을 잡은 곳이 있다고 들었다. 아마도 저기 있는 저 객잔일 거야. 제길, 만나고 싶지 않은 놈을 만나러 와서 그러나? 공기까지 다 칙칙하네."

진소곤은 입술을 비틀며 말을 했고 그렇게 말하는 사이에 그들은 한 객잔 앞에 섰다. 천룡(天龍)이라는 거대한 이름을 가진 객잔이었는데 진소곤은 아무런 거리낌 없이 그 객잔을 향해 들어갔고 일행 역시 그의 뒤를 따랐다.

"장난해, 지금? 평통이 없어? 그 전귀(錢鬼) 같은 놈이 이 객잔을 놔두고 사라졌다고? 내가 그걸 믿을 거 같아!"

"사실입니다, 무사님. 한 달 전부터 주인님은 이곳에 없으셨습니다. 가끔 오시면 굳은 얼굴을 하다 마님만 만나고 바로 또 나가셨습니다."

서슬이 퍼런 진소곤의 말에 점소이는 살짝 떨며 말하고 있었다. 그러자 진소곤의 목소리가 더 커졌다.

"큭, 마님? 결국 여기를 꿰찬 건가? 좋아, 그거야 지놈 맘이고. 돈 앞에 친구 따위도 필요없다는 놈이 가장 돈이 많이 벌리는 이곳을 두고 나갔다는데 내가 어찌 네 말을 믿어! 당장 어디 있는지 불지 못해!"

"사, 사실입니다요!"

"그래도 이놈이!"

"그만 해라! 아무리 봐도 사실 같은데 뭘 더 말하라는 것이냐! 진정하지 못할까!"

결국은 남궁장명이 언성을 높였고 그제야 진소곤은 뒤로 물러섰다. 현백 일행은 내내 진소곤을 이상하게 보고 있었는데 왠지 지금 진소곤의 모습은 그간 봐오던 넉넉하고 재미있는 모습이 아니었다.

야료도 이런 야료는 없었다. 아마 그만큼 그 평통이란 자에게 쌓인 것이 많은 듯싶었는데 남궁장명의 말은 계속 이어졌다.

"너와 평통이의 관계를 모르는 바가 아니다만 이건 지나치다! 너 하나로 인해 지금 이 객잔이 어떻게 되었더냐? 협이란 글자가 가슴속에서 지워진 것이더냐?"

"협이란 글자를 보여주기도 아까운 놈입니다. 생각 같아서는 이 객잔을 통째로 날려 버리고 싶을 정도이니까요. 개방을 배신한 놈을 내가 왜 생각해 주어야 합니까!"

웬만하면 남궁장명의 말을 들을 만도 하건만 진소곤의 언성은 더더욱 커져만 갔다. 급기야 객잔에 있던 사람들까지 겁을 집어먹고 떠나는 실정이 되자 남궁장명은 눈썹을 역팔자로 만들었다. 정말 화가 머리끝까지 난 것이다.

그러나 그런 남궁장명의 행동은 더 이어질 수가 없었다. 어디선가 들려오는 낯선 목소리 때문이었다.

"상공을 찾아오신 분임을 미처 몰랐습니다. 어떤 일인지는 알 수 없으나 일단 진정하시지요."

"……."

어디선가 여인의 여린 목소리가 들려오자 사람들의 시선이 일제히 돌아갔다. 그러자 이층에서 한 여인이 천천히 내려오고 있었다.

옅은 장옷을 덮어쓴 채 내려오는 여인은 자칫 천박해 보일 수도 있었지만 왠지 이 여인에게선 그러한 느낌이 나질 않았다 옷만 잘 입으면 여느 문관의 부인처럼 보일 것 같았던 것이다.

"주, 주인마님! 이자들이 갑자기 들이닥쳐 야료를 부리고 있습니다. 안 계신 주인 어르신을 찾아내라고……."

"진정하고 일단 정리하세요. 그리고 내원에 자리를 마련하도록 해요."

"예? 아니, 주인마님, 이자들은……."

"내 말대로 하세요. 어서."

"…예, 알겠습니다."

입에서 침을 튀기도록 현백 일행의 험담을 하던 점소이는 결국 풀이 꽉 죽어서 움직이고 있었다. 하나 가면서도 진소곤을 향해 살짝 눈을 치뜨는 것을 잊지 않았다.

"실례가 많았습니다. 상공을 찾아오셨다 들었습니다."

"…형문산의 남궁장명이라 합니다. 괜한 소란을 피운 것 같아 죄송스럽습니다."

왠지 멍하니 바라보기만 하던 진소곤 대신 남궁장명이 입을 열었다. 그러자 여인의 입에서 감탄의 목소리가 흘러나왔다.

"형문산의 남궁 대협이면 유행천개라 불리시는 분이군요. 미처 알아보지 못한 점 용서하십시오."

"그리 대단한 사람도 아닙니다. 오히려 저희가 용서를 빌어야지요."

슬쩍 진소곤을 바라보며 남궁장명은 입을 열었고 진소곤은 그제야 정신이 든 듯 인상을 꽉 쓰고 있었다. 문득 여인의 목소리가 다시금 들려왔다.

"아무래도 이곳은 말씀을 나누기에 좋지 않은 것 같습니다. 실례가 되지 않는다면 조용한 곳으로 옮기는 것이 어떨까 합니다만."

"원하던 바요! 앞장서시오!"

앞장서라고 말해놓고 진소곤은 먼저 움직이고 있었다. 그는 이곳의 구조를 잘 아는 듯 성큼성큼 걸으며 안쪽으로 들어서고 있었는데 현백 일행은 그저 멍한 표정으로 그의 뒷모습만 바라볼 뿐이었다.

"모두 이쪽으로."

여인은 우아한 자태로 손을 벌려 방향을 지시하고는 움직이기 시작했고 남궁장명은 그 뒤를 따르기 시작했다. 현백은 그 모습에 나직이 입을 열었다.

"서로 간에 일이 있다고 하더니 진짜 뭔가 있나 보군."

"감정의 골이 상당한 것 같아. 참나, 내가 다 민망할 정도니 원."

현백과 주비는 서로 느낀 점을 이야기하며 그 뒤를 따랐고 이도와 오유 역시 그 뒤를 따랐다. 지충표만이 혼자 남아 뭔가를 생각하고 있을 따름이었다.

"뭐 해요, 아저씨? 안 가요?"

"응? …아, 그래 가자."

문득 들려오는 오유의 목소리에 지충표는 걸음을 움직이기 시작했다. 하나 그의 표정은 내내 기이하게 틀어져 있었는데 오유는 그 모습에 바로 입을 열었다.

"또 무슨 생각을 하는데 그래요?"

"…내 표정이 이상하냐?"

"…진짜 적나라하게 이상해요."

지충표는 얼굴 표정을 잘 드러내는 경향이 있었다. 의혹이 있다면 의혹 어린 표정이 나왔고 화가 난다면 화난 표정이 나왔다. 지금의 표정은 의혹이 가득 서린 얼굴이었던 것이다.

"쯧… 천성이 그런 걸 뭐. 일단 가자."

"……."

일단은 뭐가 일단이라는 것인지 알 수 없지만 오유는 곧 걸음을 옮기기 시작했다. 지충표라는 사람은 곧 입을 열 사람이니 말이다.

꽤나 무거운 침묵이 흐르고 있었다. 현백의 일행도 후원으로 안내한 여인도 아무런 말 없이 그저 찻잔만 홀짝일 뿐이었다.

처음 이 객잔에 들어오자마자 기세등등했던 진소곤도 전혀 다른 모습을 보이며 아무런 말을 하지 않고 있었는데 어쩐지 진소곤은 여인의 눈치를 살피는 것처럼 보이고 있었다.

"쯧. 꼭 다른 사람 같구나. 뭐라고 한마디 해야 하는 것 아니냐?"

완전히 다른 사람이 된 진소곤을 보고 남궁장명이 한마디 툭 하자 그제야 대화의 물꼬가 트였다. 진소곤은 입술을 씰룩이며 말을 했다.

"다른 사람은 뭐가 다른 사람입니까? 그냥 좀 변… 에이!"

뭔가를 이야기하려던 진소곤은 이내 말끝을 흐리고는 고개를 확 들었다. 그리곤 탁자에 앉아 있는 여인을 향해 말을 이었다.

"다른 말 필요없이 그놈 어딨어? 네 남편 말이야. 너에게 볼일은 없다."

"진 오라버니, 그러지 말고 좀 진정하세요."

왠지 친근하게 진소곤을 부르는 여인을 보며 사람들은 살짝 기이한 감정이 들고 있었다. 아무래도 서로가 잘 아는 사람들인 것처럼 보였다. 문득 이도의 목소리가 들려왔다.

"사숙님, 아시는 분이었어요?"

"……"

이도의 말에 진소곤은 아무런 말도 하지 못하고 있었다. 그저 찻잔만 어루만지며 찻물을 휘돌릴 뿐이었다.

아무래도 이 두 사람 사이에서는 무언가가 있었다. 딱히 말하기는 좀 곤란하지만 서로 간의 모습이나 어투에서 상당히 가까웠던 흔적들이 느껴지고 있었던 것이다.

"상공은 지금 이곳에 없습니다. 일이 있어 밖으로 나가셨어요."

결국 여인은 고개를 흔들며 입을 열었는데 이 대답은 앞의 점소이의 말과 다름이 없었다. 그러자 진소곤은 비틀린 웃음을 흘리며 말을 이었다.

"큭… 날 만나기 싫어 어디 박혀 있는 것은 아니고? 평통 그놈이라면 충분히 그러고도 남을……"

"정말 너무하시네요! 평 오라버니를 아시는 분이 어찌 그런 말씀을 하십니까? 정말 이곳에 없어서 그런 것입니다."

역시나 비틀린 진소곤의 반응에 여인의 목소리가 살짝 높아졌다. 그러자 진소곤의 어투는 더욱더 차가워지고 있었다.

"잘 알기에 말하는 것이다! 제 육신의 살보다 돈을 더 밝히는 놈이 어찌 이 시간에 다른 곳을 가! 혹 상단이라도 꾸려 떠

무한의 괴사 143

난 거냐? 더 많은 돈을 위해서?"

"진 오라버니!"

결국 여인은 참지 못하고 큰 소리를 질렀다. 그녀는 자리에서 벌떡 일어선 채 두 눈에 눈물을 그렁이고 있었는데 이렇게 나가다간 정보고 뭐고 다 틀릴 판이었다.

현백은 자신의 손에 들고 있던 찻잔을 입으로 가져갔다. 그리곤 한 모금에 다 털어 넣고는 입을 열었다.

"한 잔 더 주시겠소?"

나직한 목소리지만 사람들의 주의를 환기시키는 데는 더이상의 것이 없었다. 여인은 그제야 실태를 깨닫고 현백을 향해 입을 열었다.

"…죄송합니다. 손님들 앞에서 추태를 보였군요. 이 양화하(良花瑕) 다시금 사과드립니다."

한 손으로 찻주전자를 받치며 양화하라 밝힌 여인은 현백에게 차를 따르며 입을 열었다. 그러자 현백 역시 고개를 끄덕이며 말을 이었다.

"현백이라 합니다. 말을 들어보니 평통이란 분과 백년가약을 맺으신 것 같은데… 저희는 일이 있어 부군의 견해를 들어보려 합니다. 혹 어디로 가셨는지 알 수 있겠는지요."

상당히 격식을 갖춘 말이 현백에게서 흘러나오자 이도와 오유, 지충표는 두 눈을 동그랗게 떴다. 상황을 한번에 정리하는 것도 그렇지만 남에게 말을 이끌어내는 수단도 참 좋았다. 웬만하면 다 말하도록 부드러운 목소리로 말을 했던 것이다.

평소에 만날 적들과 싸우던 것만 기억해서인지 세 사람은 초롱초롱한 눈으로 뭔가 신기한 것을 본다는 듯한 표정을 지었는데 현백은 그쪽으로 눈 한 번 던지지 않고 양화하만 바라보고 있었다. 이윽고 그녀의 목소리가 들려왔다.

"예, 알려 드리지요. 상공께선 지금 성내를 수색하고 있습니다. 없어진 아이들… 의 종적을 찾기 위함이지요."

"아이들이 없어지다니요? 지금껏 실종된 사람들을 말씀하시는 겁니까?"

왠지 이상한 느낌에 주비가 입을 열자 양화하는 수심이 그득한 얼굴로 말을 이었다.

"예. 요사이 성도에 나타난 괴사 때문입니다. 실종된 사람들을 찾는다고 나가셨지요. 벌써 보름 이상 이곳에 들르시지도 않았습니다."

"실종된 사람들을 찾아 나섰다구요? 지금 관아에서 실종된 육십여 명의 사람들을 찾고 있지 않나요?"

왠지 말이 좀 맞지 않는 것 같아 오유는 입을 열었다. 그녀의 말처럼 관아에서 샅샅이 찾고 있는데 평통이 괜히 나설 이유는 없었다. 일단 인원을 동원하더라도 관아 쪽이 더 많이 동원하기에 확률적으로 옳지 않은 일이었다.

물론 말이 되는 것도 있었다. 만일 평통이 관아 쪽에 도움을 주기 위해 움직였다면 그건 말이 되었다. 그러나 보름씩이나 돌아오지 않은 채 움직였다면 그만큼 손이 없다는 뜻이고 적어도 관아와 연계를 하여 찾는 것 같지는 않아 보였다.

"육십여 명… 그건 관아의 이야기입니다. 집계되지 못한 사람들이 더 많지요."

"집계되지 못한 사람들이라뇨?"

상황이 점점 이상하게 되어가고 있었다. 한나라의 백성이고 다 같은 성도의 시민이거늘 어찌 실종자 명단에 들어가지도 못한단 말인가? 이도의 말은 틀린 것이 아니었다.

하나 대답은 그녀에게서 나오지 않았다. 조용히 듣고만 있던 지충표가 그녀의 말을 대신했다.

"관아에서 주의해야 할 정도의 사람들을 이야기하는 것이겠지. 그만큼 중요한 사람들만 없어졌다고 파악한 것이고 나머지 평민들은 파악조차 하지 않았을 것이야. 그것이 관의 생리가 아닌가?"

살짝 냉소적인 말이 흘러나오자 이도는 그저 지충표의 얼굴만 바라볼 뿐이었다. 그것이 사실이라면 말도 안 되는 소리였다.

신분의 차이는 있을지언정 목숨의 차이는 없었다. 사람이라면 의당 그렇게 생각해야 할 것이며 특히 관이라면, 공무를 수행하는 기관에서 하는 일이라면 이렇게 할 수는 없었다. 힘있는 몇몇 관리보다 수많은 백성을 위하는 것이 정상인 것이다.

"그렇습니다. 그것이 지금 관아의 현실입니다. 그들이 말하는 육십여 명은 모두 고관대작의 후손들과 관계있는 사람들입니다. 그들이 직접 실종된 것도 아니고 그저 안면있는 사람들임에도 저런 반응을 보인 것이지요. 실제로는 백오십여 명이 넘습니다."

"뭐라구요! 백오십여 명이 실종되었다구요!"

이도는 비명을 지르며 두 눈을 둥그렇게 떴다. 사실이라면 정말 있을 수 없는 일이었다. 백오십여 명이면 그저 이 한 지방에 국한된 것이 아니다. 이 정도라면 북경에 연락해 공조를 해야 할 문제인 것이다.

현백 일행이 만났던 포정사 종요, 그가 왜 현백 일행을 그토록 반가워했는지 이제야 이해가 갔다. 모든 일을 조용히 처리하고 싶었던 것이다. 중앙에 이런 일이 있음이 알려지지 않도록 말이다.

새삼 화가 머리끝까지 치밀어 오르자 이도는 양손을 꽉 쥐었다. 그리곤 화가 난 목소리를 여과없이 뱉어내었다.

"아니, 사람들이 그만큼이나 사라졌는데 어찌 골라서 찾는단 말입니까! 우리가 만난 그 종요라는 사람 완전히 정신이 나간 사람 아닙니까? 이거야 원!"

"한두 번 보는 것도 아니니 너무 화내지 마라, 이도. 일단 좀 더 사태를 알아봐야 하는 것이 우선 같다. 아직 우린 정보가 너무 부족해."

오유는 이도를 달래며 양화하의 말을 유도했다. 양화하는 아무래도 좀 더 많은 정보를 알고 있는 것 같았기에. 그때였다. 착 가라앉은 소리가 중인들의 귓가에 들려오고 있었다.

"좀 전에 아이들이 사라졌다고 했나? 혹 그 아이들이……."

진소곤의 목소리였다. 왠지 더 이상은 심술궂은 표정이 아니었다. 살짝 창백한 것이 뭔가를 생각하고 있는 것 같았는데 양화하는 자리에 다시 앉으며 슬픈 목소리를 내었다.

"맞아요, 오라버니. 진 오라버니의 생각처럼 아이들이 사라졌어요. 상복원(常福園)의 아이들이 오십여 명이나 사라졌다구요."

"뭐라고!"

진소곤의 눈에서 불길이 일고 있었다. 상복원이 무엇인지는 모르지만 여기 있는 진소곤이나 양화하에겐 상당히 소중한 곳인 듯싶었다.

"언제… 언제 그 같은 일이 일어난 것이냐! 대관절 그 오십여 명이나 되는 아이들이 없어질 때까지 평통이 놈은 뭘 하고 있었어!"

거의 추궁에 가까운 소리였다. 이 한마디에서도 평통과 양화하, 진소곤의 관계가 보통이 아님을 알 수 있었다.

"이십 일 전에 일어난 일이에요. 그 아이들 말고도 이곳 성도에서 없어진 아이들이 도합 백여 명이 넘어요. 하나 하나같이 어릴 때 부모를 여의고 구휼 기관에 넘겨진 아이들이라 아무도 그 종적을 찾지 않을 뿐입니다."

"제, 제엔장!"

꽝! 우직!

진소곤이 주먹으로 탁자를 치자 둔탁한 소리를 내며 탁자가 움푹 파여 들어갔다. 아무래도 진소곤은 분을 참기 힘들어 보였다.

"평 오라버니가 무얼 했냐구요? 진 오라버니하고 똑같았어요. 그렇게 화난 모습은 처음 봤으니까요. 이후 오라버니는 이곳에 뿌리를 내린 무가들을 찾아가 그들과 함께 아이들을 수색하기 시작했죠. 하나 아직 아무런 소식도 들려오지 않고 있어요."

"……"

현백은 가만히 그녀의 말을 듣기만 하고 있었다. 그 평통이란 자를 찾아 몸을 숨긴 양명당의 잔재를 찾아야 하건만 그것이 중요한 게 아니었다. 여기서 일어나는 일이 훨씬 심각했던 것이다.

반쪽의 천의종무록, 그것을 되찾기 위해 움직여야 하지만 일단 접어도 괜찮을 듯싶었다. 잘려진 책으로 할 수 있는 것은 아무것도 없으니 말이다.

"홍수에 대한 것은 아무것도 알려진 것이 없습니까? 근 한 달이 되도록 자행되었던 일이라면 조금이라도 알고 있는 사람이 있을 것 같은데."

살짝 말끝을 흐리며 현백은 양화하의 모습을 살폈다. 그러자 양화하는 고개를 끄덕이며 입을 열었다.

"물론 본 사람이 있습니다. 문제는 그들 역시 아이들이라는 말이지요. 아이들의 말을 제대로 들어줄 만큼 사람들이 여유가 없으니 도움이 되질 않습니다."

"아이들이라면 그 상복원의 아이들 말입니까? 남아 있는 아이들이 있나요?"

살짝 눈을 빛내며 남궁장명은 양화하의 말을 기다렸다. 그렇다면 그들이 가야 할 곳은 이미 정해져 있었다. 상복원으로 가야 하는 것이다.

"그렇습니다. 상복원의 아이들 몇몇은 두 눈으로 똑똑히 봤다고 합니다만 그들의 말은 믿기 어려웠습니다. 그래서 아무도 아이들의 말은 안중에 없을 것입니다."

"안중에 있든 말든… 그건 다른 사람의 이야기지."

스으윳.

의자를 뒤로 빼며 진소곤은 자리에서 일어나고 있었다. 굳은 얼굴의 그는 잠시 양화하를 보다 이내 입을 열었다.

"내 두 귀로 똑바로 듣겠어. 과연 어떤 일이 일어났는지. 아직 아이들이 잘 시간은 아닐 터이니 바로 움직이겠다."

진소곤은 자신이 할 말만 다 하고 바로 움직이기 시작했고 그러한 모습에 남궁장명은 고개를 좌우로 저었다. 너무나 감정에 사로잡혀 있는 듯한 모습이니 말이다.

"흠, 우리도 가봐야 할 것 같군요. 일단 진 형의 말처럼 아이들의 말을 듣고 나서 방향을 정해야 할 것 같습니다. 현백, 네 생각은 어때?"

"동감이다. 다른 수는 아직 없겠지."

말과 함께 주비와 현백은 자리에서 일어섰고 그 말에 모든 사람들이 일어나고 있었다. 그러자 양화하는 앞으로 나서며 입을 열었다.

"제가 앞장서겠습니다. 먼 거리가 아니니 금방 가실 수 있습니다."

가벼운 걸음으로 그녀가 사라지자 사람들은 천천히 그녀를 따라 움직이고 있었다. 단 한 명, 이도만 놔두고 말이다.

"뭐 하냐, 어서 가야지."

"아저씨."

이도의 얼굴은 상당히 심각했다. 지충표는 갑자기 이놈이 왜 이러나 하는 표정을 지었는데 이어 들린 이도의 목소리는 꽤나 심각한 내용이었다.

"이게 옳은 세상일까요? 사람이 사람 취급을 받지 못하는 세상이요. 정말 중요한 사람과 그렇지 않은 사람이 있는 걸까요?"

"……."

때 이른 철학적인 질문이었다. 지충표는 잠시 이도를 바라보다 입을 열었다.

"기억나냐, 이도? 창룡 주비가 우리 일행에 합류한 날 물어봤던 거?"

"…그 군주란 무엇인가요?"

이도의 대답에 지충표는 고개를 끄덕이더니 씩 웃으며 입을 열었다.

"단순한 두 글자임에도 각자 생각하는 것이 달랐다. 세상이란 그런 거야. 모두가 다 생각을 가지고 있지. 때로는 자신의 생각이 맞다며 서로 싸우고 또 때론 틀린 것을 인정하고 자괴감에 빠지기도 하지."

"……."

"하나 세상이 그렇게 돌아가기만 한다면 별로 문제는 없지. 한데 문제는 그 비슷한 사람들끼리 서로 뭉치는 거야. 혹은 틀린 것을 알면서도 아니라고 우기기도 하지. 그 모든 세상의 중심이 자신들이라고 착각을 하는 것이야."

"……."

알 듯 말 듯한 지충표의 말에 이도는 고개를 갸웃거렸다. 대관절 결론이 무엇으로 날지 모르는 말이었다. 지충표는 오른손을 뻗어 이도의 머리를 헝클어뜨리며 입을 열었다.

"녀석, 네가 생각하는 것은 타인에 대한 생각이다. 절대 틀린 것이 아니라 절대적으로 옳은 생각이지. 물론 나 역시도

네게 정답을 줄 순 없다. 나란 놈도 하나의 사람일 뿐이니……."

"아얏! 이씨, 어린애도 아닌데."

씩씩대는 이도를 보며 지충표는 슬며시 미소 지었다. 그리곤 신형을 돌려 나가며 입을 열었다.

"잘봐. 그리고 잘 기억해. 그 모든 것들을 네가 스스로 판단해야 한다. 다만 지금 네 생각… 나 역시 동의한다는 것만 밝히마."

"…에이 씨. 그게 뭐예요!"

결국 아무런 말도 아니라는 생각에 이도는 부리나케 지충표의 뒤를 따라 움직이기 시작했다. 앞서 가는 지충표는 그저 말없이 웃으며 이동하고 있었다.

세상에 대한 생각, 그건 이도의 나이라면 충분히 할 수 있었다. 아니, 이도가 대견한 것이다. 그 생각 전에 생활에 길들여져 다른 길을 찾는 것이 일반적인 사람이었다.

이도는 대인의 기질이 보였다. 잘 다듬고 좀 더 이야기하고 싶지만 그건 이도를 위해 좋은 것이 아니었다. 스스로 생각하며 또한 행동하는 것이 더 좋은 것이다.

"보고 싶구나, 이도. 네 이상의 정점을……."

"예? 좀 크게 말해요."

나직한 혼잣말을 들었는지 이도는 쪼르르 달려와 지충표의 옆에 붙었다. 하나 지충표는 그저 씩 웃으며 이도의 목을 오른팔로 졸랐다.

"아니다, 이놈아. 어서 가자!"

"아야야! 나 나이 좀 있는 놈이라니까요! 아, 어린애 아니에요!"

"나한텐 어린애다, 이 자식아."

두 사람은 그렇게 티격태격 움직이고 있었다.

第五章

살기 어린 새벽

1

말만 거창하지 사실 상복원은 작은 장원이었다. 아이들이 뛰어놀 넓은 마당도 없었고 그저 집 한 채 있는 것이 다였다.

하나 진소곤과 양화하에겐 다른 의미로 다가오고 있었는지 두 사람은 그 정문만 보고도 묘한 표정을 지었다. 아무래도 감회가 남다른 듯이 보였던 것이다.

명필은 아니지만 그렇다고 악필도 아닌 글씨가 쓰여진 명패가 보였고 그 명패가 걸린 문을 지나면 바로 집 한 칸이 나왔다. 그리고 일행은 그곳에서 목격을 하였다는 아이를 만나 볼 수 있었다.

"아이들이 본 것이라 과장이 있을 수도 있습니다. 이곳의 아이들 대부분은 관심을 끌기 위해 거짓말도 잘합니다. 하니 반드시 사실이라 생각하지는 말아주십시오."

무령(務令)이라는 여인의 목소리였다. 이 상복원에서 상주하며 아이들을 돌보는 사람이었는데 꽤 늦은 시간임에도 불구하고 밝은 얼굴로 현백 일행을 맞아주었다.

그녀가 데려온 아이는 모두 세 명이었다. 셋 다 열 살이 조금 넘은 듯한 모습이었는데 무령은 세 아이를 데리고 대청으로 움직였다. 그렇게 해서 모든 사람들이 다 한곳에 모이게 되었다.

"자, 너희들이 본 것을 이분들께 다 말씀드려라. 하나도 빠짐없이 이야기해야 한다."

부드러운 목소리로 무령이 이야기하지만 왠지 세 아이는 아무런 말이 없었다. 그저 주위 눈치만 살핀 채 아무런 말을 하지 못했던 것이다.

이상한 일이었다. 아이들의 목소리가 들리지 않는 시간이 길어지자 진소곤이 입을 열었다.

"왜 그러느냐? 혹 너희들 보지 못한 것은 아니냐?"

"……."

진소곤은 최대한 부드러운 목소리를 머금고 말했음에도 아이들은 여전히 입을 열지 않았다. 그렇게 차 한 잔이 마실 때까지 일행은 끈덕지게 아이들의 입술을 바라만 보고 있을 때 드디어 한 아이의 입이 열렸다.

"저, 저흰 아무것도 몰라요. 못 봤어요. 전혀 못 봤어요."

"응?"

뜻밖의 반응에 사람들은 눈을 동그랗게 떴다. 이건 양화하의 말과 전혀 다른 반응이었다. 그저 모르쇠로 일관이라…….

남궁장명은 살짝 미간을 좁혔다. 눈을 좌우로 떨며 이렇게 이야기하는 것은 단 한 가지 경우다. 누군가 말을 하지 말라고 못 박았을 때 하는 짓이었던 것이다.

"헛헛헛, 괜찮다, 아이야. 우리에겐 말해도 된다. 누가 너희들에게 본 것을 이야기하지 말라고 했나 보구나. 하나 우린 나쁜 사람들이 아니란다."

"아니, 이 아이들이 오늘따라 왜들 이럴까? 어서 이야기하지 못하겠니, 어서."

남궁장명의 말에 무령의 추궁까지 이어지자 세 아이의 얼굴은 울상이 되었다. 남궁장명도 이런 반응은 생각지도 못했는지 말을 잇지 못했는데 그때였다. 한 아이가 울먹거리며 입을 열었다.

"우… 우리 거짓말쟁이… 아니에요……. 그래서 우린… 몰라요……."

금방이라도 눈물을 떨굴 것 같은 아이의 반응에 사람들은 당황스러운 반응을 내보였다. 아무래도 무슨 일이 있었던 것 같았는데 그때, 양화하의 목소리가 들려왔다.

살기 어린 새벽

"너희들 혹시… 각운평 장군에게 불려갔었다고 하더니, 그 때문이니?"

"……."

혹시나가 역시나였다. 세 아이의 얼굴엔 단박에 두려움이라는 감정이 떠오르고 있었다. 목격을 했다고 하여 불려가 단단히 으름장을 들은 모양이었다.

"너희들 혹 평… 통이란 사람을 알고 있느냐?"

문득 진소곤의 목소리가 들려오자 세 아이의 표정이 단박에 바뀌었다. 무언가 반가운 감정으로 바뀐 것인데 진소곤은 별다른 표정을 바꾸지 않은 채 말을 이었다.

"나는 그 평통의… 친구란다. 그러니 말해도 좋아."

"정말요? 진짜 평 아저씨 친구죠?"

한 아이의 입에서 반가운 목소리가 흘러나오자 진소곤의 입가에 쓴웃음이 걸렸다. 하나 아이들은 그런 웃음의 의미 따윈 상관없다는 듯 천진한 웃음만이 걸려 있었다. 그러던 가운데 가장 나이가 들어 보이는 소년 하나가 입을 열었다.

"그렇다면 말씀드릴게요. 저희가 본 것은 단 하나예요. 형상으로 말한다면 사람이라 말할 수 있지만 그것이 사람인지 아닌지는 몰라요."

도지휘사사 각운평이 이들에게 어떤 말을 했는지 모르지만 아이의 말은 애들이 쓰는 그런 말이 아니었다. 아무래도 꽤나 시달림을 당한 듯싶은 것이다.

"그날… 애들이 사라지던 날 도깨비들이 나타났어요. 그리고 모두 다 잡혀… 갔어요."

"……."

참 간단한 말이었다. 이런 말을 듣기 위해 이 시간을 들였나 하는 생각이 들 정도였는데 확실히 아이들은 아이들이었다.

그런데 그것으로 끝이 아니었다. 모든 사람들의 이목을 확 잡아끄는 이야기가 아이의 입에서 나왔다.

"세 개… 확실하게 본 것은 눈이 세 개였어요. 두 눈에 이마 쪽에 하나의 눈이 더 있었어요. 시퍼렇게 빛나며 아이들을 노려보았는데 아이들은 너무나 무서워서 비명조차 지르지 못했어요."

"눈이 세 개라고?"

오유는 자신도 모르게 되물었다. 도지휘사사 각운평이 아이들에게 으름장을 놓을 이유가 있었던 것이다. 이렇다면 거의 도움이 될 이야기가 아니었다. 사람들은 나름대로 턱을 괴고 생각에 잠겼다.

"하면 그 외에 다른 것은 보지 못했어? 혹 다른 사람의 목소리라도 듣지 못했니?"

"아니오. 아무런 말 없이 그저 아이들을 어깨에 걸머지고 나가 버렸어요. 저희 셋은 너무 무서워 비명조차 지르지 못했구요."

아이의 이야기는 그것으로 끝이었다. 참 더 들을 것도 없이 간결한 이야기였는데 남궁장명은 아이의 말에 무엇인가 느낀 것 같았다. 그는 쭈뼛거리는 아이를 향해 입을 열었다.

"그럼 너희들은 데려가지 않았다는 말이구나? 아무런 해도 끼치지 않은 것이냐?"

"예……."

아이의 대답에 남궁장명은 무언가를 확실하게 느꼈다. 이건 괴현상이 아니었다. 사람이 한 짓인 것이다.

"아이들을 선별했다는 이야기인데… 이것이 어찌 괴사인고?"

"…역시 사람의 짓이로군요!"

시퍼런 살기를 눈에서 뿜아내며 진소곤이 외치자 아이들은 다시금 몸을 떨었다. 진소곤은 곧 실태를 깨닫고는 표정을 풀며 이야기했다.

"미안하구나. 나도 모르게 화가 나서 그랬다. 그건 그렇고 그럼 실종된 애들은 모두 너희들 아래였느냐?"

"이 아이들이 이곳에서 가장 큰 아이들입니다. 나머지 아이들은 모두 열 살 미만입니다. 그 아이들이 모두 없어진 것이지요."

아이를 대신해 진소곤의 질문에 대답한 것은 무령이었다. 지충표는 그 말에 고개를 끄덕이며 생각을 시작했다.

열 살 미만의 아이들이 많은 것은 기근 때문이었다. 이번에 큰비가 왔지만 그전엔 바짝 마른 가뭄이 이어졌다. 그때를 견디지 못하고 사람들은 부득불 아이를 버리는 일이 일어났었다.

그래도 어미라고 차마 아이들이 죽게 놔두지는 못하고 이런 큰 성도에 아이들을 버리는 것이었는데 그 때문에 이번 여름에 고아들이 많이 발생한 것이었다.

"하면 실종된 아이들에겐 뭔가 공통점이 있을 것 같군요. 혹 아이들의 면면을 알 수 있겠습니까?"

지충표는 다시 무령에게 말을 붙였지만 무령은 아무런 말을 하지 못하고 있었다. 근 오십여 명이나 되는 아이들에게 뭔가 공통점이 있다곤 해도 쉽게 찾을 수는 없었다. 오로지 추측에 의거한 일이니 말이다.

한데 그때였다. 사람들의 귓가에 아이의 울음소리가 들리자 무령은 반사적으로 신형을 일으켰다. 그리곤 말도 없이 대청을 나가고 있었다.

"강보에 싸인 아이들이 잠에서 깼나 봅니다. 낳자마자 버리는 사람들도 꽤 있으니 난감하기는 합니다. 하나 그렇다고 아이들을 거부할 수는 없었습니다."

"갓난아기도 있단 말씀이시죠?"

지충표는 뭔가를 생각한 듯 입을 열었고 양화하는 고개를 끄덕였다. 그러자 지충표의 목소리가 다시 들려왔다.

"열 살 미만의 아이들, 그중에서도 걸을 수 있는 아이들이

살기 어린 새벽 163

란 말이군."

"열 살 미만?"

살짝 되뇌며 진소곤이 입을 열자 사람들은 다시금 생각에 빠지고 있었다. 이 정도 좁힌 것도 성과이긴 하지만 범위가 너무 넓었다. 주비는 가슴속에 드는 의문을 이야기했다.

"그럼 실종된 사람들의 면면은 대부분 아이들이란 것입니까? 이곳에서 한 번에 오십여 명이나 없어졌다면 다른 곳의 아이들도 사라진 경우가 있나요?"

"그렇습니다. 이런 구휼소는 이곳 성도에 세 개 정도 됩니다. 그 기관 모두가 다 사라졌다고 합니다. 다 합치면 백여 명이 넘는 숫자랍니다."

"하면 표적은 어른이 아니라 아이로군요. 그렇다면 어른들이 사라진 것은 뭐지?"

뻔한 대답이었다. 양화하의 대답을 듣고 오유는 자신이 생각한 것을 말했는데 그때 현백의 작은 목소리가 들려왔다.

"눈속임일 수도 있지."

"……!"

현백의 말에 일행은 눈을 동그랗게 뜨며 일제히 그를 쳐다보았다. 물론 비약이 좀 심하다는 느낌은 있지만 완전히 잘못된 생각은 아닌 것 같았다.

군사들이나 사람들의 눈을 유명한 사람들로 돌려놓고 자

신들은 필요한 이득을 취한다. 충분히 가능한 이야기였다. 문제는 어떤 사람이 이런 짓을 하는가 하는 것이다.

"사숙님께선 생각나시는 것이 없습니까? 이런 아이들이 필요한 문파 같은 것이 있을까요?"

살짝 답답했던지 진소곤은 남궁장명에게 물어왔는데 남궁장명은 굳은 얼굴로 주위를 바라보다 살짝 입을 열었다.

"열 살 미만의 아이들이란 것에서 뭔가 생각나는 것이 있기는 한데… 그것이 꼭 맞다고는 할 수가 없어서……."

"무엇이든 좋으니 말씀을 부탁드립니다. 어차피 모두가 다 추측일 뿐입니다."

주비도 진소곤처럼 이번엔 남궁장명에게 기대고 싶은 마음이 있는 것 같았다. 그러자 남궁장명은 자신의 의견을 피력하기 시작했다.

"열 살 미만의 아이라는 것은 무공에서 본다면 동량으로 통한다네. 그 아이들에겐 무궁한 가능성이 있지."

"미성혈(未成血)을 말씀하시는 것입니까?"

주비의 말에 남궁장명은 고개를 끄덕였다. 그러자 나머지 사람들은 뭔지 모르겠다는 표정으로 남궁장명을 바라보았다. 남궁장명은 살짝 웃으며 입을 열었다.

"아직 채 혈이 제대로 갖추어지지 않은 것을 미성혈이라 하지. 물론 기본적인 혈들은 다 가지고 있지만 천기의 출입이 가능한 혈들은 아직 닫히지 않았다는 뜻이네."

살기 어린 새벽

"백회혈과 용천혈을 말씀하시는군요. 이 두 개의 혈이 아직 닫히지 않았다는 말인가요?"

"허허. 그래, 맞다네. 그래서 열 살 미만의 아이들을 무림에서는 동량이라고 하지. 그때부터 부지런히 수련한다면 어찌 될지 모르니 동량이 아니고 무엇이겠나?"

웃으며 말하는 남궁장명의 말을 그제야 사람들은 이해할 수 있었다. 가장 발전 가능성이 많은 나이. 그 나이 때의 아이들을 데리고 간다라.

"그럼 누군가 의도적으로 이 일을 했고 그 주체가 무림에 관계된 인물이라는 것이 맞는 것인가요?"

결론으로 따지자면 오유의 말이 맞았다. 지금 사람들이 모아가는 중론은 다 무림에 대한 것이었는데 모두가 무림인이니 가능한 이야기였다.

"그렇게 볼 수도 있다는 것이지. 누군가 아이들을 데리고 무언가 하려는데 그 주체가 무림인일 가능성이 높다는 이야기다. 현실적으로 다른 이유를 찾기란 쉽지가 않아서 말이지."

남궁장명은 무림인이다. 아니, 여기 모인 사람들 모두가 다 무림인이니 무림에서 그 연원을 찾으려 하는 것은 당연한 일이었다. 그리고 실제로 그럴 확률이 제일 높으니 말이다.

역시나 결론은 나지 않을 이야기였다. 뭔가 하기는 해야겠는데 어떻게 그걸 해야 하는지 도무지 방법이 보이지 않았다. 그저 모호한 안개를 헤치는 기분밖엔 들지 않았던 것이다.

"꼬마야."

갑자기 현백의 목소리가 들려왔다. 그러자 모두들 현백을 바라보았는데 현백은 아이를 향해 다시금 목소리를 내었다.

"네가 본 눈, 자세히 설명해 줄 수 있겠니? 그릴 수 있다면 그려도 좋고."

역시 현백이라고 해서 뾰족한 방법이 있는 것은 아니었다. 결국 현백도 원점으로 돌아간 것 같았는데 아이는 현백의 말에 오른손을 들어 이마로 올렸다. 그리곤 엄지와 검지를 붙여 동그랗게 만들고는 이마에 대었다.

"이렇게 생겼었어요. 그리고 빛이 환하게 났었던 게 기억나요. 아주 파란 눈이었어요."

"눈에서 빛이 나왔다구?"

이도는 눈에서 빛이 나왔다는 말에 무언가 생각이 난 듯했는데 그건 이도뿐만이 아니라 다른 사람 모두 같은 생각이었다. 현백의 눈을 연상한 것이다.

물론 고수라 불리는 사람들은 대부분 눈에서 광채가 나긴 했다. 하나 그것은 아주 미비한 것으로 아이가 똑바로 기억할 만큼 강렬한 것은 아니었다. 기억한다면 그것이 아니라 움직인 동작이 더 기억날 터였다.

하면 상대는 현백만큼이나 강렬한 기운을 가지고 있다는 뜻이었다. 그러자 현백은 아이를 향해 다시 입을 열었다.

"혹 이런 눈이었느냐?"

"예? ……!!"

내력을 올린 현백의 눈에선 좌우로 길게 꼬리가 끌리며 광채가 나오기 시작했고 그 눈을 본 아이들은 모두가 바로 얼어붙었다.

"아… 아……!!"

제대로 말도 못하고 아이들은 손을 들어 현백을 가리키고 있었다. 현백은 곧 눈을 원상태로 만들고는 아이들을 향해 입을 열었다.

"이런 눈이었느냐?"

"…히이… 힝……!"

아이들은 대답 대신 눈물을 쏟아내고 있었다. 아마도 같은 눈인 것 같았는데 확실한 것은 아이들의 대답을 들어봐야 알 수 있었다. 사실 현백의 눈은 일반 사람이 보더라도 오줌을 지릴 만한 눈이니 말이다.

아이들이 진정하는 것은 한참이나 걸렸다. 그리고 양화하가 다독인 아이들의 입은 결국 열렸다.

"비슷하긴 하지만… 다… 달라요……. 긴 꼬리 같은 것은 없었어요……."

"귀신같은 것은 맞지만… 아닌 것 같아요."

귀신이라… 아이들의 눈에는 그렇게 보일 수 있었다. 어쨌든 더 이상 아이들로부터 얻어낼 것은 없다고 보고 현백은 고개를 끄덕였다.

"이 정도면 된 것 같습니다. 아이들은 그만 돌려보내는 것이 좋겠군요."

"그게 좋겠습니다. 그리하시지요."

남궁장명까지 이야기하자 양화하는 세 아이들을 데리고 안채로 들어갔고 사람들은 잠시 침묵에 싸였다. 뭐가 어떻게 되는지 뒤죽박죽이 되어버린 것이다.

"이것 참, 결론이 없군요. 앞으로 대책을 세워야 하는데 어찌해야 할까요?"

진소곤은 난감한 표정을 지으며 입을 열었다. 하나 남궁장명은 다른 생각을 한 듯 진소곤의 어깨를 툭 치며 입을 열었다.

"결론이 어찌 없어. 최소한 내가고수가 개입된 것으로 보이는구만."

"…그건 추측일 뿐입니다."

살짝 풀이 죽은 목소리로 진소곤은 입을 열었는데 틀린 말은 아니었다. 어디까지나 그건 추측일 뿐인 것이다.

"하면 진짜 괴물의 소행으로 보자는 것이냐? 괴물이면 어찌 상대를 할 것인데? 차라리 사람으로 생각을 하는 것이 더 나은 일이지."

간단하지만 남궁장명의 말은 맞는 것이었다. 그렇지 않으면 이 일을 풀 수가 없을 것이기에. 이제 앞으로의 여정을 정하는 것만 남은 셈이었다.

 "일단 오늘 밤 저희도 좀 돌아보는 것이 어떨까요? 사람을 나누어서 성도 전체를 순시하는 형식으로 말이에요."

 곰곰이 생각하던 이도가 입을 열자 모두가 고개를 끄덕였다. 사실상 현재로선 그 방법이 최선인 것이다.

 "젠장. 이거야 완전히 맨땅에 머리 들이미는 격이구만."

 말과 함께 지충표는 일어섰다. 아직 어떻게 나눌지는 생각하지 않았지만 그건 으레 현백의 몫이었다. 이 일행의 우두머리는 현백이기에.

 "두 분과 이도가 한 조를 이루고 주비와 충표, 오유가 한 조를 이루어 움직이면 될 것 같군요. 나는 두 조의 중앙에서 연락을 담당하도록 하지요."

 "에? 이렇게 같이 다니라구요?"

 "왜 불만있냐?"

 현백의 말에 오유가 입을 열자 지충표는 뚱한 표정을 지었다. 그러자 오유는 입을 비죽 내밀며 말을 이었다.

 "당연한 것을 왜 물어요? 치사하게 한 번도 안 지려는 사람하고 내가 같이 다니면 기분 좋을 것 같아요?"

 "어른이 말하는데 꼬박꼬박 말대답하는 너하고 다닐 내 심정은 생각 안 하나?"

역시 그동안 좀 소강상태인 듯했던 두 사람의 티격태격이 또다시 시작되었다. 이도는 그 모습에 고개를 좌우로 흔들며 말을 이었다.

"그런데 혹 찾으면 어떻게 할 거죠? 소리칠 수도 없잖아요?"

"허허허, 그땐 이걸 사용하면 된다."

대답과 함께 남궁장명이 내놓은 것은 작은 죽통이었다. 손가락 굵기만 하고 한 뼘 정도 되어 보이는 것인데 한쪽에 작고 빳빳한 끈이 하나 나와 있었다.

"화섭자로 이 도화선에 불을 붙이고 하늘을 향해 들거라. 그럼 어디서든 볼 수 있을 거야."

"폭죽이군요. 좋은 생각입니다."

주비는 고개를 끄덕이며 손을 내밀었고 남궁장명은 그 손 위에 폭죽을 올려놓았다. 그리곤 현백을 향해 입을 열었다.

"자네는 혼자 다녀도 괜찮겠는가? 어차피 여기서 나가자마자 이곳 무한 분타에 연락을 할 셈인데 그들과 같이 다니겠나?"

"아닙니다. 혼자 움직이는 것이 많이 익숙해져 있습니다. 별 무리 없을 것입니다."

자신을 걱정해 주는 남궁장명에게 현백은 별것 아니라는 듯 입을 열었다. 하긴 전장에서도 언제나 혼자 싸웠던 그였다.

살기 어린 새벽 171

충무대원은 언제나 본대와 따로 움직였다. 하나둘씩 목숨을 잃고 나서 혼자가 된 후에도 그 역할은 바뀌지 않았다. 그래서 혼자 움직이는 것이 습관 들었던 것이다. 비록 중원에 와서 조금 바뀌긴 했어도 말이다.

"어쨌든 자네도 하나 가지고 있게나. 혹여 무슨 일이 생기면 터뜨리도록 하게."

"알겠습니다."

현백 역시 폭죽 하나를 챙겨가지고는 자리에서 일어났다. 그가 일어나자 모든 사람들이 자리에서 일어났는데 움직이는 와중에 주비의 목소리가 들려왔다.

"모두들 지금부터 움직이다 동이 트면 만나기로 하지요. 아까 그 객잔에서 만나는 것이 어떻습니까?"

"좋소이다. 창룡 형의 말대로 하겠소. 그럼……."

마음이 급한지 진소곤은 바로 움직였고 사람들은 그 뒤를 따랐다. 마지막에 남아 있던 남궁장명까지 고개를 흔들며 모든 사람들이 대청을 나섰다.

"아, 아저씨……."

"…응?"

막 대문을 나서려고 하는데 누군가의 목소리가 들려왔다. 고개를 돌려본 현백의 눈에 한 아이의 모습이 보였는데 조금 전에 자신들에게 이야기를 해준 세 명의 아이 중 하나였다.

 아이는 아직 현백이 두려운 듯 쭈뼛거리고 있었는데 한참을 망설이던 아이의 입이 열렸다.

 "소이, 대방, 양, 명운이… 꼭 구해줄 거죠?"

 "……."

 뜬금없는 소리에 현백은 무슨 소리인가 싶었다. 한데 바로 뒤를 이어 들리는 소리가 있었다.

 "양호야! 그럼 못써. 애가 언제 나왔나 그래."

 무령이란 여인의 목소리였다. 그 뒤엔 양화하도 같이 나오고 있었는데 양화하는 난처한 표정을 지으며 입을 열었다.

 "그 아이의 입에서 나온 이름은 다 친하게 지내던 아이들입니다. 그 아이들이 걱정되어서 그런 것이니 대협께선 심려치 마십시오."

 현백은 살짝 고개를 끄덕였다. 아이의 마음을 알 수 있을 것 같았던 것이다. 현백은 양호라 불린 아이의 머리를 살짝 쓰다듬으며 입을 열었다.

 "확답은 못하겠구나. 하나 최선을 다하마."

 "…아니에요. 아저씬 할 수 있을 거에요."

 왠지 아이는 확신에 차 있었고 그러한 반응은 아주 의외였다. 이어 아이의 목소리가 들려왔다.

 "양 아줌마가 그랬어요. 아저씬 오백나한처럼 착한 귀신이라구요. 그래서 나쁜 귀신들을 다 잡을 거라구요."

살기 어린 새벽

"야… 양호야!"

양화하는 얼굴이 벌게지며 소리쳤다. 아마도 아이를 진정시키려 그냥 한 말 같았는데 그것이 아이에게 희망이라는 놈으로 다가온 듯싶은 것이다.

현백의 입장에선 황당한 상황이었다. 뭘 어찌 말해야 될지 모르는 순간 그를 대신해 입을 연 것은 지충표였다.

"그럼! 걱정 마라, 애야. 이 착한 귀신이 보통 실력이 아니라서 네 친구들을 잡고 있는 나쁜 귀신들을 다 밀어버릴 테니."

"…감사합니다!"

지충표의 말을 듣고 나서야 양호란 아이는 환한 웃음을 지었다. 그리곤 부리나케 건물 안으로 들어갔는데 현백은 뚱한 표정으로 지충표를 바라보았다.

"왜 그래, 착한 귀신. 얼굴 펴. 그래야 착한 귀신답지. 크하하하하!"

지충표는 뭐가 그리 재미있는지 커다랗게 웃고는 움직이고 있었다. 그를 필두로 해서 일행 전부가 미소와 함께 이동했다.

"착한 귀신이라… 이거야 원, 딱 맞는 이름이로군."

주비의 목소리만이 조용히 세상을 울리고 있었다.

2

"웬 바람이 불어서 날 불러낸 거요?"

"호호호, 그동안 당주께서 정말 심심하셨나 봅니다."

고도간의 뚱한 목소리에 미호는 교성을 짜랑하게 울렸다. 하나 미호의 교성에도 불구하고 고도간의 뚱한 표정은 좀체 풀리지 않고 있었다.

"그동안 재미가 좋으신가 보오? 남은 속이 타 들어가는데 애들 장사나 준비하는 것을 보니……."

"애들 장사라니요? 귀중한 재원들입니다. 다 크게 쓰일 데가 있어서 그런 겁니다."

"…한낱 조무래기 아이들이 무슨 큰일에 쓰인단 말이오?"

고도간은 미호의 말에 의문점이 들었는지 질문을 했지만 미호는 아무런 말을 하지 않고 있었다. 대신 뚱뚱한 고도간의 몸에 자신의 여린 몸을 밀착시키며 입을 열었다.

"그거야 그리 중요한 것이 아니지요. 중요한 것은 다른 일이겠지요."

"흐음… 이런 것도 중요한 일이기는 하지."

살짝만 몸을 비볐을 뿐인데 고도간의 눈은 음심으로 물들고 있었다. 하나 고도간은 잘못 생각하고 있었다. 미호가 말한 중요한 일은 다른 것을 의미했다.

그녀는 고도간의 두터운 손이 어깨 어림으로 다가오자 살짝 몸을 비틀었다. 그리곤 몸을 빼며 입을 열었다.

살기 어린 새벽

"그 일이 아니옵니다. 그 일이면 제가 이리 당주님을 불러냈겠습니까?"

"하긴 그렇겠지."

슬쩍 주위를 돌아본 고도간은 아쉬운 듯 입맛을 다셨다. 지금 이곳엔 그와 미호만 있는 게 아니었다. 상당한 사람들이 있었던 것이다.

고도간은 미호의 연락을 받고 나왔다. 그만이 아니라 제룡과 소룡까지 같이 나와 있었다. 게다가 미호의 부하들도 있었고 상문곡의 사람들도 있었던 것이다.

지금 고도간 일행이 있는 곳은 상문곡이 아니었다. 연락을 받고 부리나케 나와보니 도착지가 성도 부근이었다. 무슨 일인가 벌이려 하는 것이다.

"하면 내게 뭘 원하기에 이리로 부른 것이오? 이 고도간이 한번 힘써보겠소이다."

잘만 해주면 다시 미호가 품속에 안길 것이라는 상상을 하며 고도간은 입가에 흐르는 침을 소매로 닦아냈다. 그러나 고도간의 귀에 들린 것은 미호의 교성이 아니라 사내의 중후한 목소리였다.

"고 형에게 부탁할 것이라기보단 지켜보시라 부른 것이오."

"…양 형도 오셨소? 허어, 정말 큰일이라도 날 것인가?"

놀랍게도 그 자리엔 밀천사 양각도 같이 있었다. 정말 무슨 일을 벌이려는 태세인 것이다.

　양각은 거의 상문곡을 나서지 않았다. 고도간도 이 양각이란 사람과 그리 큰 교분은 없었지만 그거야 중요한 것이 아니었다. 고도간은 위에서 시키면 그대로 따르면 그뿐이니 말이다.

"큰일이라면 큰일이겠지요. 지금 성도엔 현백이 와 있소."
"뭐라!"

고도간의 얼굴이 한순간에 변했다. 현백이란 이름이 주는 노화는 그만큼 컸는데 사실 그는 현백보다 다른 사람에 더 화가 나 있었다. 지금은 같이 다니고 있다고 알고 있는 창룡 때문이었다.

"하면 창룡, 그 빌어먹을 놈도 와 있소이까!"
"물론이오. 그래서 고 형을 부른 것이니."

고도간의 눈에서 살기가 번들거리기 시작했다. 육욕에 사로잡혀 있던 탁한 눈은 어디론가 사라지고 그답지 않은 광채가 나오고 있었다. 문득 그의 귓가에 양각의 목소리가 들려왔다.

"고 형께서 그간 상당히 힘들었다는 것을 잘 알고 있소이다. 언뜻 보니 고 형께선 다른 힘을 키우려 하시는 것 같은데… 그것보다 더 쉬운 방법을 오늘 알려 드리리다."

"그것이 무엇이오?"

착 가라앉은 고도간의 목소리가 들리자 양각은 살짝 웃었

살기 어린 새벽

다. 이 고도간이란 인물… 생각 외로 머리가 좀 도는 친구였다.

겉으로 보기에 한없이 능글하고 둔할 것만 같은 자이지만 실상 그는 자신의 처지를 잘 알고 있었다. 상문곡에 들어와 한번 쭉 돌아보는 것으로 자신의 나아갈 길을 알아버린 것이다.

상문곡에 있는 천여 명의 용병들… 그자들에게 눈독을 들이고 있었다. 개개인의 무공 수위가 일류고수에 살짝 못 미치는 자들을 수하도 두고 싶어했던 것인데 그건 불가능한 이야기였다.

그래서 그가 한 것이 몰래 사람들을 모으는 것이었다. 상문곡의 시설을 이용하여 사람들을 끌어 모으는 것을 그는 잘 알면서도 눈감아줬다. 그런 것이라도 해야 말이 없으니 말이다.

그리고 그 이유가 무엇인지 잘 알고 있었다. 이 고도간에겐 미래를 위한 설계 따윈 없었다. 그저 자신을 배신한 창룡에게 그 화살이 가 있었던 것이다.

"그렇다면 오늘 나에게 보여준다는 것은……."
"그자들의 죽음이겠지요."

고도간의 말에 양각은 시원한 말로 대답을 대신했다. 그러자 고도간의 얼굴에 작은 웃음이 번지고 있었다.

"그냥 조용히 지켜보는 것은 이 고도간의 성미에 맞지 않소. 나 역시 한 손 거들겠으니 시간이나 이야기해 주오."

살기가 풀풀 묻어나는 그의 목소리를 들으며 양각 역시 미소로 화답했다. 그는 오른손을 들어 한쪽을 가리키며 말했다.

"저 강물에서 안개가 피어오르기 시작하면 그때 움직일 것이오. 하니 일단은 좀 쉬시구려."

"쉬다니? 내 어찌 이런 좋은 일을 앞두고 쉴 수 있겠소? 당장이라도 몸을 좀 풀어야겠소이다. 하하하하!"

이미 짙은 어둠을 가르며 그의 앙천광소가 하늘로 퍼지고 있었다. 그 소리의 울림이 채 사라지기도 전 고도간의 신형은 움직이고 있었다. 조용한 곳에 가서 몸이라도 풀 생각을 하는 듯 보였다.

제룡과 소룡은 아무런 말 없이 그를 따랐고 양각과 미호는 그의 뒷모습을 바라보기만 하고 있었다. 이윽고 그들의 모습이 시선에서 사라졌을 때 미호의 목소리가 들려왔다.

"저 등신 같은 작자는 왜 부른 것입니까? 천하에 쓸모없는 자입니다."

그녀의 목소리는 여전히 교태로웠지만 그 얼굴만은 달랐다. 경멸의 눈초리가 확연히 드러나고 있었던 것이다.

"허허허, 세상에 쓸모없는 사람이 어디 있소이까? 다 사용되기 나름입니다. 게다가 아직은 저자의 세력이 필요합니다."

살기 어린 새벽

"이미 그의 세력은 끝이 났습니다. 한데 무슨 세력을 이용하신다는 것인지……."

약간 이해가 가지 않는 듯 미호는 입을 열었다. 그녀의 말처럼 지금 고도간의 세력은 전무했다. 한데 이용할 수 있다는 것은 이해가 가질 않았던 것이다.

"생각보다 영악한 자입니다. 저와 친분을 유지한 것도 그렇지만 강호에 저 같은 사람을 몇 명 두었더군요. 그러니 아직 쓸모가 있다고 할 수밖에요."

"…그렇습니까?"

전혀 의외라는 듯 미호는 눈을 동그랗게 뜨며 물었다. 저 둔해 보이는 고도간이 설마 그런 재주가 있을 줄은 몰랐던 것이다.

"게다가 아직 그쪽도 아이들이 필요하다고 들었습니다. 아닙니까?"

"예. 이번 한 번이면 끝날 것 같은데… 호호, 그렇군요. 미끼입니까?"

미호의 말에 양각은 아무런 말도 하지 않고 있었다. 그저 빙글 웃으며 움직일 뿐이었다. 문득 미호의 귓가에 양각의 목소리가 들려왔다.

"설마 그럴 리가 있겠습니까마는… 아니다라고 단호하게 이야기하기도 힘들군요. 핫핫!"

고도간의 웃음에 이어 양각의 웃음이 허공에 메아리치는

순간이었다.

*　　　　*　　　　*

"참, 무당의 분들과 만나시기로 하지 않으셨나요?"
"녀석, 아직 시간이 좀 있다. 내리 달려온 우리이니 시간상으로 봐도 아직 상문곡 부근에 도착도 못하고 있을 터이니 약속 장소에 가봤자 아무런 연락도 없겠지."

이도의 말에 남궁장명은 차분한 목소리로 입을 열었다. 이도는 그런가 보다 하고 시선을 돌렸는데 그의 눈에 한 사람의 모습이 들어왔다.

진소곤이었다. 왠지 그는 초조한 듯 사방을 돌아보고 있었는데 말 걸기가 부담스러울 정도의 모습이었다.

"진 사숙님, 진정하고 좀 가만히 계세요. 아직 어떤 징후도 없잖아요."

현백의 말처럼 헤어진 지 두 시진째, 남쪽을 맡았던 진소곤, 남궁장명, 이도는 끊임없이 돌아다녔지만 아무런 소득도 없었다.

이도의 말소리가 들렸을 텐데 진소곤은 아무 반응이 없었다. 내내 주변을 돌아보며 뭔가를 찾는 듯한 모습이었는데 그 모습에 남궁장명이 입을 열었다.

"아무리 봐도 밀마는 없었으니 그쯤 하고 좀 쉬거라. 언제

살기 어린 새벽

어떻게 될지 몰라."

"……."

남궁장명의 목소리가 들리고서야 진소곤은 행동을 멈추었다. 길거리 한복판에 서 있었던 그는 이도와 남궁장명이 있는 길가로 오고 있었다.

정말 무지하게 한산한 길이었다. 요즘 분위기가 좀 이상해서 그런지 해 떨어지고 나서 돌아다니는 사람이 한 명도 없었는데 이상한 것은 군사들의 움직임도 보이지 않는다는 것이었다.

분명 군사들이 대대적으로 움직여 수색을 하고 있다는데 북쪽을 수색하는지 어쨌든 단 한 명도 볼 수가 없었다. 그러나 그건 지 목숨부터 챙기려는 것으로 치부해 버릴 수 있었다.

문제는 이 거리의 모습이었다. 마치 유령이 사는 듯한 이 고요함, 집집마다 밤늦게 불을 밝히지 않았다면 그야말로 기이한 기분이 들고도 남을 것이었다.

그 분위기 때문인지 세 사람의 감정도 착 가라앉는 기분이었다. 이도는 그런 기분을 떨치기라도 하듯 입을 열었다.

"진 사숙님, 뭐 하나 물어봐도 돼요?"

"…뭔데?"

조금은 퉁명스러운 반응에 이도는 머쓱했으나 천성이 밝은 그는 그저 씩 웃으며 말을 이었다.

"그 평통이란 분이요, 사숙님께서 하시는 말씀을 들어보니 개방에 몸을 담았다고 했는데 왠지 저는 전혀 듣지 못한 것 같아서요."

"그거야 당연한 일이다. 그 빌어먹을 놈이 개방을 나간 것이 거의 십 년이 넘어. 네가 철이 들 무렵에 이미 방을 떠난 놈을 어찌 알겠나?"

"그렇군요."

이도는 고개를 끄덕였다. 확실히 그 정도라면 자신이 알 수가 없었다. 이제 열 살 조금 넘은 아이가 개방의 모든 사람을 알 수는 없으니 말이다.

"돈에 환장한 자식이었다. 개방에 몸을 담았을 때도 무공 수련보다 밖에 나가서 일하는 데 더 집착한 놈이었어. 결국 그 일 때문에 사람들의 눈 밖에 나버렸지만······."

생각하면 할수록 열이 치받아 오르는지 진소곤의 눈꼬리가 살짝 올라가고 있었다. 하나 이도는 잘 이해가 가지 않았는데 그건 그리 잘못된 것이 아니었다.

개방에 몸을 담는다고 다 무공을 하는 것은 아니다. 아니, 오히려 무인이 되는 것보다 그렇지 않은 사람들이 더 많았다. 수많은 개방 식구들이 살기 위해 많이 일을 하고 있었던 것이다.

물론 개방 자체에 몸을 의탁한 상인 집단도 꽤 있다. 그래서 그들로부터 나오는 돈도 상당했지만 그 돈만 가지고 개방

살기 어린 새벽 183

을 꾸리기엔 개방의 조직은 거대했다. 언제나 돈이 필요했던 것이다.

혹자는 개방이니 구걸하면 그만일 것을 왜 일을 하냐고 하지만 그건 모르는 소리였다. 구걸해 봐야 그리 잘되지도 않았고 구걸한 것 가지고 음식을 때우는 것은 진짜 거지나 하는 짓이었다. 실제 개방은 거의 구걸을 하지 않았던 것이다.

"일하는 개방도가 그리 죄가 되나요? 다들 그렇게 많이들 하던데요?"

"그 일하고 평통이 놈이 했던 일하고는 많이 달라! 평통이 놈은 하지 말아야 할 일도 손을 대었어. 말하자면… 에이, 이 무슨 소리야."

뭔가 더 말하려다가 진소곤은 입을 다물었다. 이도는 그 모습에 입술을 비죽 내밀었는데 그때였다. 남궁장명의 목소리가 두 사람의 귓가에 들려왔다.

"기왕 운을 뗀 거 다 이야기해 주거라. 그래도 한때 둘도 없는 친구이지 않았더냐?"

"누가 그놈의 친구입니까! 그런 친구 놈 없습니다. 아니, 없는 게 편합니다. 에이!"

툴툴거리며 진소곤은 다시금 길 한가운데로 나서고 있었고 이도는 그저 입술을 삐죽 내밀었다. 정말 그가 알던 진소곤 같지 않았던 것이다.

"네가 이해하거라. 저놈 말은 저래도 정말 평통이 놈을 위하고 있단다. 그럴 수밖에 없겠지. 평통과 저놈, 그리고 아까 보았던 그 양화하란 여인은 모두 같이 자랐으니 말이야."

"예?"

평통이란 사람과 진소곤의 관계는 언뜻 추측할 수 있어도 그 양화하란 여인까지 같이 연관이 되었을 줄은 이도는 꿈에도 생각지 못했다. 확실히 친구 이상의 관계가 있었던 것이다.

"평통이 놈과 저놈, 그리고 그 양화하란 여인은 아까 우리가 있었던 그 상복원에서 같이 컸단다. 코 흘릴 때부터 같이 컸으니 그 우애가 남다른 놈들이겠지……."

"정말요?"

역시 세 사람은 서로 어떤 관계가 있었다. 진소곤이 이상하게 행동하는 이유가 따로 있었던 것이다.

"저놈… 보기엔 저래도 지금 평통이 걱정되었던 것이야. 아무리 다르게 행동해도 딱 보면 알 수 있지."

차분한 목소리로 입을 여는 남궁장명의 목소리에 이도는 완전히 빠져들고 있었다.

평통과 진소곤이 개방에 들어온 것은 정말 어릴 때의 일이었다. 그 일은 남궁장명이 직접 이들을 데려왔기에 잘 알고 있었다. 특히 그중 평통은 상당히 무공에 재능이 많았다.

오히려 진소곤은 이재에 밝아 다른 쪽으로 움직여도 충분히 할 수 있을 만했다. 하나 이상하게도 둘은 서로의 재능을 더 탐내고 있었다.

이제 열 살이 갓 넘은 아이들이 그런 생각을 할 정도로 둘은 조숙했다. 서로 간의 사부가 달라 갈려지고 만나지 못하게 되었을 때까지 남궁장명은 자신이 데려온 이 두 아이를 보고 내심 뿌듯하게 생각하고 있었다.

한데 그런 두 아이가 변해 버렸다. 십 년이 지난 후 그들을 바라보았을 때 이미 변해 버린 아이들을 그는 접할 수 있었던 것이다.

평통은 무공 대신 밖으로 돌아다니며 돈을 벌고 있었다. 또한 진소곤은 거의 광적으로 무공에 매달리고 있었다. 물론 이런 정도라면 진소곤이 나쁘게 생각할 일이 없었다.

문제는 평통에게 있었다. 진소곤이야 무공을 열심히 수련하고 있으니 나쁠 게 없었지만 평통은 욕심이 지나쳤다. 팔아선 안 될 것들도 팔아버렸던 것이다.

정보. 개방에서 취합한 정보를 그는 밖에다 팔았다. 그리고 그 일로 인해 평통은 쫓기듯 개방에서 나갔던 것이다.

"정말이요? 그럼 평통이란 분은 어찌 되었죠? 내규로 보면 그건 상당한 중죄잖아요."

"그래, 상당한 중죄지. 그 일로 인해 집법당이 발칵 뒤집혀졌었단다. 당시 방주께서도 친히 참여할 정도로 작은 일이 아니었지."

잠시 옛일을 회상하는 듯 남궁장명은 슬며시 눈을 감았다. 아직도 그때의 기억이 생생하게 떠오르고 있었다.

"전 돈이 필요합니다! 어떻게 하든 돈을 벌어야만 했습니다! 제가 한 일… 후회하지 않습니다!"

"진정 발칙한 놈이 아닌가! 그 출처도 말하지 않는 놈이 어찌 저리 당당할 수가 있는가!"

집법당주 혈의개(血衣丐) 중호상(重好常)은 일갈을 퍼부었다. 평통은 결박당하고 무릎 꿇려 있었지만 뜻을 굽히지 않았다. 이해할 수 없는 상황인 것이다.

"본 방의 식구들이 목숨을 걸고 찾아온 정보를 넌 돈을 받고 팔아넘겼다. 그것이 얼마나 큰 죄인지 모르고 네놈이 나에게 지껄이는 것이냐!"

"어떤 죄가 성립되고 그 형벌이 어떤 것이라는 것까지 전 잘 알고 있습니다. 제가 지금 당주님을 기만하려는 것이 아닙니다. 전 죄를 인정하겠습니다. 그러나 부탁이니 그 돈을 어디에 썼는지는 묻지 말아주십시오."

"진정 관을 봐야 눈물을 흘릴 놈이로구나!"

파아아앙!

중호상은 노화를 견디지 못하고 신형을 날렸다. 집법당주라는 직책은 대단한 것이었다. 방주 외에 방도의 생살여탈권을 가진 사람을 꼽으라면 바로 이 집법당주가 해당되었던 것이다.

더욱이 강맹한 장력으로 인해 언제나 피로 물든 옷을 입고 다닌다는 혈의개 중호상이었다. 그의 일장에 깃들어 있는 힘이 어떤 것인지는 보지 않아도 잘 알 수 있었다. 아마도 평통은 목숨을 부지하지 못할 것이었다.

"건방진 놈! 네놈에겐 더 물을 것도 없다! 나에게 부여된 권한으로 너의 목숨을 거두리라! 하압!"

위이이이잉!

그저 손을 휘두르기만 했는데도 엄청난 강기의 폭풍이 몰아치고 있었다. 사람이라면 공포심에 피할 만도 하건만 평통은 두 눈을 질끈 감고 고개를 빳빳이 들고 있었다. 정말 죽을 결심을 한 것이다.

"빌어먹을 놈이 끝까지!"

그 모습에 중호상의 입에선 다시 노성이 터져 나왔다. 결국 중호상의 일격은 사정없이 평통의 백회혈로 꽂혀 버렸다. 한데,

쩌어어엉! 쿠당탕탕!

"크으윽!"

"……!"

중호상의 눈이 커졌다. 막 백회혈에 내리꽂으려는 순간 누

군가 그 앞을 막아섰던 것이다. 중호상은 눈을 돌려 옆으로 튕겨 나간 사람의 모습을 살폈다.

"아니, 넌!"

"쿨럭… 컥! 자… 잠시만… 쿨럭!"

피를 토해내며 일어나려 안간힘을 쓰는 것은 진소곤이었다. 그가 달려와 평통의 목숨을 구해낸 것이다.

"소곤!"

태평하기까지 했던 평통의 얼굴이 처음으로 일그러졌다. 설마 진소곤이 이곳으로 달려올 줄은 몰랐던 것이다.

"감히 이곳이 어디라고 네놈이 들어오느냐! 썩 나가지 못하겠느냐!"

추국을 하는 곳에 외인은 출입할 수 없었다. 온다면 참관자로만 가능할 뿐 그 어떤 행위도 할 수 없는 곳이 이곳이었다. 중호상은 한편으로 안되기는 했지만 그래도 어쩔 수 없었다.

"잠시만… 이야기를 하게 해주십시오! 부탁드립니다!"

피를 흘리면서도 바닥에 납작 엎드린 채 소리치는 진소곤의 모습은 처절하기까지 했다. 중호상은 그 모습에 잠시 말을 잊었는데 분명 잘못된 일이긴 하지만 그 마음이 어떤지 전해져 왔던 것이다.

그가 어떻게 할지 판단할 동안 진소곤은 무릎걸음으로 평통에게 다가왔다. 그리고는 평통을 향해 소리치기 시작했다.

"평통! 말씀드려라! 이대로 끝날 수는 없잖아! 설마 친구인 나에게까지 비밀로 할 것이 있더냐!"

"……."

진소곤의 진심이 담긴 소리에도 평통은 아무런 말을 하지 못하고 있었다. 그저 조용히 입술을 꽉 다문 채 고개만 숙이고 있었던 것이다.

"평통! 어째서 네가……."

"자꾸 이렇게 묻는다면……!"

진소곤의 말을 칼처럼 자르며 평통은 입을 열었다. 한순간 평통의 고개가 진소곤을 향해 움직였다.

두 눈에 잔뜩 힘을 준 채 평통은 진소곤을 바라보지만 그 눈 한쪽엔 작은 눈물이 고여 있었다. 평통은 진소곤을 향해 큰 소리를 질렀다.

"넌… 내 친구가 아니다! 알겠나, 소곤!"

"……!"

진소곤의 얼굴이 확 굳어졌다. 입가에 흐르는 피를 닦을 생각도 못한 채 그는 멍한 표정을 짓고 있었다. 이어 그의 귓가에 평통의 목소리가 메아리치기 시작했다.

"넌 그 빌어먹을 무공이나 수련해! 세상이 어떻게 되든 상관하지 말라구! 내가 사는 세상과 네놈이 사는 세상은 다르다! 그런데 어찌 서로 친구라 이야기하나! 당장 내 눈앞에서 사라져!"

"…이 빌어먹을 놈! 그게 네놈이 내게 할 소리냐!"

진소곤의 눈에서 눈물이 흐르고 있었다. 어떻게든 평통을 살리기 위해 위험을 무릅쓰고 왔건만 평통의 대답은 그를 실망스럽게 하고 있었다.

"내가… 내가 왜 무공을 익히는데! 나 혼자 잘살자고 이러는 것이야? 난 아직도 약속을 기억하고……."

"그 약속 따윈 내 알 바 아니야! 그러니 썩 사라져!"

평통의 입에서 고함이 다시 터졌고 진소곤은 멍한 표정을 지었다. 두 사람은 그렇게 서로를 바라보기만 하고 있었다.

중호상은 이 상황을 어떻게 할지 정말 고민하기 시작했다. 뭐가 어떻게 돌아가지도 모르는 상황에서 진소곤의 목소리가 허공에 울렸다.

"너… 넌… 내 친구가 아니야! 내가 아는 평통이 아니라고!"

피를 토하는 그의 외침이 허공을 울리고 있었다.

"…와, 그럼 그 평통이란 분은 무사하지 못하셨겠네요? 추국장에서 그 정도로 이야기했다면 말이에요."

"근데 그것이 또 이상하다. 방주께서 평통을 너그러이 용서해 주었다. 물론 개방의 적은 파내야 했지. 하나 다른 어떤

제재도 없었단다."

"예?"

상식적으로 한 문파에서 파문을 당하면 그에 반하는 대가를 치르게 된다. 이른바 무공을 돌려준다는 말이 그것이었다.

심하면 단전을 망가뜨려 생활조차 힘들게 만들 수도 있건만 평통이란 사람은 그냥 조용히 나온 것이다. 있을 수 없는 일이었다.

"아마도 방주님은 뭔가를 알고 있는 것 같아. 그래서 그런 결정을 내린 것인지도 모르지."

"방주님께서 여리셔서 그럽니다. 저 같으면 그 목을 취할 겁니다."

"놈! 말이 지나치다!"

조금 떨어져 있는 줄 알았건만 다 듣고 있던 모양이었다. 진소곤이 입을 열자 남궁장명은 불호령을 내렸다. 아무리 억하심정이 있어도 할 말이 아니었던 것이다.

"말이 지나치긴 뭐가 지나칩니까! 그놈은 사람이 안 된 놈입니다."

"아직까지 무슨 일이 있었는지 아는 사람은 없다. 함부로 이야기하지 말거라."

두 사람은 티격태격하면서도 딱 거기까지였다. 이후 두 사람은 서로 고개를 돌린 채 인상만 썼던 것이다.

그 모습에 이도는 실소를 살짝 머금었다. 마치 지충표와 오유의 관계를 보는 것 같았다. 그때였다. 이도의 눈에 띄는 것이 있었다.

"엇! 원래 여긴 이렇게 안개가 짙나요? 이거 언제 이렇게 시간이 되었데?"

"그렇구나. 무한의 안개는 유명하지. 새벽녘의 잠깐이지만 짙기가 바다 속보다도 짙다고 하더구나. 음?"

안개를 바라보며 이야기하던 남궁장명은 갑자기 고개를 들었다. 그리곤 뭔가 보이는 듯 두 눈을 가늘게 뜨고 있었다.

"원래 안개라는 것이 그저 물방울 아니었나요?"

"흥! 때론 물방울에 얼굴을 가리고자 하는 놈들도 있게 마련이지."

"에?"

진소곤과 남궁장명의 대화에 뼈가 있었다. 이도는 재빨리 주변을 돌아보다 이내 멈추었다. 그 역시 이 짙은 안개 속의 무언가를 느낀 것이다.

"그렇군요. 설마 관군이 이렇게 행동하진 않겠지요."

끈끈한 안개 속에 느껴지는 또 하나의 끈끈한 감정, 그건 바로 살기였다. 한데 그 숫자가 좀 이상했다.

"숫자가 너무 작은 거 아닌가? 단 한 명이야?"

진소곤의 말처럼 느껴지는 살기는 단 한 명이었다. 한데 그 생각은 완전히 틀린 것이었다.

피피핏! 파아아앗!

"헉!!"

헛바람을 들이키며 진소곤은 신형을 움직였다. 분명 살기는 저 멀리 있었는데 공격은 코앞이었다. 그것도 공격한 후 바로 사라졌던 것이다.

갈라진 앞섶으로 끈적한 대기가 들어오자 진소곤은 정신이 번쩍 들었다. 다행히 옷만 갈리고 상처는 나지 않았지만 아찔한 순간이었다.

"이놈들… 살수구나!"

남궁장명의 목소리가 들려오자 이도와 진소곤은 정신이 번쩍 드는 기분이었다. 그러고 보니 살수에게 최적의 날씨였던 것이다.

남궁장명은 조용히 소매 속으로 손을 뻗었다. 그리곤 대나무 통과 화섭자를 꺼냈다.

화아아악!

한순간 밝은 빛이 안개 속을 비추었고 비춘 순간 진소곤과 이도는 신형을 옮겼다. 상당한 그림자들이 바로 눈앞에 있었던 것이다.

스파파파팡!

두 사람의 현란한 움직임 사이에서 남궁장명은 화섭자의 불을 대통으로 가져갔다. 그리곤 팔을 들어 머리 위로 향했다.

파아아앙…… 파파팡! 팡!

머리 위 십여 장 높이에서 찬란한 빛이 감돌기 시작했다. 그 빛의 아래에서 세 사람은 눈을 빛내고 있었다.

第六章

구원

1

멍한 기분이 들었다. 적어도 현백은 지금 상황을 어떻게 받아들여야 할지 조금은 난감한 상태였다.

대체 왜 그가 이곳에 있는지 그 생각이 우선 들었다. 아무리 이곳의 일이 심각하다 해도 그는 엄연히 할 일이 있었다.

그런데 그 일은 미루어지고 대신 다른 일을 하고 있었다. 물론 그렇다고 해도 당장 이 일을 그만둘 수는 없었다.

왠지 질질 끌려가는 듯한 그런 기분, 요즘 현백의 마음속에 그런 기분이 깊이 들어서고 있었다. 하지만 한편으론 이해할 수도 있는 일이었다.

그가 원하는 것, 그건 다시 중원에 들어왔을 때 한 사람의 무인으로 인정받는 것이었다. 그럼으로써 당당한 화산의 무인이 되고 싶었다.

그렇게 무인으로 인정받은 후엔 다른 생각은 없었다. 오로지 사부와 같이 다시 세상을 주유하는 것뿐, 별다른 생각이 없었던 것이다.

한데 지금 자신의 처지를 돌아보면 참 웃긴다는 생각이 먼저 든다. 그중 뭐 하나 제대로 한 것이 없었으니 말이다.

마치 눈앞에 보이는 부연 안개처럼 모호한 머릿속이었다. 정말 짙은 안개였던 것이다.

"……."

문득 어느 장원의 담벼락에 기대고 있던 현백의 신형이 곧 추세워지기 시작했다. 칙칙한 어둠 속에서 알 수 없는 기운이 흘러나오는 것을 느낀 것인데 현백은 자연스럽게 연천기를 끌어올리고 있었다.

스스슷.

주위의 짙은 안개가 휘돌기 시작하자 현백은 양쪽 무릎을 살짝 굽히고 뒤꿈치를 들었다. 언제 무슨 일이 일어나도 피할 수 있도록 준비하는 것이다.

타타탓!

귓가에 작은 소리가 들려왔다. 누군가 잰걸음으로 움직이는 것, 틀림없었다. 한데 문제는 그 숫자가 전혀 파악이 안 된다는 점이었다.

현백은 무의식적으로 오른손을 뻗어 도파에 가져갔다. 그렇게 몸을 잔뜩 숙인 채 전방을 주시하던 순간이었다.

피핏!

아주 작은 소리가 귓가에 들려오자 현백은 오른발을 살짝 들어올렸다. 그리곤 등 뒤의 담벼락을 힘껏 차며 그 반동으로 몸을 날렸다.

시시싱!

무언가 빠르게 관통하는 듯한 소리가 들려오면서 현백이 있던 곳을 스치며 지나갔다. 현백은 근 반 장여를 미끄러진 후 다시금 몸을 숙였다. 두 눈을 파랗게 빛내며 또 한 번 전방을 향해 시선을 던졌다.

그러나 이번에도 그는 암습자의 종적을 발견할 수가 없었다. 대신 낭랑한 목소리 하나가 들려왔다.

"하하하, 오랜만이외다. 지난번엔 아주 톡톡히 신세를 졌소이다. 혹 이 사람을 잊은 것은 아니겠지요?"

"……."

짙은 안개를 가르며 날아오는 목소리. 현백은 그 목소리의 주인을 잊지 않았다.

"허어, 이거 제 목소리를 잊으신 모양이군요. 하면 잘 보이도록 제가 앞으로 나가지요."

화르르륵!

갑자기 앞에서 붉은 기운이 확 피어오르더니 사람의 모습이 어렴풋이 보였다. 짙은 안개 때문에 거리가 잘 파악되지 않았지만 목소리의 여운으로 보아 근 오 장여 정도 떨어진 듯싶었다.

"이러면 아시겠습니까? 설마 아직도 모르시는 것은 아니겠지요?"

낭랑한 목소리로 이야기하지만 실은 조롱에 가까운 말이었다. 하지만 이런 바보 같은 짓에 격장될 현백은 아니었다.

"하면 제가 앞으로 더 가지요. 그럼 기억나시겠지요."

타박! 타박!

화강석으로 된 거리를 마치 나무로 된 신이라도 신은 듯 또렷한 소리가 나고 있었다. 현백은 그 소리의 여운을 들으며 거리를 다시 계산했다.

삼 장… 이 장 반… 이 장… 그리고 일 장 반, 정확히 일 장 반의 거리를 두고 그는 멈추어 섰다. 그리곤 다시금 입을 열었다.

"자, 이젠 아셨겠지요. 접니다. 제룡."

틀림없는 그였다. 이 정도 거리에 불까지 밝히고 있으니 그라는 것을 너무 잘 알 수 있었는데 제룡은 얼굴 근처로 횃불을 가져갔다. 그러자 그의 빙글거리는 얼굴이 눈에 들어왔다.

"어찌 말씀이 없으시군요. 허허허, 뜻밖의 장소에서 나타나 그런 것인가요? 설마 그쪽이……."

"아이들을 데려간 것이 너희들 짓이었나?"

 현백은 더 이상 들을 필요도 없다는 듯 입을 열었다. 그러자 제룡은 살짝 놀라는 척을 하다가 이내 말을 이었다.

"어이쿠, 이런. 저희가 그런 짓을 했단 말입니까? 금시초문입니다. 어린애들을 데려다 뭐에 쓰겠습니까?"

"하면 왜 내 앞에 나타난 것이지? 이 성도에 다른 볼일이라도 있나?"

 왠지 대화가 좀 질질 끌린다는 느낌이 들어 현백은 의아한 감정이 일고 있었지만 그만둘 수도 없었다. 이자를 통해 무언가 알아낼 수도 있는 것이니 말이다.

"다른 볼일은 없습니다. 그저 당신의 목이 필요할 뿐. 그것뿐입니다."

"네 실력으로 가능할까?"

 능글거리며 물어오는 제룡을 향해 현백은 날카로운 시선을 던졌다. 하나 제룡은 전혀 그 시선을 의식하지 못하는 듯했다.

"물론 제 실력으론 어림도 없겠지요. 그러니 지금 나타난 것이 아니겠습니까? 아니라면 그날 본 당에서 귀하가 살아날 일이 없었겠지요."

 다시 말해 지금은 충분하다는 이야기였는데 하면 방수가 있다는 뜻, 그 방수들의 정체는 바로 드러났다.

"자, 그럼 슬슬 그날의 기억을 지워볼까요? 처랏!"

화르르르륵!

제룡의 손에서 횃불이 튀어나가고 있었다. 현백을 향해 집어 던진 것인데 현백은 자신도 모르게 한 걸음 뒤로 물러섰다. 물론 횃불이 두려워 그런 것은 아니었다.

횃불은 손이나 발로 쳐버리면 그뿐이었다. 그러나 그 횃불을 던진 이유를 생각하면 긴장해야만 했다. 데리고 온 방수들에게 현백의 위치를 정확히 가르쳐 주었던 것이다.

피해야 한다는 생각이 들고 있었지만 이미 늦은 상황이었다. 날아오는 횃불과 함께 그 주위에 작은 무언가가 날아오는 것이 보였다.

현백은 그대로 신형을 뽑아 올렸다. 오른손에 도를 뽑아 들고는 허리를 비틀며 크게 휘돌렸다.

파가가가강!

횃불과 함께 상당한 수의 암기들을 허공에 튕겨낸 후 현백은 어금니를 꽉 깨물었다. 아직 공격은 끝이 아닌 것이다.

시이이잉! 시잉!

기이한 소리가 끊임없이 들려왔고 공중에서도 현백은 몸을 수없이 뒤틀어야 했다. 그 와중에 모두 피한다는 것은 말도 안 되는 일이었기에 이미 몸 곳곳엔 상처가 생기기 시작했다.

타탓! 파아앙!

땅에 내려서자마자 현백은 감각을 최고조로 일깨웠다. 언제 어떻게 될지 모르는 상황이기에 그런 것인데 역시나 공격은 다가왔다. 현백은 오른손의 도를 들어 눈앞까지 치켜 올렸다.

짜라랑!

마치 몇 개의 못이 한꺼번에 치듯 기이한 감각이 손에서 느껴지고 있었다. 현백은 오른 팔목을 틀어 올리며 그대로 내리눌렀다.

카카칵! 크라라락!

기묘한 소리가 흘러나오며 현백의 칼과 화강석 사이에 날아오던 물체가 내리눌러졌다. 이윽고 움직임이 멈춘 물체를 향해 현백의 시선이 돌아갔다.

"륜(輪)?"

손바닥보다 조금 작은 륜이 암기였다. 작은 쐐기들이 톱니 모양을 형성하며 원반 둘레에 쳐져 있었는데 암기를 바라보는 현백의 눈이 굳어졌다.

일반적으로 암기라 하면 작은 침 모양이 대부분이었다. 이러한 무기는 빠를 뿐만이 아니라 상대의 몸에 깊숙이 박혀 치명적인 상처를 내는 것이었기에 많이 애용하고 있었다.

그러나 그만큼 그 궤적이 단순하여 피하는 것도 아주 어렵지는 않았다. 하나 이런 륜 종류의 암기는 아예 운용법이 달랐다.

손목의 회전력, 그것이 최우선이었다. 따라서 손목의 회전에 따라 류의 방향은 시전자 자신도 예측할 수 없을 정도로 난해한 움직임을 보일 수 있었던 것이다.

 따라서 류 암기는 스치듯 목표를 치고 가 큰 상처를 내긴 어려웠다. 그러나 그만큼 피하기란 쉬운 일이 아니었던 것이다.

 "호오, 이거 못 본 사이에 꽤 무공이 늘으신 겁니까? 이 공격을 피할 수 있을 것이라곤 생각지 못했습니다."

 조금 멀리서 제룡의 목소리가 들려왔다. 현백은 그의 신형을 찾으려 했지만 쉬운 일이 아니었다. 아니, 그럴 만한 여유가 없다는 것이 옳았다.

 시시싱! 따라라랑!

 쉬지 않고 날아오는 류의 공격에 내력을 끌어올리기도 벅찬 상태였다. 이대로 가다간 그 끝이 이미 결정된 것처럼 느껴진 것이다. 그러나 이대로 멈출 수는 없었다.

 "하압!"

 피리리링! 따라라랑!

 풍차처럼 회전하며 현백은 주위에 날아오는 류들을 튕겨내고 다시 신형을 뽑아 올렸다. 공중에서나마 연천기를 끌어올리려 했던 것이다. 하나,

 스피피피핑!

 "……!"

현백의 몸이 공중으로 뜬 순간 또 한 번 암기의 공격이 비처럼 이어졌다. 실로 난감한 상황인 것이다.

"이것들이 흉수였나?"
"아마도 그렇지 않을까? 하는 짓들을 보니 영 이쁘지가 않네……."
주비와 오유, 그리고 지충표는 서로 등을 맞닿은 채로 입을 열었다. 짙은 안개 속에서 끊임없는 움직임이 느껴지고 있었다.
"오유, 괜찮냐?"
"아직 견딜 만해요."
지충표의 말에 오유는 이를 악물며 입을 열었는데 오유의 몸은 상당한 피를 흘리고 있었다.
날아오는 암기를 모두 쳐내는 것은 오유로선 무리였다. 뭐 그거야 이 세 사람 중 모조리 쳐낼 수 있는 것은 아마도 창룡주비만이 유일할 터였다.
그러나 지충표는 생각보다 잘 피해내고 있었는데 그건 무기의 역할이 컸다. 그간 잘 쓰지 않아도 등에 방패와 박도를 매고 다녔던 것이다.
"받아라, 오유. 아무래도 이건 네가 가지고 있어야겠다."
"쓸데없는 동정은 필요없……."
"정말 쓸데없는 소리는 집어치우고 어서 받아!"

"……."

갑작스런 지충표의 일갈에 오유는 움찔하면서 손을 뻗어 받았다. 비록 그녀를 보고 있지는 않지만 지충표는 계속 입을 열었다.

"난 옆에 있는 사람이 피 흘리며 쓰러져 가는데 그냥 두고 도망갈 수는 없는 사람이다. 살려면 다 같이 살고 죽으려면 같이 죽는다. 방패 쓰는 법은 잘 알겠지?"

"……."

지충표의 말에 아무런 말을 하지 못했지만 오유는 그의 마음을 잘 알 수 있었다. 자신을 위하는 그의 마음이 잘 전해져 왔던 것이다.

"옳은 말이군. 나 역시 그런 상황은 원하지 않는다."

주비의 말에 오유는 바로 방패를 고쳐 잡았다. 어쨌든 지금은 살아나는 것이 우선인 것이다.

"큭큭, 원하지 않는다고? 과연 그것이 쉬운 일일까?"

"……!"

문득 안개 속을 헤치고 들려온 목소리에 주비의 신형이 굳었다. 이건 너무나 잘 알던 누군가의 목소리인 것이다.

"배신자가 말은 잘하는군 그래. 날 배신하고 무슨 결과가 올지 몰랐겠지. 그 결과를 지금 가르쳐 주마!"

"큭! 정말 대단한 안개군. 네 돼지 같은 몸을 통째로 가려 주니 말이야. 이 안개에 감사해라, 고도간."

"뭣!"

주비의 말에 지충표는 짧은 비명을 토했다. 이 상황에서 왜 고도간이 나오는지 알 수 없었는데 주비의 말은 틀린 것이 아니었다. 전방의 안개 속에서 흐릿한 신형이 보였던 것이다.

보통 사람보다 두 배 이상은 큼직한 외곽 선이 보였는데 그 외곽 선은 점점 뚜렷해지고 있었다. 그러더니 어느 정도 얼굴을 확인할 정도가 되자 확실히 정체가 드러났다.

"큭큭! 그래, 이젠 보이나? 그래, 보니 어떠냐? 반갑나?"

"그 빌어먹을 턱살은 여전하군 그래. 전혀 반갑지 않다."

주비는 그답지 않은 거친 표현을 쓰고 있었다. 하나 고도간은 그럴 줄 알았다는 듯 얼굴 표정에 변화도 없었다.

"해보려면 어서 하지? 어째서 조용하지?"

"그전에 궁금한 것이 있어서 말이야……."

주비의 말에 고도간은 빙글거리다 그를 똑바로 보며 입을 열었다.

"도무지 이해할 수가 없더군. 네놈이 날 배신한 이유를 말이야. 어떤 면을 봐도 내가 그 현백이란 놈보다 못한 것이 없다. 무공으로 보나 성품으로 보나, 그리고 가진 세력을 봐도 말이야. 한데 왜 날 배신하고 그놈에게 붙은 거지?"

"뭐라고? 이 돼지가 돌았나?"

고도간의 말에 대답한 것은 주비가 아니라 지충표였다. 그는 앞에 서 있는 고도간을 향해 입술을 비틀며 말했다.

"입은 삐뚤어져도 말은 바로 하라고 했다. 어딜 봐서 네가 현백보다 낫다는 거냐? 무공? 떨어져도 한참을 떨어진다. 네 놈 무공이 어떨지는 모르지만 내 장담하지. 넌 현백에게 백초 지적도 안 된다고 말이야."

"……."

"성품? 웃기는구나. 네놈 눈에 묻어난 색기나 떨어뜨리고 그런 이야기를 해라. 딱 봐도 한심한 몰골임을 모르나? 그러고도 현백보다 낫다고?"

"……."

"그리고 세력? 아무리 안에서 창룡이 도와주었다지만 우리 몇 명에게 박살난 것이 세력이라 이야기할 수 있나? 대체 뭘 믿고 네가 현백보다 낫다고 이야기하는 거냐?"

"…말 다 했나?"

지충표의 말에 고도간의 눈이 점점 비틀리고 있었다. 지충표는 그 모습에 앞으로 한 걸음 더 나섰다. 그리곤 고도간을 향해 다시금 입을 열었다.

"아니, 아직 한마디 할 말이 더 남았다."

더 할 말이 있다는 말에 고도간은 입을 꽉 다문 채 지충표를 바라보았다. 지충표는 고도간을 똑바로 보면서 입을 열었다.

"어디 가면 넌 꼭 듣는 소리일 거야……."

무슨 말인지 모르지만 지충표는 싱글싱글 웃고 있었다. 이어 지충표의 입술이 열렸다.

"등신!"

"…이 빌어먹을 놈이… 다 죽여 버렷!"

고도간의 입에서 일갈이 터져 나왔다. 지충표는 잽싸게 뒤로 물러나며 제 위치를 지켰고 그와 함께 안개 속에서 스산한 기운이 솟아 나왔다.

"하하하, 내가 하고 싶은 말을 충표 네가 다 하는구나. 아하하하!"

주비는 호기롭게 웃으며 품속에 손을 넣었다. 그리곤 옆에 있는 오유를 향해 죽통을 내밀었다.

"나와 충표가 잠시 맡을 터이니 넌 이 폭죽을 터뜨려라."

"……."

오유는 조용히 폭죽을 받아 다른 손으로 품속의 화섭자를 찾았다. 하나 그게 그리 용이한 것이 아니었다.

스스스스! 파파팟!

순간적으로 안개에서 다시금 살기가 폭사되며 암기들이 쏟아지기 시작했다. 오유는 재빠른 동작으로 왼손에 들린 방패를 들어올렸다.

타타타타탕!

"큭!"

짧은 비명 소리와 함께 오유는 오른손도 같이 방패의 뒷면에 대었다. 그리고는 온 힘을 다해 방패를 밀어냈다.

타탕! 타타탕!

"아앗!"

날아오는 암기는 막을 수 있었으나 그것보다 더 중요한 것을 잃어버렸다. 주비가 준 폭죽을 떨어뜨린 것이다.

타탁. 데구르르르르.

둥근 폭죽은 어디론가 굴러갔고 순식간에 시야에서 사라졌다. 도대체 어디로 간 것인지 알 수가 없었던 것이다. 그리고 그 순간 저쪽 하늘 멀리에서 밝은 빛이 폭사되었다.

퍼펑! 펑!

지금 머리 위로 날아야 할 폭죽이 다른 곳에서 터진 것이다. 이도가 가 있는 일행에게서 말이다.

"호오! 폭죽이라… 상당히 좋은 생각이군요. 하나 아무도 저들을 구원하러 오지 않을 것입니다. 아니, 갈 수가 없다는 말이 맞겠지요."

피피핑! 스핏!

날아오는 암기를 피하는 와중에도 제룡의 목소리는 똑똑히 들렸다. 현백은 살짝 눈을 돌려 허공에 퍼지는 불꽃의 춤을 바라보았다.

저 정도 위치라면 아마도 이도와 진소곤, 남궁장명이 있는 곳일 터였다. 그렇다면 지충표와 오유, 주비가 있는 곳에서도 공격을 받고 있다고 생각하는 것이 옳았다.

이들은 현백 일행의 움직임을 꿰뚫고 있었던 것이다. 물론 그것이 어떻게 가능한 것인지는 알 수가 없었다. 아니, 이들이 여기에 나타난 것조차 이해가 가지 않았다.

날아오는 류의 개수를 생각해 봤을 때 혼자인 자신의 앞에 있는 것은 약 이십여 명, 그렇다면 다른 곳엔 더 많은 수의 사람들이 있을 확률이 높았다. 꽤나 신중하게 준비해 온 셈이었다.

함정. 그렇게밖에 생각을 할 수 없는 상황에서 현백은 어금니를 꽉 깨물었다. 뭔가 수를 내야 하는 순간이었다. 한데……

씨시시싱!

또다시 현백이 움직이는 방향으로 공격이 날아왔고 현백은 도를 들어 이를 막았다.

파가가강! 파지직!

정확히 막지 못하고 도면으로 막아내자 강렬한 류의 회전으로 인해 불꽃이 일어났는데 그 불꽃의 작은 밝음에 어둠이 찢어지고 있었다.

"……"

순간 현백의 머릿속에 불꽃이 스쳐 갔다. 바로 이것, 이러한 작은 빛이라도 있으면 그만이었다. 현백은 신형을 돌려 횃불이 움직이는 곳으로 빠르게 움직였다.

카카카!

그가 있던 자리에 류들이 떨어지며 불꽃을 토해내었고 현백은 뒤도 돌아보지 않은 채 땅바닥에서 타 들어가는 횃불 앞에 섰다.

"훗! 이제 포기하는 것인가? 그렇다면……."

"포기는 네놈이 해야 할 것이다!"

들려오는 제룡의 말을 자른 채 현백은 오른발을 올려 찼다. 말소리가 들리는 방향으로 횃불을 힘껏 차 보낸 후 현백은 왔던 방향으로 다시금 움직였다.

스스슷.

빠르게 움직이며 오른손의 도를 점차 내리기 시작했다. 정확히는 모르나 어림짐작으로 암습자들이 있는 근처라 생각되는 순간 현백은 도를 내려 땅에 닿게 만들었다.

카카카칵!

불꽃이 일며 한순간 밝은 빛이 세상을 비추었다. 그러자 흐릿하게나마 암습자의 모습이 보이고 있었다. 현백은 계속 화강석을 긁으며 허리를 숙였다. 그리고는 왼손을 허리 뒤춤으로 보내었다.

타탓! 쩡!

앞으로 나가려는 신형을 멈추기 위해 현백은 오른발을 쭉 내밀었다. 이어 바닥이 갈라질 정도로 크게 내딛고는 허리를 틀었다. 그러자 현백의 주위에 둥근 빛의 어울림이 일어났다. 그리고 그 빛을 길잡이 삼아 현백은 왼손을 떨쳐 내었다. 등허리에 꽂아놓았던 비수가 허공으로 사라지고 있었다.

피리리릭! 카카칵!

"큭!"

세 개를 던져 내었지만 들리는 비명은 한 개뿐이었다. 하나 이것으로 족했다. 현백은 비명이 들리는 쪽으로 크게 한 걸음 내디딘 후 조용히 기운을 모았다.

스스스슷.

안개의 일렁임이 근 일 장여에 달할 정도로 강대한 울림이었다. 일단 한쪽 진형이 무너졌기에 잠시 공격이 끊긴 상태였는데, 현백에겐 그 작은 시간이면 족했다.

"후우웃!"

두 눈을 감은 채 가슴 깊이 호흡을 들이마시자 강렬한 기운이 몸 안에 차오르는 것이 느껴지고 있었다. 현백은 몸 이곳저곳에 고루 힘을 퍼뜨렸다. 손끝 발끝까지 힘이 차오르는 것이 느껴졌다.

현백은 멈추지 않고 내력을 계속 끌어들였다. 끌어들인 내력을 바로 퍼뜨리는 현백의 몸에서는 기의 회오리가 서서히 시작되고 있었다.

"잔재주를 피우는구나!"

화르르르륵.

현백이 차 보냈던 횃불이 다시 돌아오고 있었다. 큰 호흡을 하는 순간 기척을 알아채고 던진 것 같은데 공중에 휘돌면서 세상을 밝게 만드는 횃불은 정확히 현백의 머리 위로 떨어지고 있었다.

"저기다! 어서 던져라!"

파파파파팟!

말할 필요도 없었다. 제룡이 말하기도 전 이미 상대를 확인했다고 느낀 암습자들은 다시금 륜을 던지고 있었고 제룡은 입가에 희미한 웃음을 띄웠다. 한데,

카칵! 따라라랑!

귀청을 찢는 듯한 소리와 함께 횃불이 수십여 조각으로 갈리고 있었다. 한데 그 조각난 빛줄기 속에 현백의 모습은 보이지 않았다.

"……"

제룡은 두 눈을 의심했다. 분명 지금 상황은 현백이 갈가리 찢겨져야 정상이었다. 그런데 찢기기는커녕 애당초 빈곳을 향해 던진 것이 아닌가 하는 생각이 들 정도인 것이다.

"뭣들 하느냐! 어서 찾아라, 어서!"

가슴속에 치밀어 오르는 일말의 불안감을 느낀 채 제룡은 전방에 시선을 돌렸다. 한데 그때였다.

"……!"

오싹한 감정. 등골 사이로 휘도는 오싹함이 가슴까지 휘돌고 있었다. 제룡은 고개를 옆으로 살짝 돌렸다.

뭔가 있는 듯한 기분이 들었다. 어떤 것인지 모르지만 왠지 꼭 누군가 있는 듯한 그런 기분이 들었던 것인데 정확히 그것이 무엇인지는 알 수가 없었다.

꿀꺽!

자신도 모르게 목울대가 크게 놀려지며 침이 삼켜지고 있었다. 제룡은 떨리는 턱에 힘을 꽉 주며 계속 시선을 돌렸다.

"후우……."

자신도 모르게 한숨이 나오고 있었다. 뒤엔 아무도 없었다. 그저 짙은 안개만이 있을 뿐. 확인을 한 이상 가슴이 진정되는 것은 시간문제였다. 한데,

"…응?"

안개의 한쪽 부분에서 기이한 움직임이 보이고 있었다. 점점 어두워지는 안개, 그것도 딱 사람 크기만큼 커지고 있었다. 제룡은 눈을 가늘게 떴다. 혹 자신이 잘못 보는 것이 아닌가 하는 생각이 들었던 것이다.

그러나 잘못 본 것이 아니었다. 분명 안개는 짙어지고 있었고 사람의 형상도 맞았다. 제룡은 가슴속에 커다란 바위가 짓누르는 것 같은 감정을 느끼기 시작했다.

그리고 그 감정이 채 피어오르기도 전 숨이 멎을 것 같은 심적인 충격을 느껴야 했다. 그 어둠 속에서 두 개의 눈이 파랗게 빛나고 있었던 것이다.

"어, 어떻게!"

현백. 연천기를 가득 끌어올린 현백이 바로 거기에 있었다. 그의 두 눈에서 긴 빛의 꼬리가 근 이 척이나 흘려지면서 말이다.

2

카라랑!

"빌어먹을… 큭! 후우우우!"

진소곤은 잇새로 신음성을 흘렸다. 해가 뜨려면 아직도 많은 시간이 남았고 안개는 더더욱 진해지고 있었다. 이러다 죽는 것은 시간문제일 터였다.

보이지 않는 상대와의 싸움, 그 공포감을 진소곤은 충분히 맛보고 있었다. 몸서리가 처지도록 말이다.

"헉! 헉!"

피가 흐르는 옆구리를 부여잡으며 그는 거친 숨을 토해내었다. 근 반 시진 정도나 버티고 있는데 아무도 구원해 주러 오지 않고 있었다. 사실상 고립된 것이나 마찬가지인 것이다.

"진 사숙님! 괜찮아요?"

"이 멍청한! 조용히 하지 못해!"

피피피피핑!

한 일 장여쯤 떨어진 곳에서 이도의 목소리가 들려오자 진소곤은 난감한 표정으로 입을 열었다. 소리를 내면 여기에 자신이 있다는 것을 알려주는 셈인 것이다.

역시나 바로 공격이 날아오고 있었다. 진소곤은 뒤로 한 걸음 물러서면서 양손에 강기를 담아내었다. 그나마 자신이 이토록 버틸 수 있는 것은 이 때문이었다.

얼마 전 그는 강기를 담아내는 것에 성공했다. 그의 무공은 석화장(石花掌)이라는 것으로 내공보다는 외공을 위주로 하는 무공이었는데 진소곤은 여기에 내공력을 추가하기 위해 무던히 애썼다. 그리고 결국 이에 성공한 것이었다.

하나 그 위력을 채 실감하기도 전에 생을 마감하게 생겼으니 황당할 노릇이었다. 이를 악물며 진소곤은 양팔을 휘둘렀다.

깡! 까강!

마치 금속이 부딪치듯 암기들이 비명을 지르며 허공으로 비산하고 있었다. 석화장의 위력은 확실했다. 아쉬운 것은 그것을 후세에 전하기 힘들 뿐……

촤촤앗!

"크윽!"

어깨 어림에 화끈한 감각이 느껴지며 진소곤은 한쪽 무릎을 꿇었다. 이젠 더 버티기도 힘들었는데 아직도 공격은 계속되고 있었다. 끝장이라고 봐야 할 순간이었다.

위이이잉!

귓가로 파고드는 회전하는 류의 소리를 들으며 진소곤은

피식 웃었다. 막상 생을 포기하자 왜 이리 웃음이 나는지 모를 일이었다. 뭐가 그리 대단한 것이라고 아등바등했는지…….

그저 편하게 살면 될 것을 괜한 짓을 참 많이 했다는 느낌이 들고 있었다. 그러나 아쉬운 것은 아쉬운 것이었다.

"제길!"

한마디 툭 뱉으며 진소곤은 고개를 들었다. 막 류 하나가 자신의 목을 향해 날아오는 순간이었다.

쩌어엉! 떨그렁!

"……!"

정확히 그 류을 쳐 바닥으로 추락시켜 버리는 손이 있었다. 자신보다 약간 작은 손이었는데 맨손은 아니고 옷을 찢어 감은 손이었다. 진소곤은 그 손을 따라 시선을 돌렸다.

이도… 이도였다. 개방의 골칫거리였던 이도가 어느새 이 정도의 무공을 가지게 되었는지 귀신이 곡할 노릇이었다. 진소곤은 멍한 표정과 함께 이도의 몸을 빠르게 살폈다.

"다치셨어요? 얼른 일어나세요. 이러다 다 죽어요!"

위이이잉! 타타탕!

말을 하면서도 이도는 빠르게 몸을 휘돌려 날아오는 류을 모두 쳐내고 있었다. 문득 그의 눈에 자신을 막아선 이도의 뒷모습이 보였다.

컸다. 이도의 등이 이렇게 크고 넓었는지 그는 오늘 새삼 느끼고 있었던 것이다. 이젠 어린아이가 아니라 강호무사의 기운이 물씬 풍겨났던 것이다.

더욱이 이도의 몸엔 별다른 상처가 없었다. 여기저기 작은 생채기들이 있지만 그건 별로 위험할 상황이 아니었다. 자신에 비한다면 거의 상처가 없다고 해도 과언이 아닌 것이다.

"헛헛! 장강의 물결이 밀려오는가? 녀석, 부끄러운 짓 그만하고 어서 일어서거라!"

"…사숙님!"

언제 왔는지 남궁장명이 손을 뻗어 그의 어깨를 잡아 일으키고 있었다. 남궁장명도 여기저기 핏자국이 보였지만 그 역시 크게 다친 것 같지는 않아 보였다.

"비록 좋지 않은 상황이지만 이 늙은이는 정말 기쁘구나. 오늘 잊혀진 용음십이수를 다시 보게 되다니. 허허허!"

이미 이도의 무공이 용음십이수라는 것을 알아보았는지 이 상황에서도 남궁장명은 웃음을 짓고 있었다. 앞으로 강호에는 이도라는 이름이 진동하게 될 것임을 말이다.

"두 사람 다 뒤쪽에 있거라. 이젠 배수의 진을 칠 수밖에 없다. 전방에 내가 서마."

"태사숙님, 저도 서겠습니다. 그러니."

"물러서거라, 이도야. 아직 이 늙은이 죽지 않았음을 보여 주마."

한쪽 벽에 두 사람을 물린 후 남궁장명은 홀로 버티고 섰다. 긴 호흡과 함께 그는 수중의 지팡이를 높이 들었다. 오랜만에 남궁장명의 가슴속에 호기가 치밀어 오르고 있었다.

무슨 일이 있어도 이 두 사람은 살려야 했다. 그래서 더 강한 개방을 만들어봐야 했다. 그런 두 사람이 자신보다 먼저 죽는 것은 있을 수 없는 일이었다.

"후우우……."

긴 숨을 들이쉬며 기식을 조절하는 그는 언제 어떻게 될지 모를 상황에 대처하기 위해 시선을 움직였다. 이상하게도 암기의 공격은 시작되지 않은 상황이었다.

대신 그의 눈앞에 누군가 나타나려 하고 있었다. 칙칙한 어둠 속의 인물은 앞으로 나오며 입을 열었다.

"허허허, 유행천개님을 여기서 뵙다니 삼생의 영광이오이다."

"……."

두 눈을 좁히며 남궁장명은 나타난 사람을 살폈다. 분명 어디선가 본 사람인 듯한데 그 이름이 잘 생각나질 않았다. 그러다 그 기억 속의 이름이 떠올랐다.

"이제 보니 양명당의 소룡이시구려. 언제부터 양명당이 이런 파렴치한 짓을 하게 되었소이까?"

"하하하, 파렴치한 짓이라니요? 저희가 언제 개방에 섭한 적이 있었나요? 그간 많이 대접해 주는 통에 언제나 고마울 따름이었습니다."

왠지 앞뒤가 맞지 않는 소리를 하며 소룡은 가까이 다가왔다. 역시 별호답게 소룡의 얼굴엔 작은 미소가 감돌고 있었다.

"하면 어째서 이 개방의 걸인들에게 이리 박하신단 말이오? 다른 뜻이라도 있는 것이오?"

"다른 뜻이라니요? 그럴 리가 있습니까? 다만 세류가 그러니 따를 수밖에요."

"세류라?"

더더욱 이해가 가지 않는 말이었다. 무슨 세류가 자신들의 죽음을 바란단 말인가? 남궁장명은 잠시 숨을 참았다가 일갈을 쳐냈다.

"닥치시오! 이리저리 말을 돌려 대체 무슨 이득을 보려 하는지 모르지만 한 가지 분명히 말하겠소. 정황을 보아하니 이곳 성도에서 일어난 괴이한 일의 배후가 그대들인 것 같은데 이 남궁장명, 절대 눈감고 모른 척할 수는 없소이다!"

"애들이 어디 있는지 당장 밝혀라! 네놈들도 사람이더냐! 그 아이들이 무슨 잘못이 있다고 구속하려 드느냐!"

남궁장명의 서슬이 시퍼런 목소리에 진소곤도 일조했다. 그러나 눈앞에 있는 소룡은 여전히 웃는 얼굴을 지우지 않으며 말했다.

"애들? 무슨 애들을 말하는 것이오? 전 전혀 모르는 일이오이다."

"결국 한통속이란 이야기군! 더 말이 필요하오?"

남궁장명은 수염을 부르르 떨며 입을 열었고 소룡은 한 걸음 앞으로 더 나왔다. 그리고는 조용히 입을 열었다.

"하하하! 애당초 말 따윈 필요없었지요!"

"……!"

파아아앗!

소룡의 소매에서 섬전 같은 빛줄기가 피어오르고 있었다. 남궁장명은 눈을 크게 뜨며 뒤로 움직였다. 처음부터 이럴 작정이었던 것이다.

강호의 소문에 소룡이란 자는 얼굴만 웃을 뿐 그 웃는 얼굴로 사람을 해한다고 했었다. 한순간 남궁장명은 그 사실을 잊고 있었다. 불리한 상황을 조금이라도 유리하게 바꾸기 위해 말을 시킨 것이 실수였다. 체력을 회복하려 했던 것이다.

소룡이란 자는 처음부터 이럴 작정이었다. 조용히 다가와 눈앞에서 암격을 행한 것인데 진소곤과 이도는 이를 악물었다. 두 사람 사이의 거리는 반 장도 안 되었다. 피할 도리가 없었던 것이다.

"사숙님!"

"태사숙님!"

그저 크게 소리칠 뿐이었다. 다가가 막아서기는 이미 늦은 상황이었다.

찌이이잉!

"……!"

문득 기이한 소리가 소룡과 남궁장명에게서 나자 다가가려던 진소곤과 이도는 걸음을 멈추었다. 그리곤 상황을 살폈는데 분명 지금 나는 소리는 쇠와 쇠가 부딪치는 소리였다.

남궁장명이 손에 든 것은 그저 나무 지팡이 하나일 뿐이었다. 이렇게 쇳소리가 나는 것은 없을 터인데 이상한 일인 것이다. 그리고 이런 의문은 진소곤과 이도만 가지고 있는 것이 아니었다. 공격을 하던 소룡도 놀란 표정을 짓고 있었다.

"내 비록 개방에 몸을 담고 있지만······."

문득 남궁장명의 목소리가 들려오자 사람들은 모두 그의 모습을 주목했다. 흐릿한 안개 속에서도 남궁장명의 모습은 똑똑히 보였다. 그만큼 모두가 가까이 있으니 말이다.

"나의 이름을 알고 있으면서도 내가 어떤 사람인지 모르겠나?"

착 가라앉은 음성을 흘리며 남궁장명은 허리를 쭉 폈다. 그러자 금속음이 나는 이유가 밝혀졌다.

소룡의 소도는 막혀 있었다. 물론 남궁장명이 들고 있는 나무 지팡이에 의해서 말이다. 하나 그 지팡이는 보통 지팡이가 아니었다.

"아무리 개방의 사람이라 해도 난 남궁가의 핏줄! 그리 쉽게 손에서 검을 놓지 않는다!"

쩌렁!

양손을 쫙 벌리는 남궁장명의 오른손에 시퍼런 날이 서 있는 검 한 자루가 보였다. 남궁장명은 자신의 지팡이 안에 검을 넣고 다녔던 것이다.

"창우무영(窓羽無影)!"

창노한 음성과 함께 남궁장명의 신형이 움직이고 있었다. 오른발을 내디뎠다고 생각하는 순간 이미 그의 신형은 왼편에 가 있었다. 아울러 그의 오른손에 들린 검은 정확한 궤적을 그리고 있었던 것이다.

파아아앗! 쩌어엉!

소도를 들어 소룡은 겨우 그 일격을 막아냈지만 그것으로 끝이 아니었다. 소룡은 말하자면 이들의 우두머리. 여기서 끝을 내야만 했다.

"연격(連擊)! 평천(平天)!"

팟! 파팟! 파파팟!

딱 세 번의 검 울림이 들려왔다. 검을 부딪치는 소리도 들리지 않았고 오로지 남궁장명이 가지고 있는 검날의 울음소리만 들려오고 있었다.

하지만 그 검날은 허공을 헛되이 가른 것이 아니었다. 좌우로 길게 신형을 움직이며 수평으로 검을 날린 것이다.

피피핏! 파아아앗!

"크으윽!"

단말마의 비명과 함께 소룡은 신형을 뒤로 날렸다. 그는 차가운 돌바닥에 몸을 뉘며 온몸에서 피를 쏟아내고 있었다.

"태사숙님!"

이도는 기쁨에 겨워 소리를 쳤다. 자신들의 눈앞에 나타날 정도라면 이 무리의 우두머리인 것이 분명했다. 그럼 이제 어느 정도 위험에서 벗어난 것이라 볼 수 있었다.

하나 그러한 이도의 믿음은 완전히 깨졌다. 또다시 암기의 폭풍이 몰아치기 시작한 것인데 이번엔 이전보다 더욱더 많은 수의 암기가 폭사되고 있었다.

"……!"

뭔가 일이 이상하게 돌아간다는 생각이 드는 남궁장명이었다. 이자를 제압하면 이 위기에서 벗어날 줄 알았건만 전혀 그렇지 않은 것이다.

그럼 이자는 이들의 수장이 아니라는 뜻이었다. 남궁장명은 오른발로 땅을 박차며 뒤로 튕겨났다. 그와 함께 오른손을 휘돌려 날아오는 암기들을 쳐내었다.

따라라라랑!

귀청이 따가운 소리와 불꽃들이 어지러이 움직이며 장관을 이루고 있었다. 뒤쪽으로 날아가는 암기를 모두 막겠다는 듯 남궁장명은 필생의 내력을 다 올리고 있었다.

"차아아앗!"

우우우웅!

검날에 내력을 가득 주입한 채 남궁장명은 앞으로 내밀었다. 그리곤 온 힘을 다해 외쳤다.

"검영밀천벽(劍影密天壁)!"

따다당! 따당!

단순히 검을 밀었을 뿐인데 남궁장명의 앞에서 암기들이 튕겨나고 있었다. 진소곤은 그 모습에 감탄하며 소리를 내었다.

"거… 검막(劍膜)!"

틀림없는 검막이었다. 검에서 발생하는 기운으로 유형의 막을 만든다는 기술, 그 기술을 지금 남궁장명이 보여주고 있었다.

오랫동안 그는 남궁장명과 같이 다녔지만 남궁장명의 검술이 이 정도라는 것은 몰랐었다. 진정 보고도 믿을 수 없는 장면인 것이다.

"태사숙님! 무리입니다. 어서 막을 푸세요!"

하나 옆에 있는 이도는 다른 생각을 하고 있었다. 검막은 물론 대단한 위력을 지닌 무공이지만 그만큼 많은 내력을 소모했다. 이대로 가다간 생명이 위험한 것이다.

아니나 다를까, 흐르는 바람 속에 옅은 혈흔의 내음이 나기 시작했다. 남궁장명의 입에서 흐르는 핏줄기들이 내력에 뒤로 튕겨지고 있었던 것이다.

"어서요, 태사숙님. 무립니다!"

"사숙님!"

이도와 진소곤은 동시에 앞으로 달려나가며 소리쳤다. 한데 그 순간이었다.

"멍청한! 어서 뒤로 물러나지… 커억!"

쩌어어엉! 콰아악!

한 개의 암기가 그대로 검막을 찢으며 들어와 남궁장명의 오른 어깨 어림을 할퀴고 허공으로 치솟고 있었다. 검막이 있었기에 튕겼지, 그렇지 않으면 어깨가 잘려 나갈 만큼 강대한 일격이었던 것이다.

지금까지 상대해 왔던 자들과 비교가 안 되는 일격이었다. 남궁장명은 그 일격에 당한 것이고 말이다.

"사숙님!"

"태사숙님!"

얼굴이 하얗게 변한 두 사람은 쓰러지는 남궁장명의 신형을 붙들었다. 남궁장명은 내상에 외상을 한꺼번에 입고 있었다.

"이 개자식들!"

"여기 계세요! 차아앗!"

진소곤이 뛰어나가기도 전에 이미 이도가 뛰어가고 있었다. 그는 일 장여를 달려나가다 신형을 멈추었다. 이젠 다른 암기는 던져지지 않았고 오로지 한 개씩 날아오고 있었다. 한데 그 한 개의 위력이 엄청났다.

"……!"

아직 가까이 온 것 같지도 않았는데 이마가 쪼개질 듯 아파 오기 시작했다. 그만큼 대단한 내력을 담아낸 것인데 이도는 온 힘을 다해 내력을 끌어올렸다.

"하아아아압!"

우우우우…….

비록 그리 크지 않은 내력이지만 이도의 몸에 그간 쌓여왔던 내력이 한꺼번에 풀리고 있었다. 이도는 그 내력을 어느 한군데 치우침이 없도록 골고루 밀어내었다.

언제든 움직일 수 있도록 하는 방법, 은연중에 이도는 용음십이수의 정수를 깨달아가고 있었던 것이다.

위이이잉!

이윽고 귓가에 강대한 바람의 울림이 들려오자 이도는 긴장했다. 단 한 번의 기회였다. 양손을 가슴께로 끌어올린 채 이도는 기다렸다.

솔직히 보이지도 않을 속도였기에 이 정도라면 그저 감으로 할 수밖에 없었다. 이도는 그 감을 믿고 있었고 지금이 그때라고 이야기하고 있었다.

"합!"

씨이이잉!

이도는 오른발을 앞으로 쭉 편 채 허리를 뒤로 확 젖혔다. 마치 철판교의 신법을 보는 듯한 착각이 들 정도였는데 그가 몸을 뒤로 젖히자마자 그의 배 위를 쓸며 강대한 암기가 날아오고 있었다.

바로 지금이었다. 이도는 오른손을 쭉 밀어내며 류의 중앙이라고 생각되는 곳에 내력을 집중해 때렸다.

쩌어엉!

"홉!"

오른손에 참을 수 없을 만큼 강대한 고통이 밀려오자 이도는 이를 꽉 깨물었다. 그러나 진짜 그가 원하는 것은 이 다음이었다. 그 반탄력을 그대로 받아 눈 위로 날아가는 류의 중앙에 왼손을 꽂아 넣었다.

쩌어엉!

"으윽!"

이번엔 이도의 입에서 참을 수 없는 신음성이 흘러나왔다. 그러나 그의 노력은 헛된 것이 아니었다.

콰가가가각!

날아오는 암기는 그 방향을 위쪽으로 살짝 틀어 뒷벽을 뚫어버리고 사라졌다. 물론 바로 뒤에 있는 두 사람은 무사했다. 이도는 신형을 바로 세우며 다시 내력을 올렸다. 언제 다시 이런 상황이 닥칠지 모르는 것이다.

그러나 다시금 이런 상황이 온다면 정말 두려웠다. 이도는 자신의 두 주먹을 보고 있지도 않았다. 보지 않아도 상태가 어떤지 잘 알 수 있었던 것이다.

시큰한 감각이 드는 것이 상당히 찢어진 상태였다. 덜덜 떨리며 아파오지만 그런 것에 신경 쓸 때가 아니었다. 한데 그때였다.

"쏴라!"

씨시시시시싱!

허공 가득 환한 빛의 향연이 눈앞에서 연출되고 있었다. 그리고 그 방향은 자신들이 아니라 눈앞의 짙은 어둠을 향해서였다. 어디선가 화시(火矢)가 한가득 허공을 수놓은 것이다.

파파파팍!

화살이 쏘아진 곳은 환하게 세상을 비추고 있었고, 그제야 이도는 상대를 볼 수 있었다. 상당한 사람들이 눈앞에 있었다. 아무리 적게 잡아도 삼십여 명 이상의 사람들이 있었던 것이다.

"간이 큰 놈들이구나! 이곳이 너희들 안방처럼 생각되더냐!"

"틈을 주지 말고 밀어붙여라!"

"와아아아!"

거대한 함성과 함께 한 떼의 사람들이 눈앞에 들이닥치고 있었다. 이도는 고개를 돌려 새로 나타난 사람들을 경계했다.

그러나 그는 더 이상 경계할 필요가 없었다. 나타난 사람들 중 몇몇은 낯익은 복장을 하고 있었던 것이다.

"아니, 남궁 타주님이 아니십니까! 진 부타주까지! 이게 어찌 된 일이오!"

"혁련 타주님!"

한 사람이 쓰러져 있는 남궁장명에게 다가와 소리치자 진소곤은 밝은 얼굴로 화답했다. 그 역시 개방도를 상징하는 매듭과 걸인복을 입은 사내였다.

사십대로 보이는 사내는 굵은 턱 선을 가지고 있었다. 이도는 그 말을 듣고서 맥이 풀리는 것을 느꼈다. 그는 남궁장명에게로 향했다. 지금 나타난 사람들은 이 성도 무한에 바탕을 둔 무림인들이었던 것이다.

第七章

상처뿐인 승리

1

이 정도는 아니었다. 그저 주목할 만한 가치가 있는 사람일 뿐 그 외에 어떤 것도 없었다. 그것이 제룡이 평가한 현백이었다.

그러나 그 평가는 통째로 바꾸어야만 했다. 오늘 보여주는 현백의 움직임은 충분히 그럴 만했다. 이건 일류고수라 부르기도 민망한 상황이었던 것이다.

제룡과 소룡, 그리고 고도간은 각기 한쪽씩 사람들을 맡았다. 물론 고도간이 가장 많은 사람들을 거느렸고 소룡이 그 다음, 그리고 자신이었다. 비록 이십여 명이 조금 넘는 숫자지만 현백 혼자라면 충분히 가능할 것이라 생각했었다.

어떻게 알 수 있는지 몰라도 이미 밀천사 양각은 이들이 세 갈래로 갈리는 것을 알고 있었고 그 위치까지 파악하고 있었다. 제룡은 승산이 문제가 아니라 얼마나 빨리 끝내는가가 문제라고 생각했다.

그런데 막상 뚜껑을 열어보니 전혀 다른 결과가 나오고 있었다. 현실은 현백 혼자도 버거웠다. 살수 이십여 명 가지곤 도무지 현백을 당해낼 수가 없었던 것이다.

게다가 이들은 자신의 수하들도 아니었다. 명령을 내린다 해도 뜻대로 되질 않았다. 아무래도 오늘은 길보다 흉이 더 많은 날인 듯싶었다.

"위치를 고수하고 똑똑히 보거라! 상대의 눈은 좋은 표적이다! 어서!"

크게 소리를 치지만 그것이 얼마나 도움이 될지는 몰랐다. 불과 일다경 전만 해도 그는 불귀의 객이 되는 줄 알았다.

어느 틈에 뒤에 나타났던 현백, 그는 자신을 해치지 않았다. 그저 낮은 목소리로 한 소리 했을 뿐이었다.

"넌 제일 나중이 될 것이다."

그 한마디뿐이었다. 그리곤 섬전같이 사라져 데리고 온 살수들을 척살하고 있었다. 완전히 무너지진 않았지만 벌써 다섯 명 정도의 살수들이 반응이 없었다.

제룡은 눈을 돌려 사방을 살폈다. 그러자 사 장여 정도 떨어진 오른편에 번뜩이는 두 개의 눈이 보였다. 틀림없는 현백의 모습이었다.

제룡은 품속에서 단도 하나를 꺼내며 이동하기 시작했다. 현백의 바로 앞에 한 명의 살수가 있었다. 어둠 속에서 흑의의 살수는 현백의 움직임을 예의 주시하고 있었다. 여차하면 바로 륜을 날릴 생각이었다.

그와 현백의 거리는 약 이 장, 저 정도 거리라면 당장이라도 공격을 하는 것이 좋았지만 왠지 그는 주저하고 있었다. 하긴 지금 현백의 모습을 보는 사람이라면 틀림없이 그와 같은 생각을 하고 있을 터였다.

제룡은 빠르게 달렸다. 현백이 그 소리를 들으며 시선을 돌리기를 바라면서 말이다. 그래서 조금이라도 현백이 현혹되면 저 앞의 살수는 호기를 맞이하게 될 터였다. 그리고 상황은 그가 원하는 방향으로 움직였다.

스스슷.

마치 유령이 움직이듯 현백의 신형은 부드럽게 제룡 쪽으로 이동하고 있었다. 두 눈의 위치도 자신을 향해 완전한 정면으로 보이는 것을 보니 성공한 듯싶은 것이다.

그리고 그 순간을 노려 살수의 공격이 시작하려 하고 있었다. 나머지 살수들은 어디서 무얼 하는지 모르지만 일단 중요한 것은 이 순간이었다. 제룡은 이번에야말로 현백이 쓰러질 것을 의심하지 않았다.

 살수와 현백의 거리는 일 장이 조금 더 되는 거리로 보였다. 자신이야 살수의 위치를 알고 있으니 아는 것이지 전혀 모르는 현백은 그의 존재를 알 리가 없었다. 내력까지 철저히 차단하는 훈련을 받는 살수니 말이다.

 제룡은 손을 들어올려 일부러 단도의 빛을 허공에 돌렸다. 그리고 그때 살수의 손이 허공에서 움직였다.

 피이이잉!

 빛살과도 같은 움직임이 앞으로 폭사되면서 현백의 목을 향해 류이 튀어나갔다. 그 짧은 거리에서도 이지러지는 빛을 보니 정말 필생의 힘을 다한 공격인 듯싶었다.

 제룡은 반사적으로 오른손을 들어올렸다. 살수의 공격과 같이해 자신도 단도를 던지려 한 것인데 안 맞아도 좋았다. 이 공격으로 인해 현백의 신경이 분산된다면 그것으로 족했던 것이다. 한데,

 스스슷. 피이이이이.

 "……!"

 또다시 암기가 허공을 갈랐다. 순간적으로 현백의 두 눈이 세 쌍이 되어 나타난 것인데 도무지 그 실체가 어떤 것인지 알 수 없었다. 일순 현백의 두 눈이 한참 동안 흔들린다고 생각한 때였다.

 스가가각!

섬뜩한 소리가 흘러나오며 현백의 두 눈이 사라졌다. 이미 현백은 어딘가로 움직인 상태인 것이다. 제룡은 달려가 그 자리에 있던 살수의 모습을 살폈다.

"……."

그는 이미 이 세상 사람이 아니었다. 그는 왼 어깨에서부터 오른 옆구리까지 끔찍하게 갈라져 있었다. 마치 물고기를 저미듯 잔혹한 상처가 나 있었던 것이다.

찰박.

살수의 몸에서 흐른 피가 뒷걸음치는 제룡의 발을 흠뻑 적셨다. 그는 무의식적으로 뒷걸음치기 시작한 것이다.

척! 척!

한쪽 발에서 기묘한 소리가 흘러나오며 바닥에 자국이 생기고 있었다. 제룡은 태어나서 처음으로 두려움이란 단어를 떠올리고 있었다.

도망쳐야 한다……. 마음속에서 울리는 소리는 오직 그 한 가지뿐 더 이상 그의 머릿속에는 아무런 생각이 들지 않았다.

제룡의 신형은 점점 안개 속으로 사라져 가고 있었다.

만물에는 법칙이라는 것이 있다. 꽃이 떨어지는 것도 바람에 갈대 잎이 흔들리는 것도 다 나름대로 법칙이 있고 그 법칙에 따라 움직이는 것이 순리였다.

그런데 현백 자신을 보면 그 법칙이란 것이 존재하질 않았다. 양껏 움직이며 점점 전세를 유리하게 만들고 있지만 그건 왠지 불안한 승리였다.

움직임이나 도세, 모두가 다 제어하기 힘들었다. 뭔가 새로운 가능성을 찾았음에도 불구하고 그 가능성을 그저 가능성으로만 남겨야 할 것 같은 생각이 든 것이다.

내력의 중심점을 움직이는 것으로 마치 보법처럼 사용하는 것은 좋았다. 그리고 몸 안에 형성된 와류의 움직임을 도로 전달하는 것까지는 나쁜 일이 아니었다. 한데 그 공격이 제대로 제어되질 않았던 것이다.

내가 원하는 곳, 그리고 원하는 시간에 정확히 이루어져야 함에도 불구하고 그것이 되질 않았다. 비유를 하자면 그저 이만큼 정도 가능하다라는 말로 설명할 수 있었다.

여기 있는 살수들은 어떻게 처리할 수 있을지 몰라도 정말 고수를 만난다면 힘든 일이었다. 아직 자신의 무공 그 자체에 관해 어떠한 체계도 잡힌 것이 없었다.

하지만 지금 그런 것을 생각할 상황은 아니었다. 현백은 끊임없이 움직이며 암습자들을 처치하고 있었다. 그 한 가지만 가지고도 지금은 힘든 상황인 것이다.

카칵! 파아앗!

또다시 한 명의 흑의인을 땅에 누이며 현백은 눈을 돌렸다. 이젠 남아 있는 자들이 얼마 되지 않는 것 같았다. 아직까지 그들의 기척을 알 수는 없었지만 그들이 던져 내는 암기의 양은 현저히 줄었다.

대여섯 명 정도? 현백은 빠르게 움직이며 자신의 감각에 암습자들이 걸려들기를 기다렸다. 그런데 순간 아무것도 느껴지지 않았다.

대신 그의 감각에 걸린 것은 새로운 사람들이었다. 지금껏 자신이 싸운 곳의 반대 방향에서 일단의 무리들이 느껴진 것이다.

타탓! 파아아앙!

현백은 바로 신형을 돌렸다. 누군지 모르지만 일단은 경계해야 했다. 새로이 나타난 자들은 빠르게 현백을 향해 다가오고 있었다.

쉬이이이잇……

비연설의 경공으로 바람처럼 빠르게 달려간 현백은 그대로 몸을 날렸다. 마치 귀신이 허공으로 떠오르듯 그렇게 신형을 띄운 것이다.

그의 눈에 일단의 사람들이 보였다. 빠르게 달려온 바람에 그들의 모습을 살필 수는 없었지만 아무튼 적으로 의심하고 봐야 했다. 약 일 장여를 떠오른 현백은 자신의 도를 치켜들었다. 그리곤 바로 떨어져 내리며 도를 내려칠 순간이었다.

"현 대형! 저희예요! 저 이도예요!"

"……!"

누군가 그가 내려서는 곳으로 달려와 양팔을 벌리며 소리치고 있었다. 현백은 안력을 집중해 아래를 내려다보고는 자신의 도를 거두었다. 그리곤 조용히 이도의 앞에 내려섰다.

탓! 펄럭!

내려서는 발소리와 옷이 펄럭이는 소리 외엔 아무런 소리도 나지 않았다. 그 모습에 새로이 나타난 사람들은 놀란 눈으로 바라보고 있었다. 보기에도 엄청난 힘을 이미 가한 상태인데 거두어들이는 것이 너무 쉽게 보였던 것이다.

하나 현백은 그 사람들의 반응 따윈 신경 쓰지 않았다. 오로지 이도의 모습을 살피기에 바빴는데 이윽고 그의 두 눈이 이도의 두 주먹으로 향했다. 이도의 두 주먹은 붉은 천에 칭칭 감겨 있었다.

"어찌 된 것이냐?"

"아, 이거요……."

왠지 눈이 살짝 부은 듯한 이도였다. 이도는 입술을 살짝 떨면서 입을 열었다.

"별것은 아니에요… 그냥 조금 긁힌 것뿐이죠. 하나 태사숙님은……."

"……."

이도의 태사숙이라면 유행천개 남궁장명을 가리키는 것이다. 직감적으로 현백은 무슨 일이 일어난 것을 알 수 있었다.

"좀… 많이 다치셨어요."

현백은 이도의 말에 조금 안심하며 왼손을 들었다. 죽지 않은 것만도 다행이었다. 그렇지만 않으면 다시금 일어설 수 있을 테니 말이다.

턱!

왼손을 이도의 어깨 위에 얹으며 현백은 시선을 돌렸다. 여기 이 사람들은 이도를 제외하고 아무도 알 수가 없었는데 하나같이 다 경계의 시선을 던지고 있었다.

하긴 지금 현백의 모습은 누구라도 그럴 만했다. 칙칙한 어둠 속에서 제대로 보이는 것이라곤 현백의 귀신같은 두 눈뿐, 어떤 것도 보이지 않았던 것이다.

"아, 이분들은 이 성도 무한에 적을 두신 무림인들이세요. 따로 움직이다 저희가 터뜨린 불꽃을 보신 모양이에요."

이도의 말에 현백은 고개를 끄덕이며 내력을 거두기 시작했다. 그러자 그의 두 눈에서 비치던 기운도 사라져 갔다.

"호… 이거 간 떨어지는 줄 알았소이다. 개방의 무한 분타를 맡고 있는 혁련월(赫連越)이라 하오. 그리고 이쪽은 이곳에서 무관을 하고 계신 양소추(陽紹秋) 대협이시오."

"양창무관(陽槍武館)의 양소추라 합니다."

스스로 자신을 소개하는 두 사람은 아마도 이들의 인솔자인 듯했는데 그러고 보니 여기 있는 사람들은 두 부류의 사람들로 보였다. 한쪽은 어깨에 궁을 둘러맨 개방의 사람들, 또 한쪽은 장창을 든 사람들로 구성되었던 것이다.

"현백이라 합니다."

현백은 손을 말아 포권을 쥐며 입을 열었다. 그러자 혁련월과 양소추는 각기 눈을 살짝 굴리며 생각하는 듯했는데 아마도 들어본 적이 없는 이름이기에 그런 듯싶었다.

하나 현백이 그런 반응에 신경 쓸 사람이 아니기에 그는 바로 고개를 돌려 이도를 향했다. 그리곤 보이지 않는 진소곤의 행방을 물었다.

"진 형은 어디에 있지? 그도 다쳤나?"

"아뇨, 진 사숙님은 그리 크게 다치지는 않으셨어요. 다만 그 평통이란 친구 분을 찾아 떠나셨어요. 이분들께 들어 알았는데 오늘 또 그 삼목(三目)을 지닌 요괴가 나타났대요."

"……."

이도의 말에 현백은 미간을 살짝 찌푸렸다. 그럼 현 상황은 단 한 가지 경우밖에 없었다. 오늘 자신들이 상대한 자들은 모두 미끼가 되는 셈이었다.

"이미 그쪽엔 무림인들뿐만이 아니라 각운평 장군께서 병력을 동원하러 가셨으니 문제없을 것이오. 우리는 조금 늦게 합류하려다 본 방의 폭죽을 보고 방향을 틀어 온 것이오."

"……."

현백은 조용히 고개를 끄덕였다. 그런 이유라면 말이 되기는 했다. 이도 측 사람들이 운이 좋았던 것이다.

"한데 현 대형, 우리를 공격한 자들의 수괴가 양명당의 소룡이란 자였어요. 아무래도 이놈들과 무슨 연관이 있는 것 같아요."

"…난 제룡을 만났다. 지금은 도주한 것 같구나."

"제룡? 양명당의 제룡을 말씀하십니까?"

현백의 말에 혁련월은 다시금 물어왔고 현백은 고개를 끄덕여 그의 질문에 답해주었다. 그러자 양소추의 음성이 들려왔다.

"추악하기 그지없는 자들이군요. 여러분과 무슨 일이 있었는지 모르지만 혹여 다른 사람들이 다칠지도 모르는 상황을 만들다니……. 게다가 아무리 우연이라 해도 이건 지나칩니다. 틀림없이 아이들의 실종과 관계있는 것이 분명합니다."

"제 생각도 양 형과 같소이다. 아무래도 우리가 모르는 모종의 음모가 진행되고 있는 것 같군 그래……."

혁련월과 양소추는 서로의 생각을 확인하며 이야기했다. 하나 현백은 그것보다 다른 일이 더 중요했다. 오유와 지충표, 주비의 소식이 들리지 않는 것이다.

"다른 폭죽은 보지 못했느냐?"

"…저도 지금 궁금해하는 중이에요. 저희들이나 현 대형에게 덤벼든 것을 보면 그쪽이라고 무사할 이유가 없겠죠. 그래

상처뿐인 승리 247

서 혹……."

이도는 계속 입을 열려 하다가 꽉 다물었다. 차마 잘못되지 않았을까 하는 말은 할 수가 없었던 것이다. 현백은 고개를 살짝 끄덕이며 말을 했다.

"창룡과 충표는 믿을 만한 사람들이다. 아무 일 없을 테니 염려 마라."

현백이라고 답답하지 않을 리는 없지만 말이라도 이렇게 해야 했다. 적어도 오유를 걱정하는 이도의 마음을 헤아린다면 말이다.

"초면에 실례가 될지도 모르지만, 혹 지금 다른 할 일이 없다면 저희와 함께 가시겠습니까?"

문득 옆에서 들려오는 목소리에 현백은 고개를 돌렸다. 그곳엔 혁련월이 서 있었는데 현백은 고개를 가로저으며 입을 열었다.

"아직 일행이 남아 있습니다. 그 친구들의 생사를 확인하는 것이 그 무엇보다 중요합니다."

"아, 그렇군요. 하면 이도 너도 그렇게 할 생각이냐?"

"예, 오유가 여기 어딘가 있을 겁니다. 그러니 지금은 갈 수 없을 것 같군요."

이도의 말에 혁련월은 고개를 끄덕였다. 더 이상 이들을 채근하는 것이 힘들 것 같다는 생각에 신형을 돌리며 움직이려 했다.

"타주님, 하면 어디로 이동해야 합니까? 동쪽입니까, 서쪽입니까?"

"그게 무슨 소리냐? 동쪽으로 가야 하지 않더냐?"

누군가의 목소리에 혁련월이 대답했는데 사내는 혁련월을 향해 다시 입을 열었다.

"방금 소식이 들어왔는데 서쪽에서 누군가 싸우고 있다고 합니다. 아무래도 두 군데에서 일이 터진 것 같습니다만……"

"이도야, 넌 어서 서쪽으로… 응?"

혁련월이 뒤로 돌아서 이야기했을 때 이도와 현백은 이미 보이지 않았다. 그들은 말을 듣는 순간 이미 땅을 박차고 달려나갔던 것이다.

동쪽에서 삼목안이 나타났다는 것은 이미 이도에게 이야기한 상황이었다. 당연히 서쪽의 싸움은 오유 일행일 확률이 높았던 것이다.

"허허… 이것 참……"

동서를 좌우로 번갈아 보면서 혁련월은 잠시 생각에 잠겼다. 이어 그의 내력을 실은 목소리가 허공에 울렸다.

"모두들 서쪽으로 간다! 어서 움직여라!"

"알겠습니다, 타주님!"

그의 말 한마디에 개방의 사람들이 움직이고 있었다. 혁련월은 다시 고개를 돌려 양소추에게 입을 열었다.

"양 형께는 죄송하지만 잠시 서쪽에 다녀와야겠소. 양 형께선 어찌하시겠습니까?"

"솔직히 요즘 흉흉하기는 하지만 이미 동쪽엔 각 장군의 수하들이 진을 치고 있을 겁니다. 또 평 형도 그곳에 있으니 제가 할 수 있는 일은 지금 가봐야 그리 많을 것 같지 않군요. 어차피 이 흑의인들이 관련이 있는 듯하니 저도 같이 가렵니다."

"하면 어서 움직입시다. 이러다 단서를 또 놓칠 것 같으니……."

양소추와 혁련월은 중지를 모았고 바로 신형을 날리기 시작했다. 수십여 명이 넘는 사람들이 손에 횃불을 들고 달리는 광경은 정말 장관이었다.

"하아! 하아!"

오유는 가쁜 숨을 몰아쉬었다. 상황은 점점 악화만 되어갈 뿐 어찌해 볼 도리가 없었다. 그리 많은 시간이 지난 것도 아니지만 오유에겐 그 어떤 시간보다도 길어 보였다.

달칵!

이미 바닥에는 여러 개의 암기들이 쌓여 있어 발에 밟히는 실정이었다. 그나마 지충표가 준 방패 덕분에 살아남을 수 있었지 그렇지 않으면 죽어도 한참 전에 죽었을 터였다.

처음 오유가 제 힘을 발휘해 싸울 수 있었던 것은 고작해야 일각이었다. 내력이 실린 암기들을 피하고 쳐내는 것이 이토록 힘들고 소모가 막심한 것인 줄 몰랐던 것이다.

"정신 차려라, 오유! 이러다간 다 죽어! 현백이나 이도가 올 때까지 버텨야 해!"

"……."

지충표가 소리치지만 오유는 말할 힘도 없었다. 그저 날아오는 암기에 어림짐작으로 방패를 댈 뿐이었다.

"충표! 잠시 여기를 맡아라!"

"뭐 하려고 그래!"

갑자기 주비의 목소리가 들려오자 지충표는 안쪽으로 들어서며 입을 열었다. 세 사람이 품 자로 둘러싼 가운데는 약 일 장여의 공간이 있었던 것이다.

"이대로는… 쉽지 않겠어! 차아앗!"

파아아앙!

허공으로 몸을 비산하며 주비는 긴 호성을 질렀다. 그러자 창공에 떠 있는 그를 향해 수많은 암기들이 집중되고 있었다.

어둠 속에서 빠르게 움직이며 암기를 날리던 이들에겐 호기였다. 공중에 떠 있다는 것은 몸이 자유롭지 않다는 것을 의미했다. 그러니 이 기회를 놓칠 리가 없었던 것이다.

주비는 지충표와 오유를 위해 이런 결정을 내린 것이다. 이대로 가다간 위험하다는 압박감이 만들어낸 행동이기도 했다.

"어림없다!"

따라라라랑!

주비는 허리를 풍차처럼 돌리며 장창으로 허공에 한 폭의 그림을 수놓았고 그 그림에 암기는 모두 튕겨지고 있었다. 주비는 순간적으로 내력을 크게 몸 안에서 휘돌리며 오른손으로 움직였다.

"차앗!"

키이이이이잉!

주비의 창에서 기이한 소리가 흘러나오고 있었다. 짙은 안개를 잡아 찢으려는 듯 용울음이 들리고 있었던 것이다.

파아앙!

단단한 대지에 한 발을 내려서는 순간 강한 기의 울림이 터져 나오고 있었다. 주비는 이어 오른손의 창대를 앞에 보이는 화강석 바닥에 꽂아 넣었다.

콰가가가각~!

창대는 크고 빠르게 회전을 일으키며 화강석 바닥에 깊숙이 파고들었고 주비는 전방을 향해 눈을 빛내었다. 그리곤 오른팔에 힘을 꽉 주며 그대로 들어올렸다.

"야아아압!"

파파파파팡!

거대한 기의 울림이 전해지고 전방을 향해 주비의 진력이 빠르게 날아가고 있었다. 대지를 가르며 전해지는 그의 진력은 진정 대단한 위력을 보여주었다.

당연한 이야기지만 폭발하듯 일어나는 지면에서 희뿌연 먼지가 피어올랐고 이는 대기 중의 안개와 어울려 더욱더 크게 일어나고 있었다.

한데 주비의 행동은 여기서 끝이 아니었다. 그는 창대를 좌우로 크게 휘두르며 대지를 가격하고 있었다.

쩡! 쩌정! 콰가가각!

주비의 주변은 온통 먼지투성이로 변해 버렸고 피아를 구분하기 어려운 환경이 되어버렸다. 삽시간에 한 치 앞도 제대로 보이지 않게 된 것이다.

뒤에서 바라보던 지충표는 그제야 주비의 의도를 알 수 있었다. 이렇게나마 혼전을 유도한다면 어느 정도 승산은 있었다. 어쩌면 승리를 위해 가장 효과적인 방법일 수 있었다.

그러나 주비가 하나 놓친 것이 있었다. 지금 주비 혼자였다면 그것이 최선의 길이지만 혼자가 아니라는 점이었다. 자신과 오유가 있을 땐 오히려 최악의 방법이 될 수 있었다.

스스슷!

그리고 그 생각은 이내 현실이 되었다. 자신과 오유, 그리고 주비의 사이에 흑의인들이 끼어들었던 것이다.

2

"제길! 오유! 내 쪽으로 바짝 붙어!"

"……."

"오유! 뭐 하……!"

소리치던 지충표는 입을 꽉 다물었다. 돌아본 그의 눈에 오유가 한쪽 무릎을 꿇은 채 헐떡이는 것이 보였던 것이다.

"이런……!"

한계였다. 더 이상 오유에게 바랄 수 있는 것은 아무것도 없었다. 이젠 끝인 것이다.

"젠장… 젠장!"

이를 부득부득 갈며 지충표는 방법을 생각해 보지만 도리가 없었다. 그리고 그 순간 또 한 번의 위기가 찾아오고 있었다.

피리리리리링!

먹이를 노리는 야수처럼 이때를 기다렸다는 듯 암기의 비가 다시 쏟아지고 있었다. 지충표는 이를 악물며 자리에서 일어섰다.

"아, 아저씨……."

"가만히 있어라, 오유… 가만히……."

어금니를 꽉 깨물며 지충표는 양손을 들어올렸다. 요즘 들어 무기를 잘 쓰지 않는 그였지만 지금은 그간 안 쓰던 박도 한 자루를 들고 있었다.

"충표! 지금 벗어나라! 그 길뿐이야!"

문득 어둠을 뚫고 주비의 목소리가 들려오자 지충표는 실소를 머금었다. 주비의 진짜 의도는 자신들의 도주였다. 하나 그것은 오유가 제대로 움직일 수 있을 때였다.

지금 오유를 메고 움직였다간 죽음뿐이었다. 이래저래 힘든 상황인 것이다. 하나 그렇다고 죽을 수는 더더욱 없었다.

"이야아아아압!"

부우우웅!

박도를 쳐올리며 지충표는 날아오는 암기를 쳐내려 했지만 지충표로서는 상당히 힘든 상황이었다. 아무래도 이러한 공격 상황에선 지충표의 무공도 별 소용이 없었던 것이다.

따당! 따라랑! 피피핏!

몇 개는 그대로 지충표의 몸을 할퀴고 지나가자 섬뜩한 소리와 함께 지충표의 몸에서 피가 튀었다. 지충표는 인상을 확 쓰면서도 입을 꽉 다물고 소리를 내지 않았다.

오유 때문이었다. 오유 앞에서 추한 꼴을 보이고 싶지 않은 지충표의 마음인 것이다.

그러나 소리는 그렇다 치고 피는 어찌할 도리가 없었다. 이미 그 피를 뒤집어쓴 오유가 앞에 나오고 있었다.

"오, 오유! 비켜라!"

"그 정도면 됐어요, 아저씨."

"오유!"

지충표의 말도 듣지 않은 채 오유는 앞으로 가고 있었다. 지충표는 다시 일어나 나가려다 다시 주저앉았다.

"큭……!"

결국 그의 입술 사이로 신음성이 흘러나왔다. 지충표는 눈을 돌려 자신의 다리를 바라보았다.

"……."

오른쪽 종아리에서 뼈가 드러날 정도로 깊은 상처가 보였다. 당장 치료하지 않으면 출혈로 위험할지도 모른다.

찌이이익! 짜악!

지충표는 옷을 찢어 바로 묶어 매었다. 그때였다.

터터팅!

"읍……!"

오유의 가냘픈 소리가 들려왔다. 그녀 역시도 최선을 다해 숨죽이며 한 소리였지만 지충표에겐 천둥소리보다 더 크게 들렸다.

터팅! 터터팅!

지충표의 귓가에 둔탁한 소리가 계속 들려오자 그는 기어이 몸을 일으켰다. 그리곤 온 힘을 다해 앞으로 뛰어나갔다.

"물러서라!"

"아앗!"

지충표는 그대로 오유를 옆으로 밀어내었다. 부상당한 오른발 대신 왼발로 몸을 지탱하며 곧추선 그는 양손 가득 내력을 담았다. 그리곤 전방을 향해 양손을 쫙 벌린 후 내력을 쏟아내었다.

키이이이!

사람의 귀를 멍하게 만드는 소리가 지충표의 양손에서 흘러나오며 그는 신형을 바닥으로 뉘었다. 눈앞에 달려드는 암기를 내력의 힘으로 밀어 올렸던 것이다.

카카칵! 시이이이잉!

지충표의 신형을 따라 흐르던 륜은 기이한 내력으로 인해 허공으로 밀려 올라가고 있었다. 지충표는 등허리를 바닥에 착 붙이며 신형을 누였다.

피이이이잉!

"쿨럭!"

지충표는 겨우 성공할 수 있었다. 그러나 그것으로 끝이었다. 부지불식간에 끌어올린 가문의 무공은 그만큼의 부작용을 가져옴을 깜박 잊고 있었다.

유술의 원리를 이용한 내력 응용이었다. 하나 그것으로 지충표의 몸은 만신창이가 되어갔다. 모인 장로와 이야기하면서 늘은 줄 알았건만 여전히 제자리였던 것이다.

"아, 아저씨······."

크릭······.

상처뿐인 승리

오유는 손을 뻗어 방패를 잡으려 했다. 그 방패라도 던져서 지충표에게 넘겨주려 했던 것이다. 지충표라면 방패 하나로 살아남을 터였다.

하나 그녀의 손에 잡힌 것은 이상한 물체였다. 그녀는 손을 놓고 다시금 더듬으려 하다가 문득 그 감촉에 다시금 꽉 움켜잡았다.

"……!"

폭죽이었다. 틀림없이 주비가 자신에게 넘기려 했던 그 폭죽의 모양이었고 오유는 꺼져 가던 희망에 불씨를 살렸다. 그녀는 지충표처럼 땅에 등을 댄 채 허공으로 손을 올렸다.

수중의 화섭자를 꺼낸 그녀는 손가락을 크게 튕겨 화섭자의 끝을 꺾자 불이 붙었다.

화아아악. 치이이이.

더 볼 것도 없었다. 오유는 심지에 불을 붙이고는 하늘로 향했다. 혹시 이러다가 류이라도 날아오면 팔이 잘릴 수도 있지만 그녀는 그런 자신의 약한 마음을 털어버리기라도 하듯 큰 소리를 질렀다.

"야아아아아아……!"

파아아아앙!

허공에 불덩어리 하나가 높이 솟구치고 있었다. 근 오 장여 이상을 솟구친 불덩어리는 커다란 소리를 내며 비산했다.

퍼어엉! 퍼퍼펑!

순간적으로 온 세상이 환해진 것 같은 착각이 들었다. 아무리 짙은 안개라도 불꽃의 밝기를 이길 순 없었다. 칙칙한 어둠을 가르고 세상을 환하게 밝힌 불꽃은 이제 그 생명을 다하고 있었다.

"……."

그런데 참 이상한 일이었다. 그 불꽃의 가운데 사람의 형상이 보인 것 같았다. 검게 보여 잘 알 수는 없었지만 분명 사람의 불꽃 같았던 것이다.

오유는 피식 웃었다. 죽으려니 별 시답지 않은 상상을 하는구나 싶은 그때, 그녀는 눈을 가늘게 뜰 수밖에 없었다.

수없이 피어났다 사그라드는 불꽃, 그 불꽃 중 단 두 개만이 꺼지지 않고 있었다. 마치 사람의 눈처럼 같이 붙어 다니며 좌우로 긴 꼬리를 밀어내는 불꽃이 말이다.

"……어?"

그런데 그 불꽃이 이쪽으로 떨어지고 있었다. 문득 오유는 그것이 사람의 눈처럼 보이는 것을 느끼고 있었다.

"……."

그저 눈을 껌벅이며 오유는 가만히 있을 뿐이었다. 점으로 보였던 불꽃은 이제 쌀알만 해져 있었다. 그리고 어느 한순간 그 불꽃은 자신의 머리맡에서 정지해 있었다.

"일어나지 마라. 그대로 쉬어."

상처뿐인 승리

"……!"

그리고 귀에 익은 음성 하나가 들려왔다. 놀랍게도 그 불꽃 부근에서 나는 음성이었다. 그제야 그녀는 상황을 알 수 있었다. 그녀의 입에서 작게 떨리는 소리가 흘러나왔다.

"현… 대… 형……."

현백이 온 것이었다. 두 눈 가득 살광을 담고서 말이다.

"큭큭… 별 거지 같은 놈들이 다 나타났군 그래. 어이쿠! 이젠 도망쳐야 하나? 응?"

"……."

정면에서 들려오는 목소리에 주비는 눈을 돌렸다. 그곳엔 언제 나타났는지 고도간이 서 있었다.

"마침 잘되었군 그래. 내 한번 보고 싶었다. 그 현백이란 놈이 얼마나 대단한 놈인지 말이야. 큭! 호랑이도 제 말 하면 나타난다고, 저기 오는군 그래."

"……."

고도간의 이죽거림에도 불구하고 주비는 조용히 서 있었다. 이젠 그가 피워낸 먼지도 주위의 안개 때문에 착 가라앉아 버린 상황이었다. 그렇게 되니 오히려 시계가 더 좋아지는 기현상도 나타나고 있었다.

"왔나?"

"…조금 늦었다."

보지도 않고 입을 여는 주비의 목소리에 현백은 작은 목소리로 대답했다. 이미 현백은 주비의 바로 뒤에 있었다.

"내가 나설까?"

현백이 말을 이었다. 눈앞에 비대한 자가 보였는데 그가 누군지 알 수는 없었다. 하나 주비와 대치한다는 것 한 가지만 봐도 적이라는 것은 확실했다.

"아니, 저 두 사람을 부탁해. 하마터면 내가 저들을 죽일 뻔했어……."

"……."

주비의 목소리엔 진한 자책이 나타나 있었다. 상황은 모르지만 아마도 판단을 잘못한 것 같았는데 스스로를 탓하는 것처럼 보였던 것이다.

현백을 기다렸어야 했다. 지금 지충표처럼 현백을 기다려야만 했는데 그는 더 참지 못했다.

"현백."

"응?"

문득 주비의 끈적한 목소리가 들려왔다. 그는 여전히 등을 돌리지 않은 채 입을 열고 있었는데 현백의 귓가에 주비의 목소리가 다시금 들려왔다.

"태어나서 처음으로… 울 뻔했다."

"……."

"그러니 잠시만 비켜줘. 내 손으로 그 기억을 지우고 싶다."

주비의 마음고생이 어땠는지 잘 알 수 있는 대목이었다. 현백은 고개를 끄덕이며 신형을 돌렸다. 움직이는 그의 등 뒤로 작은 목소리가 흘러나왔다.

"이미 주변은 정리되고 있다. 지우려면 확실히 지워라."

"…고맙다, 현백……."

주비는 말과 함께 어금니를 꽉 깨물었다. 창대를 곧추세워 고도간을 향하자 고도간은 인상을 구기며 입을 열었다.

"이봐, 창룡. 내가 이야기하고 싶은 것은 네 상판이 아니야. 비켜나고 저놈이나 다시 불러."

고도간은 이죽거리며 입을 열었지만 주비는 아무런 반응이 없었다. 고도간은 한 번 더 이야기하려다 입을 꽉 다물었다. 주비의 몸에서 거대한 기운이 치밀어 올랐던 것이다.

"고도간……."

문득 주비의 목소리가 고도간의 귓가에 들려왔다. 그 목소리엔 강한 살기가 담겨 있었다.

"닥쳐라!"

파아아앙!

말과 함께 주비의 신형은 섬전이 되었다. 그의 머릿속엔 더 이상 아무런 생각이 들지 않았다. 오로지 자신과 고도간 둘뿐이었던 것이다. 그의 눈에 들어오는 것이라곤 부릅뜬 눈으로 놀라고 있는 고도간의 얼굴뿐이었다.

"제길!"

"자책하지 마라, 충표."

현백은 다시 지충표와 오유에게 다가왔다. 이도가 그 두 사람의 상세를 돌보고 있었는데, 현백의 귓가에 지충표의 목소리가 들려왔다.

"자책 같은 거 안 한다. 젠장… 그런 거… 안… 해……."

착각이었을까? 현백의 눈에 지충표의 눈가에 작은 이슬이 맺히는 것이 보였다. 지충표는 고개를 옆으로 돌렸다. 현백 역시 신형을 돌렸다. 보지 않는 것이 더 좋을 듯싶은 것이다.

이미 주변은 정리되어 가고 있었다. 역시 무한 분타 사람들에다 이곳에 터전을 잡은 무인들이라 그런지 이미 어떻게 해야 할지 잘 알고 있었다. 암습자들이 움직일 만한 곳은 다 막아내고 있었던 것이다.

현백은 서서히 앞으로 움직였다. 향후 해야 할 일을 정하는 것이 우선인데 일단은 저 앞의 승부를 봐야 했다. 누군지 모르지만 아무리 봐도 그는 주비의 상대가 아니었다.

아마도 얼마 안 가서 승부는 날 것이고 그럼 다음 행동을 취해야 했다. 일단 부상자들이 쉴 곳을 찾아주는 것이 최우선이었다.

그리고 나서 삼목이 나타났다는 곳으로 가보는 것이 좋을 것 같았다. 물론 그 어떤 것도 일단 저 앞의 승부가 났을 경우의 이야기였다. 문득 그의 옆에 두 사람이 다가와 입을 열었다.

"어느 정도 정리가 된 것 같습니다. 실은 한 것도 별로 없군요. 이미 철수하는 중이었습니다."

"그렇습니다. 한데 저 앞에 계신 분은 누구시죠? 상당한 창술입니다."

혁련월의 말에 이어 양소추가 입을 열었는데 역시 창술을 위주로 하는 사람이라 그런지 관심이 있는 듯싶었다. 현백은 입을 열어 답해주었다.

"창룡이오. 그 앞에 있는 자는 누구인지 모르오."

"창룡! 과거 오룡일제의 한 명인 그 창룡 말이오?"

"그러고 보니 저 앞에 싸우는 자는 고도간이 아니오?"

혁련월의 말에 현백은 다시 눈을 들어 앞을 바라보았다. 과연 비대하다는 세간의 평이 맞는 듯싶었다. 지금 그는 주비에게 한참 밀리는 중이었다.

"과연 창룡! 하마공의 일인자라는 고도간을 저토록 몰아붙이다니……."

주비의 창술에 흥미가 동했는지 양소추는 눈을 떼질 못하고 있었다. 현백은 그저 살짝 웃으며 고개를 돌리려 했다. 한데,

쩌저저정! 좌아아아앗~!

"……!"

아무도 예상치 못한 일이 일어나고 있었다. 주비의 신형이 뒤로 한껏 밀린 것인데 그는 전방을 향해 노려보기만 하고 있었다.

설마 주비가 당할 것이라곤 절대 상상을 못했던 현백이었다. 현백은 오른발에 힘을 준 채 땅을 박차고 날아올랐다.

파아아아앙…….

물론 눈앞에 보이는 비대한 자를 향해서였다. 기회라 여긴 그는 양손을 가슴 앞으로 내밀고는 그대로 주비의 신형을 노리고 있었다.

막 고도간을 죽일 순간이었다. 고도간의 몸은 주비의 창으로 인해 잔 상처가 수도 없이 많이 나 있는 상태였다. 주비는 그를 곱게 죽일 생각이 없었던 것이다.

그런데 그가 고도간을 죽일 순간 누군가 방수가 있음을 알게 되었다. 그리고 지금 그의 공격에 주비는 낭패를 보고 있었다.

"욱……!"

가슴이 진탕되는 느낌에 움직일 수가 없었다. 엄청나다고 밖에 말할 수 없는 힘이 담긴 암기들이 날아왔다. 겨우 막아냈지만 그 충격에 몸이 마비되었던 것이다.

물론 곧 풀릴 마비들이나 문제는 시간이었다. 이미 고도간의 신형은 창대의 공격 반경 안에 들어섰던 것이다.

"이놈! 내 손에 죽어라!"

부아아아앙!

순간적으로 기를 부풀어 올린다는 합마공이었다. 몸 안의 기운을 외기와 동일하게 만들어 충격을 최소화하는 것이 합마공의 특징이건만 창룡의 창은 전혀 합마공의 장점을 살리지 못하게 만들었다.

접근조차 힘드니 아무것도 되는 것이 없었던 것이다. 그러던 한순간 그에게 기회가 왔다. 누군가의 공격에 잠시 틈이 보인 것이다.

목표는 창룡의 가슴. 목 바로 아래를 향해 오른손을 쭉 뻗었다. 이 정도의 속력에 아직도 움직이지 못하는 창룡의 신형이라면 이미 승리는 자신의 것인 것이다.

"차아앗!"

막 손 가득 내력을 모아 치려던 고도간은 눈을 크게 떴다. 시꺼먼 어둠과 함께 눈앞에 두 개의 야수 같은 눈이 보였던 것이다.

"뭐야, 이건!"

부앙! 부아아앙!

황급히 양손을 휘저으며 그대로 내치려 했건만 그때였다. 그 눈이 순식간에 세 쌍으로 늘어나고 있었다.

스스슷! 파팡!

하릴없이 공기를 때리고 만 고도간은 황당한 표정을 지었다. 그리고…….

빠각!

"크아악!"

그의 두터운 턱살들이 떨리고 있었다. 그가 떤 것이 아니라 누군가의 강렬한 손에 의해서였다. 전혀 의도하지 않은 채 고도간의 눈은 희뿌연 안개를 향하고 있었다.

부우웅.

그의 비대한 몸이 공중으로 뜬것이다. 그리고 이어 옆구리에 강한 일격이 꽂히자 고도간은 숨을 쉴 수조차 없는 고통에 얼굴 살을 떨었다.

퍼어억!

"허어억!"

쿠우웅!

그의 몸이 차가운 땅바닥에 쓰러지는 순간 그는 볼 수 있었다. 희뿌연 안개 속을 이동하는 두 개의 눈동자를. 마치 야수의 눈처럼 강렬한 그것의 정체는 조금 전에 현백이라 불리던 그자의 모습이었다.

사사사샷!

현백은 최대한 빠르고 조용하게 움직였다. 진짜 강한 암습자. 유행천개 남궁장명이 정신을 잃기 전에 말했던 바로 그자였다. 누군가 정말 강한 자가 한 명 있다고 했다.

암기에 실은 내력으로 주비를 밀어낼 수 있을 정도라면 두 말이 필요없었다. 이자가 지금 모든 것을 쥐고 흔드는 자였다. 그리고 그를 잡아야 했다.

"……!"

한참을 달려가던 현백은 그 자리에서 딱 멈추었다. 아직 뽑지 않은 도파에 오른손을 올린 채 석상처럼 굳어진 것인데, 그는 본능적으로 허리를 낮추며 무릎을 살짝 굽힌 채 양 발 뒤꿈치를 들어올렸다.

사방에서 살기가 느껴지고 있었다. 그런데 그 살기가 조금 이상했다. 모두 한 사람이 흘려낸 것처럼 똑같은 크기인 것이다.

여러 사람이 자신을 둘러싼다면 이런 살기가 아니었다. 그건 전장터에서 싫도록 느껴본 것이기에 확실했다. 이건 단 한 사람의 살기인 것이다.

움직인다면 바로 당할 것 같은 기분, 딱 그 기분이었다. 현백이 할 수 있는 일이라고는 감각을 최대한 살리는 것밖엔 없었다.

그러던 한순간이었다. 현백과 암습자의 균형을 깨는 일이 일어났다. 뒤쪽에서 현백의 움직임을 이상히 여기던 사람들이 달려온 것이다.

"현 대형! 왜 그래요?"

그리고 그중엔 이도의 모습도 있었다. 현백은 양 볼에 볼이 패이도록 어금니를 꽉 깨물었다. 그리곤 이도를 향해 소리쳤다.

"오지 말고……!"

그가 말을 채 다 끝내기도 전이었다. 사방에서 조여드는 압력이 한층 가중되기 시작했고 그 압력을 이기지 못해 한쪽이 터지고 있었다. 현백은 오른손을 움직여 도를 뽑아 올렸다.

쩌어어엉!

강한 울림이 들려오고 암습자의 병기와 현백의 도에서 불꽃이 일었다. 그 짧은 번쩍임 속에서 현백은 암습자의 모습을 볼 수 있었다.

역시나 검은 옷을 입었지만 얼굴은 그냥 내놓은 사람이었다. 적어도 사십대로 보였고 오십대일 수도 있었다. 다만 심연처럼 깊은 눈이 상당히 인상적인 사람이었다.

번쩍임이 사라지고 다시 어둠이 몰려왔지만 현백은 그냥 있을 수가 없었다. 서로가 지금 어디에 있는지 잘 아는 상태였다.

쩡! 쩌정! 쩌정!

연속적인 병기의 울림이 들려오고 뭐가 뭔지 보는 사람들이 전혀 모를 때 사람들 속에서 횃불이 밝혀졌다. 한순간 세상이 환해지면서 두 사람의 모습이 드러나고 있었다.

"……!"

이도를 비롯한 사람들은 눈을 크게 뜰 수밖에 없었다. 현백, 그의 모습이 최소한 세 개였다. 세네 명의 현백이 사방을 휘돌고 있었던 것이다.

묘한 것은 현백이 상대하는 사람이었다. 그의 모습은 전혀 보이지 않았다. 마치 현백 혼자서 미친 듯이 움직이는 것처럼 보였던 것이다.

하나 그 순간 또다시 병기의 울림이 들려왔다.

까라라라랑! 쩌어엉!

그 어떤 때보다 강한 울림이 들려오고 이어 현백의 모습이 확연히 드러났다. 현백은 입술을 꽉 다문 채 한쪽을 노려보고 있었다. 이도는 그 모습에 앞으로 다가가 입을 열었다.

"현 대형, 어떻게 된 거예요?"

"…놓쳤다."

현백의 힘을 이용하여 상대가 멀리 도망간 것이다. 아마도 수하들이 퇴각할 시간을 벌어준 것 같은데 현백은 자신의 도에 눈을 던졌다.

"……."

날이 살짝 빠졌을 정도로 강한 일격을 준 사내였다. 언젠가 모인 장로와 같이 있었을 때 경험해 본 사람 정도는 아니지만 일 대 일로 진검 승부를 한다면 현백도 승부를 장담하지 못할 정도로 강한 사내였다.

"괜찮아?"

"그래……."

어느새 다가온 주비의 말에 현백은 고개를 끄덕이며 입을 열었다. 상황은 이제 종료된 것이라 봐도 되었다. 다음에 해야 할 일은 말하지 않아도 뻔했다.

진소곤이 있는 곳, 그곳으로 가야 했다. 너무 시간이 흘러 어찌 되었을지 모르지만 그래도 가보는 것이 좋았다.

"잡은 건가?"

"그렇게 되었군. 일단 입을 열게 하는 것이 좋겠지. 시끄러워질까 봐 혈을 짚어뒀다."

고도간에 대한 대화였다. 고도간은 이를 부득부득 갈며 땅바닥에 대 자로 누워 있었다. 아무런 말을 하지 못하고 이만 갈고 있었다. 현백은 고개를 끄덕이며 말을 이었다.

"진 형이 있는 곳으로 움직여야겠다. 이도, 넌 오유와 충표를 돌봐라. 나와 주비가 가볼 터이니."

"알았어요."

가고 싶은 마음이야 이도 역시 굴뚝같겠지만 이도는 여기서 멈추어야 했다. 양손의 상처도 상당해 이젠 더 치료를 늦출 수가 없었던 것이다.

현백은 혁련월과 양소추에게 다가가 다음 일정을 이야기했고 두 사람은 크게 고개를 끄덕였다. 그들 네 사람은 남은 사람들을 인솔하여 움직이기 시작했다.

第八章

탈명천검사 장연호

1

공미원(共彌園). 상복원과 함께 이곳 무한에서 가장 큰 구호 시설이었다. 역시나 열 살 미만의 아이들을 노린 것이었고 이번에도 사람들은 막지 못했다.

현백이 주비를 비롯한 여러 사람과 함께 이곳에 도착했을 땐 이미 늦은 상황이었다. 싸움도 없었고 남아 있는 것은 그 흔적뿐이었던 것이다.

두려움에 질린 병사의 얼굴을 보면서 현백은 대강 어떤 일이 일어났는지 이해할 수 있었다. 확실한 것은 아니지만 이들은 상대를 사람으로 여기고 있지 않았던 듯싶었다.

귀신과 싸움을 어떻게 하겠느냐? 그것이 여기 오자마자 상황을 물었던 병사의 대답이었다. 현백은 공미원의 안쪽으로 들어가 주변을 돌아보았다.

확실히 이곳은 바깥보다 더 심했다. 마당 곳곳이 파이고 죽은 이들이 몇몇 보였다. 모두가 병사들 아니면 이곳 무한의 무림인들이었다. 적은 단 한 명도 어떻게 해보질 못한 듯싶었다.

"뭣들 하느냐! 어서 이곳을 정리하래두!"

문득 창노한 음성 하나가 들려오자 현백의 시선이 그쪽으로 향했다. 상당히 중무장한 장수 한 명이 눈에 들어왔는데 아무래도 저 사람이 도지휘사사 각운평인 듯싶었다.

"각 장군님, 어찌 된 일입니까?"

"너무 늦게 왔네. 이미 당했어……."

각운평은 고개를 흔들며 참담한 얼굴로 말했다.

"겨우 그 꼬리를 잡나 싶었더니 이런 일이 생기다니, 정말 귀신하고 싸우는 것 같은 생각이 들었네. 이젠 뭘 어찌해야 할지… 후우……."

각운평으로부터는 한숨 외에 나오질 않고 있었다. 말을 꺼냈던 혁련월도 아무 소리를 못한 채 입을 꽉 다물고 있었다. 현백은 듣기만 하다가 다가가 입을 열었다.

"한데 평통이란 사람과 진 형이 보이지 않는군요. 혹 그들이 오지 않았습니까?"

"그대는 누구인가?"

처음 보는 얼굴이라 그런지 각운평은 약간 경계의 눈초리를 보내고 있었다. 현백은 포권을 하며 허리를 살짝 숙였다.

"강호무사 현백이라 합니다. 우연히 근처를 지나다 들르게 되었습니다."

"현백? 아! 그러고 보니 종 대인이 전한 서신에 써 있는 이름이구만. 우리를 도와준다는 강호무사들의 수장이라고?"

"……."

대답 대신 현백은 허리를 살짝 숙여 보였고 그 모습에 혁련월은 눈빛을 반짝였다. 이 친구, 이런 상황에 대처할 방법을 잘 알고 있었다.

강호의 무사들이 제일 실수하는 것이 이러한 상황이었다. 무림과 관부가 서로 관여를 안 하는 것이 일반적이라고 하지만 어떤 자들은 무림이 관부의 위에 서 있다고 생각하기도 했다.

그래서 실수하는 경우가 많았다. 도지휘사사면 세 개 성의 군사를 동원할 수 있는 커다란 관직이었다. 그런데 그 사실을 왠지 현백은 아주 잘 알고 있는 듯이 보였던 것이다.

어쨌든 기이한 일이었다. 무공을 할 땐 마치 지옥에서 올라온 야수처럼 보였던 사내가 지금은 경우에 밝은 문사처럼 보이니 말이다.

"그 두 사람은 괴물들의 종적을 쫓아갔네. 병사들도 겁을 먹고 앞으로 나서지 못하는데 두 사람만 용맹하게 맞섰네. 하나 괴인들의 실력이 보통이 아니어서 걱정이 되긴 하이."

"괴인이라 하셨습니까?"

현백이 눈을 빛내며 다시금 물어보자 각운평은 크게 고개를 끄덕이며 말했다.

"그렇네. 아무리 생각해 봐도 사람일 것이야. 강호엔 괴이한 무공이 많다고 들었네. 듣자 하니 사람의 피를 빨아 연공하는 것도 있다고 하던데 눈 하나 더 만들어내는 무공이 없다고 장담할 수는 없지 않겠는가?"

"……."

생각보다 사리가 분명한 사람이었다. 각운평은 주위를 바라보며 정리된 모양을 살피다 다시금 입을 열었다.

"천상의 괴물들이 할 일이 없어 인간세계로 내려왔겠는가? 그렇다면 천신이 노할 일이지 이 세상이 멸망하는 징조가 아니라면 그것은 사람의 짓이겠지."

"……."

"그리고 뭐니 뭐니 해도 괴물들이 사람 말을 어찌 알겠는가? 저 남쪽 지방의 언어가 살짝 들려왔네. 그 말에 다들 움직이더군."

"남쪽 지방의 언어?"

현백의 머릿속에 살짝 스쳐 지나가는 것이 있었다. 남쪽 지방의 언어라면 변방 쪽의 말을 이야기할 수도 있었던 것이다.

"소싯적에 호기로 군에 들어왔네. 그리고 여러 곳을 전전했지. 아마도 그 말은 운남어인 듯하네. 운남에서 몇 년 있었으니 거의 틀림없을 것일세."

"혹 그것이 여인의 목소리 아닙니까?"

짚이는 것이 있어 현백은 입을 열었다. 그러자 각운평은 놀라 두 눈을 부릅뜨며 입을 열었다.

"자네가 그 사실을 어찌 아는가! 혹 아는 사람들인가!"

각운평의 추궁이 바로 시작되었고 현백은 고개를 조용히 좌우로 흔들었다. 그리곤 다시 입을 열었다.

"저희가 이곳까지 오다가 한 번 본 듯한 일행일 뿐입니다. 복식이 괴이하여 뇌리에 남았었는데 그자들이 아닌가 하는 생각을 해본 것뿐입니다."

"역시 사람의 짓이었군! 그럼 이야기가 완전히 다르지. 부관, 어서 병력을 소집하게! 다들 추격에 나선다!"

"옛! 장군님!"

사람됨이 어떤지는 몰라도 이 각운평이란 사람은 약간 성정이 급한 듯이 보였다. 현백은 쓴웃음을 지으며 뒤쪽으로 살짝 빠졌다.

비록 거짓을 이야기했지만 지금은 그런 편이 좋았다. 이 깊은 이야기를 다 한다는 것 자체가 힘든 일이었고 그럴 필요도 없었다.

"그럼 이제 어떻게 할까?"

문득 들려오는 주비의 목소리에 현백은 신형을 돌렸다. 그 옆에 혁련월과 양소추가 같이 있었는데 솔직히 현백이라고 방법이 있는 것은 아니었다.

"일단은 친구들부터 돌봐야겠지. 혹 그동안 소식이 들린다면 너와 나라도 움직이는 것이 좋을 것 같다."

"그래, 그편이 낫겠어."

주비가 선선히 현백의 의견에 따르자 혁련월이 입을 열었다.

"적어도 이 주변의 소식은 저희가 정통합니다. 그러니 일이 생기면 바로 연락을 해드리겠습니다. 그럼 지금은 다친 동료 분들에게 가시렵니까?"

"안내 부탁드립니다."

혁련월의 말에 현백은 포권으로 답했다. 세 사람은 한 덩어리가 되어 어디론가 사라지고 있었는데 이젠 짙은 안개도 서서히 걷혀가고 있었다.

그 흐릿한 세상 안에 한 사람이 서 있었다. 먼저 가는 혁련월과 주비, 현백을 바라보는 사람은 양소추였다. 왠지 그의 눈은 날카롭게 빛나고 있었는데 그 눈빛은 곧 사라졌다.

선하고 맑은 눈빛으로 되돌아온 그는 세 사람의 뒤를 따르기 시작했다. 그렇게 또 하루가 시작되려 하고 있었다.

*   *   *

"……."

"태사숙님… 정신이 드세요?"

"태사숙님……."

흐릿한 눈도 눈이지만 귓가에 귀에 익은 소리가 들려오자 남궁장명은 반사적으로 입술을 움직였다. 입꼬리를 살짝 말아 올려 작은 웃음을 흘렸던 것이다.

"일어나셨군요! 태사숙님!"

이도의 밝은 목소리였다. 점점 눈의 초점이 맞아올수록 이도의 모습이 또렷하게 보이고 있었다. 남궁장명은 입을 열었다.

"허허허, 아직 죽을 때가 아닌 듯싶구나."

"무슨 말씀이세요, 그게……."

오유의 목소리도 들려왔다. 이도의 옆에서 샐쭉한 얼굴을 한 채 입을 여는 그녀를 보며 남궁장명은 작은 웃음을 다시 보여주었다.

그 뒤로 한 사내가 보였다. 온몸에 천을 칭칭 감고 있지만 의자 위에 앉아 빙글거리며 웃는 사내는 지충표였다. 그리고 그 옆에 잘생긴 사내 하나가 역시 의자에 앉아 있었다. 창을 어깨에 비스듬하게 걸친 그는 창룡이었다.

창룡의 몸엔 별다른 상처가 있어 보이지 않았다. 하긴 그만큼 그는 고수라는 것이 일반적인 평가이니 당연한 일인지도 몰랐다.

그리고 발치에 한 사람이 더 보였다. 비스듬히 벽에 몸을 기대며 자신을 보고 있는 사람. 그저 평범해 보이지만 가장 강한 사람이 거기 있었다. 현백의 신형이 보였던 것이다.

"부끄러운 모습을 보이는구려."

"제가 죄송할 따름입니다. 처음부터 일행을 나누는 것이 아니었습니다. 죄송합니다."

현백은 진심으로 입을 열었다. 그러나 남궁장명은 고개를 좌우로 흔들며 입을 열었다.

"그것이 최선이었소. 문제는 우리의 움직임을 어찌 그리 잘 알고 있느냐는 것이오. 아무리 생각해도 이쪽에 밀정이라도 있는 것이 아닌지 모르겠소이다."

"……."

남궁장명의 말에 현백은 아무런 말도 하지 않았지만 실은 그런 생각을 남궁장명만 하는 것은 아니었다. 여기 있는 사람들 대부분이 동일한 생각을 하고 있었던 것이다.

"한데 한 놈이 안 보이는구려. 혹……."

"아니에요. 진 사숙님은 평통이란 분과 삼목괴인을 찾으러 갔습니다. 벌써 이레 전의 일이에요."

"삼목괴인?"

대답을 하던 이도는 슬쩍 웃으며 다시금 입을 열었다. 이젠 괴물이 아니라 삼목괴인이라 불리는 사람의 이야기부터 그간 있었던 일이 빠르게 설명되었다.

"그래? 끄으으응……."

"태사숙님, 아직 안 됩니다."

"아니다. 이레나 누워 있었다는 뜻이니 그만큼 있었으면 되었다."

부득불 일어나 앉는 남궁장명을 이도와 오유는 부축할 수밖에 없었다. 잠깐 현기증이 나고 있었지만 남궁장명은 결국 앉는 데 성공했다.

"오, 일어나셨군요. 정말 걱정했습니다."

"허허, 혁련 타주께서 이리 걱정해 주시는데 어찌 누워 있겠습니까? 일어나야지요."

마침 밖에서 들어오던 혁련월은 반색을 하며 다가와 의자에 앉곤 입을 열었다.

"잘되었습니다. 그렇지 않아도 긴박하게 돌아가는 듯하여 어찌할지 몰랐습니다. 남궁 타주께서 결정을 좀 내려주십시오."

"그게 무슨 말씀입니까? 혁련 타주께서 알아서 잘하실 텐데요. 그래, 무슨 일입니까?"

일행이 있는 곳은 장안 방 안이었다. 창가에 이른 햇살이 창백하게 비추는 것으로 보아 아침 무렵인 듯했다. 그 햇살을 잠시 몸으로 느끼며 생각을 정리하던 혁련월은 이내 입을 열었다.

"본 방에서 연락이 왔습니다. 이곳에 일이 생기자마자 사정을 적어 보냈는데 아무래도 심각하게 생각하신 것 같습니다. 모인 장로님과 양평산 장로님께서 같이 오신답니다."

"오, 그렇습니까?"

"핫, 정말요?"

밝은 목소리로 이도가 이야기하자 혁련월은 빙긋 웃었다. 이도와 오유, 지충표까지 모두가 간만에 웃을 수 있는 이야기였다.

"흠, 영무지회의 일로 바쁘실 줄 알았건만……. 어쨌든 다행이군요."

"그 영무지회의 소식도 있습니다. 허참."

"…무슨 일입니까?"

왠지 탐탁지 않은 일이라도 있었는지 혁련월의 모습은 그리 좋지 않았다. 혁련월은 얼굴을 굳히며 입을 열었다.

"그간 주최지로 결정된 소림의 앞마당에서도 일이 있었고, 여러 가지 강호에 기이한 일이 생겨 연기되었다고 알려진 영무지회가 비밀리에 열린 모양입니다."

"뭐라구요?"

혁련월의 말에 남궁장명 역시 좋지 않은 얼굴을 만들었다. 아무리 강호에선 무공으로 얻는 영예가 중요하다지만 대회라는 것은 이해할 수가 없었다.

왠지 두 분의 장로가 온다는 것은 그에 대한 반발일 수도 있다는 생각이 들었다. 아무리 대단한 명예가 있다고 해도 지금 강호의 곳곳에선 좋지 않은 현상들이 일어나고 있었다. 이런 시기에 나 몰라라 하는 식으로 무림이 따로 움직이는 것은 좋지 않은 현상인 것이다.

"게다가 사천에선 다른 소식도 오늘 전해왔습니다. 저쪽 운남 쪽에서 한 떼의 인물들이 나타났다는 소식입니다. 한데 인솔자가 보통 사람이 아니더군요."

"운남의 사람들?"

뜻밖의 소식에 남궁장명은 놀랐지만 그보다 더 관심있는 사람이 있었다. 조용히 듣고 있던 현백의 눈이 빛난 것이다.

"각간의 직책을 맡은 사람이라 합니다. 정확한 이름은 모르지만 그와 함께 근 사십여 명의 사람들이 중원으로 들어왔다더군요."

"각간? 각간 사다암이 중원에 왔다고?"

조용히 듣고 있던 지충표가 입을 열자 놀란 것은 혁련월이었다. 그로선 아직 사다암이란 이름을 들어보지도 못했던 것이다.

"아는 사람이시오?"

"…안다고 해야 하나? 일이 있어 그곳에 있을 때 본 사람이오."

애매한 대답이었다. 혁련월은 그 말에 미간을 찡그렸지만 지충표로선 그것이 정답이었다. 더 이상 어떤 말도 할 수가 없었던 것이다.

"흠 그렇소이까? 어찌 되었든 그간 우리 명과 운남은 표면적으로 적군이었소이다. 그러하기에 큰일이다 싶었는데 생각보다 그들은 조용히 움직이고 있소이다. 오히려 일이 생기는 것을 난감하게 생각하는 눈치라 하더군요. 대체 무슨 생각에서 그런 것인지 원……."

혁련월은 고개를 좌우로 흔들며 말을 맺었다. 지충표는 잠시 현백에게 눈길을 던졌는데 현백은 아무런 말을 하고 있지 않았다. 그저 생각에 잠겨 있을 뿐이었다.

"사실 진짜 논의는 지금부터입니다. 아무래도 진 부타주와 평 형의 소식이 들리질 않습니다. 마지막으로 상호산 부근에서 그 종적이 발견되었다고는 하는데 그 이후는 오리무중입니다."

"상호산? 어느새 상호산까지 갔단 말입니까?"

상호산이란 말에 남궁장명은 다시금 생각을 하기 시작했다. 상호산이라면 무당의 규앙 도장이 말하던 그 산이었다. 상문곡이 가깝다는 그 산에서 이상한 느낌이 있다고 말이다.

왠지 뭔가 앞뒤가 맞아가는 듯한 느낌이 들고 있었다. 잠시 생각을 거듭하던 그는 다시 입을 열었다.

"상호산이라면 먼저 그쪽을 조사해 주기로 한 사람들이 있습니다. 무당의 규앙 도장께서 조사해 연락을 해주시기로 하였으니 잘되었습니다. 그쪽의 연락을 기다리는 것이 현명할 듯싶소."

"무당의 규앙 도장께서도 그곳을 의심하십니까? 하면 무언가 있기는 있군요."

의혹이 확신이 되어가고 있었다. 혁련월은 잠시 생각을 하는 듯하다 이내 입을 열었다.

"그리고 그 고도간이란 놈에게선 아무런 소식도 들려오질 않습니다. 이거야 원, 답답해서 미칠 노릇입니다. 국문으로 알아본다고 하기에 그 방법이 좋을 것 같아 허락했더니 눈 하나 깜박하지 않는 모양입니다."

"고도간이 잡혔습니까? 여기서요?"

"아… 모르시고 계셨군요."

혁련월은 실소를 머금으며 그간 있었던 일들을 이야기해주었다. 그러자 모든 것이 다 하나로 꿰어지고 있었다. 왠지 일의 중심점이 어딘지 확연해지고 있었던 것이다.

슬쩍 곁눈질로 현백을 보니 현백 역시 같은 생각을 하는 것 같았다. 어쩌면 이미 현백의 머릿속엔 대책이 떠오르고 있는지 몰랐다.

"현백, 자네의 생각은 어떤가? 뭔가 이제 그림이 떠오르지 않나?"

"그렇군요. 조금씩 맞추어져 가는 듯한 느낌입니다."

"뭐가 말입니까?"

현백의 대답에 혁련월은 눈을 동그랗게 뜨며 물어왔다. 남궁장명은 그저 빙긋 웃으며 대답했다.

"아직 뭐라 이야기하기 힘들군요. 어쩌면 모든 것이 쉽게 풀릴 수도 있을 것 같습니다. 일단은 함부로 말할 수는 없겠군요."

"그렇습니까? 하면 나중에 꼭 말씀해 주십시오."

"그러하지요."

혁련월은 큰 짐을 내려놓은 듯 환한 얼굴이 되었다. 그는 조금은 편안한 신색으로 작은 한숨을 쉬었다. 그때 주비의 목소리가 허공에 울렸다.

"한데 좀 이상하군요. 이 정도라면 무당에서 왜 사람을 파견하지 않는지 알 수가 없습니다. 성도에서 이런 일이 일어났다면 뭔가 조치를 취해야 하는 것 아닌가요?"

"……"

주비의 말에 혁련월은 그저 고개만 끄덕일 뿐이었다. 그라고 그런 사정을 모르는 것이 아니었고 주비의 말은 옳은 소리였다. 다만 지금 개최되고 있는 영무지회 때문에 이렇게 된 것이 아닌가 하는 생각이 들었던 것이다.

"그러고 보니 참 이상한 일이구나 해마다 영무지회가 열릴 때면 무언가 일이 터지곤 했었지. 올해도 그렇고 말이야……"

"그러고 보니 그렇네요? 작년엔 강호에서 이름깨나 날리던 낭인들이 다 사라진 것도 영무지회 때였어요. 그렇지, 오유!"

"응, 맞아. 마치 영무지회 때를 노리기라도 한 것 같아. 하긴 나라도 이때를 노리겠다. 다들 이목이 영무지회로 쏠리니 당연한 것이지."

중얼거리듯 말하는 남궁장명의 목소리에 이도와 오유가 대답하자 혁련월은 고개를 끄덕였다. 확실히 맞는 이야기였던 것이다.

"그래, 낭인왕이라 불리던 옥화진(玉和眞)이란 자도 사라졌었지. 참 이상한 일이네……."

낭인왕 옥화진이란 이름이 나오자 지충표도 고개를 갸웃거렸다. 지충표도 그를 직접 본 적이 있어 잘 알고 있었다.

집을 나와 지충표는 많은 직업을 전전했고 당연히 낭인도 거친 적이 있었다. 그때 옥화진을 만나봤던 것이다.

지금 현백의 무공도 대단하지만 옥화진의 무공도 무서웠다. 한 자루의 도끼를 가지고 싸우는 그의 모습은 정말 장관이 따로 없었던 것이다.

그러한 사람이 없어졌다라……. 혹 죽었다는 말도 있지만 지충표는 믿을 수 없었다. 그는 비명횡사할 사람이 아니었던 것이다.

"어쨌든 일단 더 두고 보는 수밖에 없겠군 그래. 혁련 타주께서 현 대협에게 도림객잔의 위치를 좀 알려주시오. 내가 이러니 아무래도 현 대협이 좀 가보셔야 할 것 같소이다. 규앙도장을 만나기로 한 곳이 그곳이오."

"그렇습니까? 하면 저와 함께 가시지요. 도림객잔은 황학루 근처에 있어 상당히 수려한 경관을 자랑하지요. 하면 가실까요."

"부탁드리겠습니다."

현백은 조용히 입을 연 뒤 움직이기 시작했다. 잠시 주비와 눈을 맞추어 의중을 전달하자 주비는 고개를 끄덕였다. 이들의 안위를 부탁한 것이다.

"외람되지만 또 하나의 부탁이 있습니다."

"무슨 부탁이십니까? 할 수 있는 일이라면 해드려야지요."

발을 맞추어가면서 들려오는 현백의 목소리에 혁련월은 고개를 돌렸다. 현백은 말을 이었다.

"각간 사다암에게 사람을 보내 말을 전해주십시오. 그것이면 됩니다."

"……"

묵고 있는 객잔의 이층 계단을 내려오면서 들려오는 현백의 말에 혁련월은 걸음을 늦추었다. 이어 현백의 목소리가 다시금 들려왔다.

"전호가 보자고 한다 전해주십시오. 그럼 아마 올 것입니다."

"전호?"

뜬금없는 소리에 그저 눈을 동그랗게 떴던 혁련월은 고개를 갸웃거렸다. 아무래도 저 현백이란 사람은 한번 조사가 필요한 듯싶었던 것이다.

어쩌면 그 정보를 각간 사다암이란 자에게서 알아낼 수 있을 듯싶었다. 혁련월은 꼭 사람을 보내야겠다고 마음먹었다.

* * *

"큭큭, 참으로 빨리도 오는군. 어서 꺼내주시오!"
"고생이 많으셨소이다. 나오시지요."
쩔그렁. 차라라라라락.

철로 만든 쇠사슬이 풀리는 소리와 함께 육중한 옥문이 열리고 있었다. 고도간은 인상을 쓰며 자리에서 일어났다. 일어난 후에도 그는 한참 동안이나 비틀거렸다.

"호, 부상이 꽤 깊으신 모양입니다. 치료부터 하셔야 할 듯하군요."

"치료고 나발이고 아이들이나 주시오. 내 당장에 그 현백이란 놈을 잡아 족칠 테니!"

으르렁거리며 고도간은 자신의 본심을 내보였다. 진짜 당장이라도 현백에게 달려갈 기세였던 것이다.

"아니, 일단은 참아야 할 때요. 상문곡이 꽤 많이 노출된 듯싶소이다."

"그깟 상문곡은 내 알 바 아니오! 내 당장 그놈을 도륙 내지 못하면 잠이 안 올 것 같소이다!"

차분한 사내의 목소리에 고도간은 이를 악물며 소리쳤다. 그러자 사내의 눈빛이 변하기 시작했다.

"그 말… 진심이오?"

"……!"

고도간은 옥문에서 나오자마자 신형을 확 굳혔다. 갑자기 그의 주위에서 강렬한 살기가 압박하고 있었다. 어느 한군데가 아니라 모든 곳에서 그런 현상이 나타나고 있었다.

고도간은 자신도 모르게 침을 삼켰다. 그리고 자신이 말실수했다는 것을 깨달을 수 있었다. 눈앞에 있는 중년인, 밀천사 양각을 화나게 해봤자 이로울 게 없으니 말이다.

"하, 하하하하! 양 형도 참. 그저 홧김에 해본 소리요. 어서 갑시다. 실은 나도 어느 정도는 푹 쉬어야겠소. 크하하하!"

호탕한 척하며 고도간은 앞으로 다가와 어깨에 손을 올려보지만 양각은 몸을 비틀어 그 손을 피했다. 양각은 턱을 주억거리며 입을 열었다.

"저쪽으로 가면 사람들이 있을 것이오. 그들과 함께 이곳을 벗어나시구려. 상문곡에서 봅시다."

"알겠소이다. 그럼……."

힘찬 목소리와 함께 고도간은 휘적휘적 걷기 시작했다. 참으로 여유로운 모습이었지만 실상은 달랐다. 앞에서 본 고도간의 얼굴은 꽤나 많이 구겨졌던 것이다.

몸의 고통도 고통이지만 왠지 무시당한다는 생각이 들고 있어서였다. 하나 그것은 자신이 감수해야 할 것이었다. 이곳에 와 몸을 의탁하기로 한 순간부터 이미 정해져 있었던 일이니 말이다.

"약속한 것은 어찌 되나?"

"물론 이행해야 하겠지요. 들고 오너라."

문득 뒤에서 들려오는 목소리에 양각은 보지도 않고 입을 열었다. 그러자 좌우에 서 있던 수하들이 움직여 나무 궤짝 하나를 들고 왔다.

쿵……!

꽤나 무거운 듯 살짝 내려놓는데도 육중한 울림이 들려오고 있었다. 양각은 발을 살짝 들어 상자의 뚜껑을 젖혔다.

끼이익! 덜컹!

"오오오!"

상자가 열리자 뒤쪽에서 감탄사가 들려오고 있었다. 열린 상자에서 보이는 것은 누런 황금의 빛깔이었던 것이다.

"그동안의 감사한 점도 있고 해서 몇 개 더 넣었습니다. 나

랏일을 본다는 것은 역시 돈이 많이 드는 일이지요."

"물론이외다. 역시 양 대인께선 국사를 아시는구려. 하하하하!"

탐욕에 가득 찬 목소리와 함께 한 사람이 궤짝 앞에서 양 무릎을 꿇고 있었다. 화려한 관복이 더러워지는 것도 마다하지 않는 그는 바로 포정사 종요였다.

"미리 현백 일행의 위치를 알려주어 감사하오. 앞으로도 많은 도움을 바라겠소이다."

"아무렴 여부가 있겠소? 서로 간의 신뢰가 연결되는 이상 나는 배신하지 않을 것이오."

종요는 돌아보지도 않은 채 입을 열었다. 하긴 눈앞에 세상에서 가장 좋은 것이 있는데 어찌 눈을 돌릴 수 있겠는가.

"하면 전 이만 가보겠소이다."

"멀리 가지 않겠소. 살펴가시오."

의례적인 인사를 마치고 양각은 발걸음을 옮기기 시작했다. 돌아서는 그의 입가엔 차가운 경멸만이 감돌고 있었다.

2

카카칵!

"흡!"

진소곤은 숨을 크게 들이마셨다. 무언가 눈앞을 스치고 지나간 상황에서 이마에 절로 식은땀이 흘러내리고 있었다.

순간적으로 입을 틀어막아 소리를 막았지만 이미 소리는 흘러나와 버린 후였다. 진소곤은 아차 하는 심정으로 뒤로 돌아섰다.

그곳엔 한 사내가 있었다. 더벅머리에 옷은 거의 다 찢어진 상태로 개방의 걸인 복장보다 더 심한 복색을 하고 있는 사람이 있었다. 맑은 눈빛에 다부진 턱 선을 보여준 그는 바로 친구 평통이었다.

심각한 상황이건만 평통은 씨익 웃고 있었다. 평통은 수중에 장검 하나를 가지고 있었는데 그는 검을 빼내며 입을 열었다.

"이미 들켰는데 뭘 막냐? 어째 넌 예나 지금이나 변한 게 없어?"

"네놈에게 지적당할 정도로 모자란 놈이 아니다. 닥치고 뒤나 잘 봐!"

될 대로 되라는 심정으로 진소곤은 소리치며 납작 엎드렸던 몸을 쫙 폈다. 그러자 그의 눈앞에 일단의 사람들이 보이고 있었다.

모두가 검은 옷에 손에는 작은 단도를 들고 있었다. 아니, 사실 단도라 하기엔 좀 길었고 그냥 도라고 부르기엔 약간 작은 어쩡쩡한 크기였다.

팔뚝보다 조금 더 짧은 크기라 해야 하나? 녹음이 짙은 산

중턱에서 호랑이를 만난 셈이었다.

"그동안 쥐새끼 두 마리가 집 안에서 설친다고 들었건만 그것이 네놈들이구나. 큭, 이거야 싱거워서 원."

문득 한 사람의 목소리가 들려오자 진소곤은 고개를 돌렸다. 눈앞에 보이는 자들 중 한 사람이 낸 목소리인데 어떤 사람인지는 알 수가 없었다. 모두가 다 같은 옷을 입고 있으니 알 길이 없었던 것이다.

"쥐새끼라… 여기선 그렇게 불리나? 무한에선 네놈들이 쥐새끼 아니었나?"

뒤쪽에서 평통이 입을 열자 주변 공기가 싸늘히 식었다. 흑의인들이 은연중에 내력을 올리기 시작한 것이다.

"터진 입이라고 말은 잘하는구나. 어디 뭐 하는 놈인지 한번 볼까?"

말과 함께 사내가 손을 올리자 그제야 평통과 진소곤은 누가 이야기하는지 알 수 있었다. 바로 눈앞에 있는 사내, 그였다. 하나 더 이상 그에게 신경 쓸 겨를은 없었다.

턱.

진소곤과 평통은 서로의 등을 대고 주위를 둘러보고 있었다. 문득 진소곤의 목소리가 들려왔다.

"지금 이렇게 나란히 있다고 해서 내 화가 풀린 것은 아니다. 너란 놈하고 정말 이야기조차 하기 싫은 것이 내 심정이다."

"차라리 말을 말아라. 이야기하고 싶지도 않다면서 웬 잔소리야? 합!"

캉! 카캉!

말을 하는 중간에 보이지 않는 공격이 들어오고 있었다. 참으로 난감한 것이 이들은 진소곤이 무한에서 겪은 자들과 전혀 달랐다.

암기 따윈 던지지 않았다. 오로지 몸으로 부딪쳐 오는데 그 모습을 볼 수가 없었다. 바로 눈앞에 나타나 공격하지 않는 한 그 기척조차 몰랐던 것이다.

오늘로서 평통과 진소곤이 상호산에 들어온 지 오 일째 되는 날이었다. 저 무한을 떠난 지는 십여 일이 다되어가는데 그간 평통과 진소곤은 이 상호산을 샅샅이 뒤졌었다.

물론 결과물은 없었다. 없어진 아이들을 찾아내는 일은 참으로 요원했고 이러다간 헛손질만 하는 것이 아닌가 하는 생각이 들고 있었다.

그러던 차에 무언가 감각에 걸리는 것이 있었다. 어디선가 감시의 눈이 느껴졌던 것이다.

거리를 두고 감시를 해 여기까지 쫓아온 두 사람이지만 이젠 반대의 상황이 되었다. 위험한 상황이지만 두 사람은 쾌재를 불렀다. 서로의 생각이 틀리지 않았음이 증명된 셈이니 말이다.

이곳 어딘가에 분명 무엇이 있었다. 과연 그 무엇이 어떤 것인지 그게 제일 궁금하지만 말이다.

 일단 꼬리를 잡힌 이상 도망치기란 쉽지 않았다. 하나 요령 좋게 두 사람은 도망칠 수 있었다. 그러나 기껏 하루뿐이었다.

 피이잇!

 "……."

 분명히 막았다고 생각했는데 평통의 팔에선 피가 살짝 흘러나오고 있었다. 아무래도 무공으론 평통과 진소곤 둘 다 상대가 되질 않았다. 그런데도 두 사람은 태평하게 다른 이야기를 하고 있었다.

 "빌어먹을 놈! 너 같은 놈은 본 적이 없었다. 친구까지 배반하고 돈타령하는 놈을 내가 여기까지 따라왔으니 미쳤지……."

 "사정 모르는 이야기는 하지 마. 피차간에 속만 상할 뿐이다."

 스피피핏! 따다당! 타탁!

 다시금 이어지는 공격에 또다시 몸에 혈선이 생기고 있었다. 평통의 무공은 놀랍게도 진소곤과 별 차이가 없었는데 아무래도 그간 평통은 혼자서 무공을 연습한 듯싶었다.

 "그러니까 그 빌어먹을 사정이라는 게 뭐냐고! 죽는 마당에 끝까지 안고 갈래!"

 시시싱! 타탓!

말을 하면서도 진소곤은 온 신경을 날카롭게 세우고 있었다. 달려드는 흑의인을 향해 양손을 교묘히 놀려 역공을 보냈다.

하나 흑의인은 조소를 지으며 단도를 쥔 손목을 틀 뿐이었다. 그러자 진소곤의 공세는 모조리 막혔다. 딱 한 군데만 빼고 말이다.

시싯! 파앙!

손목을 휘돌리는 사이 손목 자체가 노출된 것이다. 양팔을 좌우로 쫙 뻗으며 진소곤은 오른발을 쭉 펴 보냈다. 손목을 내리누르려는 듯 살짝 그의 손목 위에 올려놓았다.

"까부는구나!"

시리리링.

흑의인은 일갈과 함께 손목을 틀어 진소곤의 발을 내리눌렀다. 그러나 진소곤의 발은 올려질 때보다 더 빠르게 당겨지고 있었다.

대신 그의 양손이 허공으로 빠르게 질러졌다. 내력을 담은 그의 양손은 흑의인의 안면을 노렸다. 흑의인은 다시 손목을 틀어 도면으로 얼굴을 막았다. 근 한 뼘이나 되는 도면이기에 막기엔 충분했다.

쩌정! 타타탁! 좌아아앗!

뒤쪽으로 형편없이 물러난 흑의인은 뜻밖이라는 듯 입을 꽉 다물었다. 그 틈에 진소곤은 심호흡을 내쉬며 기력을 회복

했다.

어두운 밤에 암기를 날리는 것과는 달랐다. 어느 정도 근접전이라면 그 역시 빠지지는 않는 사람이었다. 그는 전방을 주시하며 입을 열었다.

"평통."

"왜?"

진소곤의 목소리에 평통은 입을 열었다. 왠지 그 목소리는 조금씩 떨리고 있었는데 무력으로는 역시 진소곤을 당할 수 없었다. 그는 점차 상처 입는 횟수가 많아졌던 것이다.

"하나만 약속해다오 만일 우리가 여기서 살아난다면……."

"…그러면 뭐?"

시시각각으로 다가오는 흑의인들을 보며 평통은 입을 열었다. 그러자 진소곤은 결의에 찬 목소리를 내었다.

"왜 네가 그때 입을 다물었는지 그 이유를 이야기해다오. 알겠나?"

"……."

평통은 대답 대신 웃었다. 역시나 진소곤은 오래전 이야기를 아직도 마음에 담아두고 있었던 것이다.

"그래, 그렇게 하마."

평통은 조용히 입을 열었다. 그러자 진소곤의 얼굴에서도 웃음이 감돌기 시작했다.

"훗. 그럼 일단 살아야겠지. 알아서 해라, 평통."

"너나 조심해라, 소곤."

두 사람은 각기 내력을 크게 끌어올리며 이야기하고 있었다. 그리고 어느 한순간 서로가 말도 안 했는데 동시에 움직였다.

"차아앗!"

"하압!"

온 힘을 다해 두 사람은 서로의 전방으로 폭사되고 있었다. 그렇게 날은 서서히 저물어가고 있었다.

* * *

힘들고 어려운 일들이 많아도 그건 당사자들에게 국한된 이야기인 듯싶었다. 흐르는 강물에 노니는 화선(花船)들을 보면 그런 생각이 정말 굴뚝같았다.

"이상한 기분이 들지요?"

문득 옆에서 들려오는 목소리에 현백은 고개를 돌렸다. 그곳엔 언제 왔는지 혁련월이 서 있었다.

"세상은 참 이상합니다. 바로 이레 전만 해도 요괴들의 짓이라면 호들갑을 떨던 사람들이 바로 이 사람들입니다. 무능한 관부를 성토하며 힘있는 무림인들이 나서기를 목청 높여 부르던 사람들이지요."

"……."

황학루 주변의 사람들, 절경이라고밖에 할 수 없는 풍경 속에서 사람들의 입가엔 웃음이 감돌고 있었다. 분명 현백이나 옆의 혁련월은 이런 상황을 이해하기 힘들긴 했다.

웃기는 일이지만 아마 저 절벽 아래 강물 위에 띄워진 수많은 배들 중 채 반도 이레 전에 무슨 일이 일어났는지 모를 터였다. 아니, 사람들이 없어진 것을 알기나 하는지 의심이 들 정도였다.

"세상이란 거… 그렇더군요. 결국 급한 것은 나뿐이고 다른 사람들은 그저 소 닭 보듯 하고… 때론 이 세상에 산다는 것이 참 이상합니다."

아무 말도 없는 현백을 대신하여 혁련월은 입을 열고 있었고 현백은 그가 무슨 말을 하는지 잘 알고 있었다. 현백 자신도 그러한 괴리감은 느꼈었으니 말이다.

저 남방에서 싸우던 충무대에겐 언제나 중원은 동경의 대상이었다. 그러나 중원에서 충무대는 그저 잊혀진 존재일 뿐이었다. 철저하게 잊혀진 사람들이었던 것이다.

그곳에서 현백이 무얼 했던지 사람들은 관심도 없었다. 그 관심을 바란 적도 없었지만 막상 그러한 현실을 보게 되니 현백은 머릿속이 혼란해져 옴을 느꼈었다.

"가끔은 그런 생각도 합니다. 내가 이렇게 해야 할 필요가 있는지, 그저 흐르는 대로 살아가는 것이 어떨는지 하는 그런 생각을 해봅니다. 물론 생각만이지요. 헛헛헛!"

자조적인 웃음을 지으며 혁련월은 입을 다물었고 현백은 그 말에 고개를 끄덕이며 동의를 표했다. 물론 충분히 생각할 수 있는 문제였다. 뭔가 대가도 돌아오지 않는 일을 의기라는 이름 하나로 보상받을 수는 없었다.

그럼에도 불구하고 세상은 강요를 한다. 명예라는 이름으로, 그리고 정의라는 이름으로 강요를 한다. 그렇게 강요된 세상에서 사람들은 살아가고 있는 것이다.

"생각만이라면… 나쁠 게 없지요. 생각만이라면 말입니다."

"……."

기어이 입을 연 현백의 목소리에 혁련월은 눈을 돌려 현백을 바라보았다. 현백의 눈은 그 어느 때보다도 깊이 잠겨 있었다. 세상에 대한 이해와 생각을 많이 한 눈이었다.

"아무래도 현 대협께선 여러 경험을 많이 하신 모양이군요. 세상 이치에 이리도 밝으실 줄은 몰랐습니다그려."

"이치는 모릅니다. 세상이 어떻게 돌아가는지 그것도 관심 없습니다. 그저……."

현백은 잠시 말을 멈추었다. 참으로 오랜만에 자신의 생각을 말하고 있었다. 언제나 나를 죽이며 사는 생활에 익숙해져 있던 그에게 자신의 생각은 왠지 낯설게만 느껴지고 있었던 것이다.

"내가 아는 사람들이 잘되기만 바랄 뿐입니다. 그것뿐이지요……."

현백은 자신의 생각을 말하곤 입을 꽉 다물었다. 물론 그것만이 현백의 소원은 아닐 것이라 혁련월은 생각했다. 굳이 물어보지 않아도 될 질문은 하지 않는 것이 좋았다.

"그나저나 이레째인데 무당 사람들의 소식은 오지 않는군요. 아무래도 저희가 좀 일찍 온 것 같습니다. 조금 더 기다려야 할 것 같군요."

"아무래도 그래야 될 것 같습니다."

혁련월의 목소리에 현백은 말과 함께 신형을 돌렸다. 이제 완전히 어두워져 호롱불이라도 없으면 걷기 힘들 정도였다. 객잔으로 돌아가 있는 것이 나을 듯싶은 것이다.

남궁장명은 객잔이라고 했지만 실은 낮엔 이곳 황학루에서 만나기로 하고 날이 어두워지면 객잔에서 만나기로 한 것이었다. 황학루의 풍경에 감탄하며 서로 처음 만났던 곳이 이곳이라 그리한 것인데 밤이니 객잔으로 움직여야 했다.

현백과 혁련월은 나란히 어깨를 같이 하며 황학루를 내려가고 있었다. 황학루를 내려서는 길이야 홍등이 빽빽이 매달려 대낮처럼 밝은 상태였다. 웃고 즐기는 수많은 사람들 사이를 현백과 혁련월은 내려가고 있었다.

"허 참. 사람이 많기도 합니다. 대단하군요."

"그렇군요."

이 정도의 시간이면 농부들은 자야 한다. 그래야 내일의 일을 할 수 있기에. 한데 지금 여기 모인 사람들은 어떤 사람들인지 모를 일이었다. 물론 돈 많은 부호들일 확률이 높지만 말이다.

두 사람은 그 후로 한참 동안이나 말없이 내려왔다. 말이 없을 수밖에 없는 것이 올라오는 인파들을 헤치고 내려서려면 같이 어깨를 나란히 하고 갈 수는 없었던 것이다.

근 일다경 정도 내려오자 사람들이 조금 한산해지기 시작했다. 혁련월은 그제야 옆으로 다가오며 입을 열었다.

"진짜 이 사람들은 잠도 없나. 정말 피곤하군요."

"……."

혁련월은 입을 열었지만 왠지 현백은 아무런 말이 없었다. 현백은 그저 정면으로 눈을 향한 채 앞으로 가고 있었다.

"그렇게 생각하지… 응?"

왠지 뭔가에 정신이 팔려 있는 현백을 보고 혁련월은 다시금 입을 열려다 꽉 다물었다. 그 역시 이상한 기분이 들고 있었던 것이다.

눈을 돌려 정면을 바라본 혁련월의 몸이 살짝 굳었다. 현백이 무엇 때문에 이러는지 알 것 같았다. 정면에 다가오는 한 쌍의 남녀 때문이었다.

커다란 죽립을 쓴 남자와 가냘파 보이는 여인이었는데 남자는 여인의 어깨를 감싸 안듯이 하며 올라오고 있었다. 보통

이런 경우라면 상당히 낯 뜨거운 장면일 수도 있지만 왠지 이 남녀에게선 그런 생각이 들지 않았다.

하나 혁련월과 현백이 이상하게 여긴 것은 그런 두 사람의 자태가 아니었다. 죽립을 쓴 채 청의를 입은 사내, 그 사내에게서 흘러나온 기도였다. 결코 예사 기도가 아닌 것이다.

내력을 올린 것도 아니고 그냥 걸어오는 것이지만 이상하게 침을 삼키게 하는 사람이었다. 게다가 혁련월로서는 창피한 일이 일어났다. 자신도 모르게 그의 보폭에 걸음을 맞춘 것이다.

그가 걸음을 걸으면 자신 역시 걸음을 걸었다. 상당히 일정한 걸음으로 자연스럽게 보폭을 맞추게 된 것이다. 하나 현백은 달랐다.

현백은 자신의 보폭을 유지하고 있었다. 서로가 가까이 다가오면 다가올수록 혁련월은 더더욱 발이 맞아가고 있었으나 현백은 여전히 자신의 걸음을 유지하고 있었다.

두 사람의 신형이 서로 교차하려 했다. 현백은 오른쪽, 남녀는 왼쪽으로 스치듯 지나가는데 혁련월은 왠지 모를 긴장감에 자신도 모르게 손에 땀이 축축하게 배어났다.

그리고 결국 두 사람의 신형은 서로 교차하는 듯했다. 한데 그 교차점에서 두 사람의 동작이 멎었다.

"……!"

착각이었을까? 뭔가 강한 충돌이 일어난 듯한 생각이 들며 혁련월의 머릿속에서 작은 현기증이 일어났다. 혁련월은 자신도 모르게 양 발이 떨리는 것을 느꼈다.

그는 왠지 모를 불안한 기분을 느끼며 한쪽으로 물러났다. 만일의 경우를 대비해 내력을 끌어올릴 준비를 하고 있었지만 아무런 일도 일어나지 않았다. 괜히 혼자만 날뛴 꼴이었다.

"상공, 무슨 일이죠?"

"……."

제일 먼 쪽에 있던 여인의 목소리가 들려왔다. 얼굴 생김만큼이나 여린 목소리였다. 아무리 봐도 병색이 완연한 목소리인 듯했는데 사내는 그 여인의 말에 아무런 말도 하지 않았다.

물론 그것은 현백도 마찬가지였다. 문득 죽립 속에서 낮은 목소리가 흘러나왔다.

"장연호(長延浩)라 하오이다."

"현백이오."

싱겁기 그지없는 상황이었다. 두 사람은 서로의 이름을 살짝 알리고는 바로 움직이고 있었다. 마치 아무런 일도 없었다는 듯이 말이다.

일이 이렇게 되자 황당한 것은 혁련월이었다. 혁련월은 멀어져 가는 남녀와 현백을 번갈아 바라보고 있다가 바로 현백을 쫓았다.

"무슨 일입니까? 보니 꽤나 심각한 상황이 될 줄 알았습니다……."

"별일 아닙니다."

현백은 아무 일도 아니라는 듯 다시금 걸어 내려가기 시작했고 혁련월은 그저 눈을 동그랗게 뜰 뿐이었다. 하나 그가 다시금 자세히 본다면 현백의 모습이 약간 이상한 것을 느낄 수 있을 터였다.

현백의 왼손은 살짝 떨리고 있었다. 야간이라 잘 보이지 않았지만 옷 주름이 떨리는 것은 확실했다. 두 사람은 서로 순간적인 내력을 쳐올렸던 것이다.

비록 소리도 형상도 없었지만 그 한 수로 충분했다. 현백과 스스로를 장연호라 밝힌 사내는 이미 한차례 겨루어본 것이다.

"그가 무슨 말을 한 것 같은데 무슨 말이었습니까?"

역시 개방 사람이라 그런지 혁련월은 궁금한 것이 많은 눈치였다. 현백은 살짝 웃으며 입을 열었다.

"자신의 이름을 가르쳐 주더군요."

"이름을 말입니까?"

초면에 이름을 가르쳐 준다. 그것이 무슨 뜻인지 모르는 사람은 없다. 호감이 있다는 것, 아니면 철천지원수로 변할 수도 있었다. 문득 그의 귓가에 현백의 목소리가 들려왔다.

"장연호, 장연호라 했습니다."

"장연호? 장연호!"

현백의 말에 잠시 눈을 좁히며 기억을 되살리던 혁련월은 소스라치게 놀라고 있었다. 현백은 잠시 걸음을 멈추며 혁련월의 반응을 살폈다. 정말 놀란 눈치였다.

"무당의 장연호! 탈명천검사(奪命天劍士) 장연호란 말입니까!"

"……"

현백은 그저 바라볼 뿐이었다. 그가 그렇게 대단한 사람인지 현백은 몰랐다. 아니, 들어도 몰랐을 터였다.

"허 참, 이럴 수가… 어째서 저 사람이 여기……."

"뭐 문제라도 있소이까?"

너무나 극렬한 반응에 오히려 현백이 더 궁금해졌다. 그러자 혁련월은 고개를 끄덕이며 입을 열었다.

"당연히 있지요. 장연호는 이번 영무지회에 나갈 무당의 대표입니다. 이미 승을 한 번 거둔 것으로 알고 있지요. 한데 어찌 이곳에 있는지……?"

"……"

혁련월의 말에 그제야 현백은 고개를 돌렸다. 상황이 그렇다면 정말 이상한 일이었다. 지금 이곳에 있으면 대회는 포기했다는 뜻이니 말이다.

하나 그는 그런 것보다 장연호란 이름에 더 흥미를 느끼고 있었다. 그가 가진 무공, 그것은 절대 현백의 아래가 아니었다.

"탈명천검사 장연호."

왠지 다시 만날 것만 같은 운명의 끈이 현백의 머릿속에서 매듭 지어지고 있었다. 그리고 그 예감은 바로 맞아떨어졌다.

第九章

상문곡으로

1

"아직도 시간이 더 필요하오?"
"아닙니다. 이제 곧 끝나갑니다. 더 이상 아이들도 필요가 없지요."
냉막한 인상의 양각은 미호의 목소리에 고개를 끄덕였다. 그의 눈앞엔 기이한 광경이 펼쳐져 있었는데 근 백여 명의 아이들이 모두 결가부좌를 틀고 있었다.
모두가 단 한 마디 말도 없이 쥐 죽은 듯한 조용함을 유지하고 있었는데 움직이는 것이라곤 머리 위로 살짝 올라가는 하얀 기운뿐이었다.
"과연 효과가 있는 것인지 모르겠군. 일단 도와주기는 하는데 사실 마음에는 들지 않소이다."

"호호호. 막상 그 결과물을 보면 그런 말씀은 하지 못하실 겁니다."

말과 함께 미호는 결가부좌를 한 아이의 턱을 향해 손을 뻗었다. 그녀가 부드럽게 아이의 턱을 쓰다듬자 아이는 입을 벌리며 뭔가를 탁 뱉어내었다.

"음?"

손가락 한 마디보다도 작은 그것은 하얀색을 띠고 있었고 상당한 서기가 서려 있었다. 미호는 만족스런 웃음을 지으며 입을 열었다.

"아주 잘되었군요. 이 정도면 정말 대단한 겁니다. 호호호, 이 상문곡에 이런 음한지기의 명소가 있었다는 것은 그야말로 천복입니다."

"그것이 무엇이오?"

처음 보는 광경에 양각은 다시금 그녀에게 채근을 했다. 그녀는 살짝 웃으며 말을 이었다.

"쉽게 말하면 원정(原精)입니다. 극음의 성질을 함축하고 있는 물질이지요. 우리는 이것을 달의 축복이라 합니다."

"달의 축복? 원정이라 하지 않았소?"

잘 이해가 가지 않는지 양각은 눈썹을 찌푸리며 말을 이었다. 그러자 미호는 다시금 입을 열었다.

"원정은 그 생명과도 직결되는 것입니다. 음과 양을 떠나

조화로운 존재 그 자체를 원정이라 하지요. 하나 제가 이 아이로부터 빼낸 것은 오로지 순음의 기운입니다. 남자 아이임에도 불구하고 순음의 기운을 뽑아낼 수 있는 것은 이 장소 때문이지요."

손으로 주위를 가리키는 미호의 동작에 양각은 찬찬히 둘러보았다. 숨을 쉬기조차 음습한 이곳이 그렇게 좋은 장소라니 할 말은 없었다. 그는 그녀의 말을 계속 기다렸다.

"이 원정이 얼마나 대단한지는 나중에 보게 됩니다. 아직은 재료가 부족해 보여 드릴 수는 없지만 알게 되실 겁니다."

"그런가요? 하면……!"

양각은 뭔가 다른 이야기를 하다가 바로 손을 뻗었다. 원정을 빼앗긴 아이의 움직임이 심상치 않았던 것인데 허연 눈을 보여주면서 그대로 튀어 오르는 것이었다.

"으아아아아!"

아이는 이미 보이는 것이 없었다. 고사리 같은 손으로 소리치며 양각의 팔을 잡아당겼지만 양각이 꿈쩍할 리가 없었다.

"이건 무슨?"

"호호호, 당연한 일입니다."

미호는 짧은 교성과 함께 손을 뻗었고 그 손은 정확히 아이의 정수리에 닿았다. 아이의 머리는 그녀의 손에 의해 수박처럼 박살나고 있었다.

"파각……."

"무슨 짓이오!"

끔찍한 광경에 양각은 소리쳤다. 하나 미호는 빙글거리며 아무런 일도 아니라는 듯 반응하고 있었다.

"음정이 모두 고갈된 아이입니다. 양강의 힘만 남아 있는 아이가 온전할 리가 있겠습니까?"

"……!"

양각은 눈을 살짝 치떴다. 설마 이런 목적으로 아이들을 데려온 것인 줄은 꿈에도 몰랐던 것이다.

열 살 미만의 백회혈이 아직 굳지 않은 아이들이 필요하다고 해서 그는 아이들을 조련할 생각인 줄 알았다. 한데 전혀 엉뚱한 짓을 하고 있는 것이다.

"호호호! 제가 하는 행동이 마음에 들지 않으십니까?"

"솔직히 말하자면 그렇소이다. 아니, 누군들 이런 짓이 마음에 들겠소?"

살짝 감정이 실린 목소리였다. 하지만 미호는 눈 하나 깜짝하지 않았다.

"그렇게 생각하지 마시고 모든 것이 끝난 후의 결과를 보십시오. 그럼 아실 수 있을 것입니다."

"……."

미호의 말에 양삭은 바로 신형을 돌렸다. 더 이상 보기 싫다는 표정이었고 굳이 말을 하지 않아도 미호는 잘 알 수 있었다.

토굴의 입구로 향해 양각은 멀어지고 있었다. 미호는 그런 양각의 뒷모습을 보며 옅은 미소를 짓고 있었다. 하나 그가 토굴 밖으로 사라지자마자 미호의 표정이 확 변했다.

"군자 같은 소리 하고 있군 그래. 어째서 저런 놈에게 도움을 받으라는 것인지 알 수가 없어."

표독한 목소리가 흘러나오고 있었다. 미호는 아랫입술을 질끈 깨물며 양각이 사라진 방향으로 눈을 고정시켰다. 그때였다. 그녀의 옆에 누군가 나타났다.

"사자님께 고합니다. 본 문에서 연락이 왔습니다. 월성(月星)께서 이미 중원으로 들어오셨다고 합니다."

"…월성께서? 정말이냐!"

월성이란 말에 미호는 반색을 했다. 그녀는 기쁜 표정을 감추지 않으며 소리쳤다.

"드디어! 좁아터진 땅덩어리에서 벗어나 이 중원으로 오시는구나! 오호호호호!"

"하오나 사자님……."

"응?"

좋은 기분에 초를 치는 사내를 향해 미호는 독한 시선을 내보였다. 사내는 미호를 향해 다시 입을 열었다.

"아직 책을 다 회수하지 못했습니다. 반쪽짜리 책이라면 문책을 면치……."

"그 책은 이제 필요없다. 모르면 조용히 있거라."

"예, 알겠습니다."

천의종무록 이야기를 꺼냈다가 사내는 고개만 푹 숙인 채 입을 꽉 다물었다. 미호는 기분 잡치는 소리를 한 사내를 잠시 바라보다 이내 신형을 돌렸다.

"사자님, 이 아이의 시신은 치우겠습니다."

"냅둬라. 어차피 삼목안에 정신을 빼앗긴 아이들이다. 무슨 일이 있는지 알지도 못해."

"예."

작은 소리와 함께 사내는 미호의 뒤를 쫓기 시작했다. 사람들이 사라진 토굴 속엔 수많은 아이들만 남아 있을 뿐이었다. 한데 그 적막 속에 작은 소리 하나가 들려왔다.

"흑……."

여린 목소리. 어느 소녀의 작은 흐느낌이 허공을 울리고 있었다.

"양호야… 나 무서워……."

결가부좌를 한 채 그녀는 입을 열고 있었다. 한쪽 구석의 제일 끝에 앉아 있는 소녀의 뺨엔 작은 눈물이 떨어져 내리고 있었다.

*   *   *

"허억! 헉!"

온몸에 힘이 하나도 없었다. 서서히 몸은 지쳐 가고 있는데 벗어날 길은 보이지 않았다.

"괘… 괜찮냐?"

"…너나… 걱정해… 이 자식아……."

평통의 목소리에 진소곤은 이를 악물며 말했고 평통은 그 모습에 피식 웃었다. 어릴 때의 진소곤과 다를 게 하나도 없었던 것이다.

샘 많고 화를 잘 내며 남에게 얕보이는 것을 싫어하던 진소곤, 그놈의 성격이 그대로였다. 하긴 그것이 오늘날 형문산 분타의 부타주가 된 원동력이 되었지만 말이다.

"아직 안전하지 못한 거 알지? 더 움직여야 한다는 것도."

"그래, 이 자식아. 근데 발이 안 움직여 힘들다."

"큭. 맞다. 발이 안 움직이는구나."

겨우겨우 추격을 피하고 있었다. 이틀 동안 죽을힘을 다해 뛰었지만 결국 이 상호산도 벗어나질 못했다. 추격자들은 산 밖으로 나갈 길을 모두 봉쇄한 채 두 사람을 압박해 왔던 것이다.

그들의 입장에선 급할 것이 없었다. 어차피 뛰어봤자 벼룩이라고 안방에서 잡는 셈이니 말이다.

"제길! 정말 조금의 틈도 주질 않는군."

"큭! 죽을 때가 된 것 같다."

두 사람은 비칠거리며 일어서고 있었다. 한데 일어서는 그들의 모습이 그리 좋지가 않았다.

진소곤의 왼팔은 부러졌는지 덜렁거리고 있었고 평통의 오른발은 온통 피로 물들어 있었다. 두 사람 다 이젠 움직이는 것조차 힘들었던 것이다.

그들의 앞에는 어느새 나타났는지 흑의인들이 서 있었다. 인원은 다섯 명뿐이지만 그 정도의 사람들도 현재 이 두 사람에겐 버거웠다.

"정말 미꾸라지 같은 놈들이군. 그러나 그 운도 다한 모양이구나. 하필이면 내게 걸린 것을 보니."

가운데 있던 흑의인이 입을 열었다. 목소리를 들어보니 처음 만났을 때 그자였다. 재수없게도 인솔자에게 걸렸던 것이다.

"네놈들을 찾기 위해 오십여 명이 동원되다니… 생각할수록 짜증만 이는구나."

그는 앞으로 걸어오면서 입을 열었다. 그러자 옆에 있던 자들도 같이 오고 있었는데 진소곤은 씨익 웃으며 입을 열었다.

"그러게 누가 찾으라더냐? 네놈 스스로 쫓고 까분 것이 내 책임은 아니지."

"큭큭, 거 말 한번 잘한다. 전적으로 동의한다, 친구."

진소곤과 평통은 하얀 이를 드러내며 웃었고 그 모습에 사내는 인상을 확 긁었다. 그는 앞으로 달려나오며 소리쳤다.

"어디 얼마나 더 웃을 수 있는지 한번 보자! 타아앗!"

파아아앙!

허공으로 몸을 날리며 사내는 진한 살소를 머금고 있었다. 그와 함께 양옆에 있는 자들은 좌우로 돌아 나오고 있었는데 움직였다고 생각한 순간 이미 두 사람의 좌우 양측과 후면을 막아서고 있었다.

움직일 곳 자체가 없는 것이다. 두 사람은 서로의 얼굴을 한번 보곤 바로 내력을 끌어올렸다. 이제 방법은 위에서 덮쳐오는 자를 무공으로 눌러 이기는 수밖에 없었던 것이다.

그러나 두 사람은 그 결과를 너무도 잘 알고 있었다. 두 사람이 아무리 강한 무공을 지닌 사람이라 해도 저 위에서 내리누르는 힘엔 당할 수 없다는 것을 말이다.

그저 최후의 발악 정도로 보면 좋을 상황이었다. 그렇게 두 사람은 이를 악물며 주먹과 검을 밀어내었다. 한데,

우르르르릉! 쩌어어엉!

"크으윽!"

"······."

날아오던 흑의인의 신형이 내려서는 속도보다 더 빨리 뒤로 퉁겨지고 있었다. 기운을 밀어내던 두 사람은 황당한 기분이었는데 더 놀랄 일은 따로이 있었다.

파파파팡!

"큭!"

"우욱!"

주위를 둘러싼 흑의인들이 모두 뒤로 튕겨져 나간 것이다. 각기 몸 한군데씩 부여잡고 있었고 꽤나 깊은 상처를 입은 듯이 보였다.

"괜찮은가, 자네?"

바로 뒤에서 들리는 소리에 고개를 돌린 진소곤은 이내 얼굴 가득 환한 웃음을 지었다. 그는 자신도 잘 아는 사람인 것이다.

"…규, 규앙 도장님!"

무당의 규앙 도장, 바로 그였다. 그와 제자들이 와 두 사람을 살려준 것인데 규앙 도장은 두 사람 사이로 바람같이 빠져나가며 검을 들어올렸다.

"절대 도망치게 놔두어선 안 된다! 손속에 사정을 두지 마라!"

우우우우웅!

규앙 도장의 검에서 기이한 울림이 울리고 있었다. 그는 자신의 검을 슬쩍 내리긋는 듯한 시늉을 했는데 놀랍게도 일 장여 앞에 있던 흑의인의 얼굴이 고통으로 일그러지고 있었다.

"크으윽! 무, 무당의 중검인가! 큭!"

우두두둑!

섬뜩한 소리와 함께 사내는 그 자리에서 가슴이 함몰되고 있었다. 진정 보면서도 기이한 무공이었다.

"무량수불! 천존이시여!"

아무리 악인이라도 함부로 죽여서는 안 된다는 것이 그의 생각이건만 이번만은 달랐다. 이렇게 하지 않으면 모두가 다 위험해지는 것이다.

파아앗!

"크윽!"

"컥!"

단말마의 비명들이 들려오고 흑의인들은 모두 고혼이 되자 평통과 진소곤은 조금 안심을 할 수 있었다. 그러면서도 진소곤은 상당히 놀라고 있었는데, 왠지 여기 규앙 도장의 제자들이 상당한 무공 진보가 있는 것처럼 보였던 것이다.

아마도 현백이 가르쳐 준 것이 크게 도움이 된 듯한데 속력은 별로지만 현백의 움직임과 많이 흡사해져 있었다. 그 보법으로 인해 흑의인들이 도망도 못 쳐보고 죽었던 것이다.

"신세를 졌습니다."

"허허허, 신세랄 것이 있나? 그런 말은 마시게."

진소곤의 말에 규앙은 차분히 대답하고는 평통을 향해 눈을 던졌다. 평통은 허리를 숙이며 입을 열었다.

"평통이라 합니다. 빚을 지게 되었습니다."

"신경 쓸 것 없네. 보아하니 이 친구와 가까운 사람 같은데… 일단 여기를 벗어나야겠네."

"그것보다 먼저 알려야 합니다. 아무래도 이 산이 이놈들의 터전 같습니다."

진소곤은 손을 저으며 입을 열었다. 하나 규앙은 싱긋 웃으며 입을 열었다.

"아닐세. 여기가 아니라 상문곡일세. 이미 확인하고 며칠 전 제자 하나를 보냈으니 되었네. 그러니 지금 할 일은 어서 숨어 기력을 찾는 일이야. 그래야 숨어들 것이 아닌가? 우린 내일이라도 곡 내로 들어갈 것이네."

"아… 그렇습니까?"

상문곡이란 말에 평통과 규앙은 아차 싶었다. 이 산 부근에서 사라지는 것만 보아 그런지 산채 정도로 생각하고 있었는데 곡이었다. 과연 사라진 아이들 숫자로 볼 때 산채보다는 곡이 더 가능할 듯싶었다.

"그렇군요. 하면 어디로 보내셨습니까?"

"이 친구야, 어디긴 어디인가? 남궁 타주에게지. 허허허!"

"아……."

그제야 진소곤은 기억이 났다. 규앙 도장이 조사하고 전해준다는 것을 말이다. 진소곤은 환한 표정을 지은 채 움직이기 시작했다. 물론 그의 옆에 있는 평통을 부축하며 말이다.

"약속… 잊지 마라."

"큭……!"

살아난다면 이야기해 주겠다는 약속, 그것을 상기시키며

진소곤은 움직였고 그를 따라 모두 움직이기 시작했다. 그렇게 사람들은 어둠이 짙게 깔린 산을 타고 있었다.

*　　　*　　　*

"……."

도대체 이 기묘한 분위기를 어찌해야 좋을지 혁련월은 감이 잡히지 않았다. 객잔 내로 들어와서 기다린 지 두 시진째. 이젠 잠을 자도 좋을 시간이었다.

아니, 몇 시진만 있으면 해가 뜰 시간인데 현백은 자고 있지 않았다. 아니, 현백뿐만이 아니었다. 그 앞에 있는 사람들도 같이 깨 있는 것이다.

현백이 있는 자리엔 혁련월과 현백만 있는 것이 아니라 두 사람이 더 있었다. 큰 죽립을 쓴 사내와 피곤한 듯 그의 어깨에 기대어 있는 아름다운 여인이 같이 있었던 것이다.

죽립을 쓴 사내는 다름 아닌 탈명천검사 장연호였다. 그는 반 시진 전에 객잔으로 들어와 이층으로 올라가지 않고 현백의 자리에 앉은 것이다.

그리곤 현백이나 그나 아무런 이야기를 하지 않았다. 이미 차갑게 식어버린 찻잔을 들고서 바라보기만 할 뿐인 것이다.

한데 그런 침묵이 깨졌다. 죽립 속의 낮은 목소리 덕분에 말이다.

"현백이라는 이름… 내 한 번 들어본 적이 있소이다. 개방의 호지신개 명 형이 이야기하더군. 대회에서 이겨봤자 왠지 당신을 꺾지 못하고선 기분이 좋을 것 같지 않다고 말이야."

"……."

명사찬이라는 말에 현백은 살짝 웃었다. 어느 정도 덜렁거리면서도 차분한 인물, 그의 얼굴이 생각났던 것이다. 가만히 보고만 있어도 정이 가는 인물이었다.

"그 말이 틀린 것이 아님을 알겠소. 지금 당장이라도 난 당신과 손을 섞어보고 싶을 정도구려."

"참는 것이 좋을 것 같소이다. 당신에겐 지금 무공이 중요한 것이 아닌 듯싶소만……."

현백의 말에 죽립이 크게 움직인다. 그리곤 장연호의 목소리가 다시 들려왔다.

"물론 그렇소. 그렇지 않았다면 내 여기 있지도 않았겠지. 지금은 나의 내자에 대한 생각만으로도 힘드오."

그의 말에 현백은 병색이 완연한 여인에게로 눈을 돌렸다. 여인은 수혈이 짚였는지 세상모르고 자고 있었다.

"제대로 소개시켜 주면 좋으련만. 아쉽게 그럴 수가 없소이다. 양해를 바라오."

"개념치 마시오."

현백은 아무렇지도 않다는 듯 입을 열었고 장연호는 죽립

속에서 보이지 않는 웃음을 지었다. 그렇게 두 사람이 조용히 찻잔에 신경을 기울일 때였다.

투우웅! 촤라라락!

"아이구, 손님! 조심하세요!"

점소이의 다급한 목소리가 들려오고 한 사내가 허겁지겁 안으로 들어서고 있었다. 사내가 입은 푸른 도복엔 녹색 풀물이 잔뜩 들어 있었는데 그는 다가서는 점소이는 본체만체하며 주위를 둘러보고 있었다.

문득 현백은 그 모습이 낯익은 것을 느꼈다. 그러다 그의 기억이 확연히 살아났다. 그는 규앙 도장 밑에 있던 경호라는 이름의 청년이었다.

기억이 난 것은 현백뿐만이 아니었다. 경호 역시 현백의 얼굴을 잠시 바라보다 이내 달려오고 있었다. 그리곤 다가와 입을 열었다.

"현 대협! 현 대협이 계셨군요! 잘되었습니다!"

"경 형이군요. 기다리고 있었소이다."

경호는 허겁지겁 달려온 것을 티내는지 바로 의자 하나를 끌어와 앉고 있었다. 그리곤 주위를 살피다 장연호의 빈잔을 보곤 바로 끌어당겨 찻물을 따랐다.

"잠시 실례 좀. 크아아아, 아이 이제 좀 살 것 같네……."

연거푸 세 잔을 마신 후 그는 한숨을 크게 쉬었다. 그리곤 현백을 향해 입을 열었다.

"찾았습니다. 상호산 부근에 상문곡이란 곳에 꽤나 큰 세력이 있는 듯 보였어요. 검은 옷을 입은 자들이 뭔가를 들쳐메고 들어가는 것을 저와 사형들, 그리고 사부님께서 보셨습니다. 틀림없어요."

"상문곡이오?"

현백은 말과 함께 혁련월에게 시선을 주었다. 그러자 혁련월은 고개를 갸웃거리며 입을 열었다.

"그곳엔 사람이 살 만한 구석이 없는데… 극음의 기운이 담겨진 곳이라 사람이 살기 힘든 곳이오. 설마 그런 곳에……."

혁련월은 조금 이해가 안 간다는 듯 말을 했지만 경호는 고개를 좌우로 저었다. 그리곤 힘있는 목소리로 다시 말했다.

"틀림없는 상문곡입니다. 제가 봤다니까요?"

경호가 눈까지 부라리는 것을 보니 정말 보기는 본 것 같은 생각이 들었다. 한데 그때였다.

"상문곡이란 곳에 뭐가 있다고 그러느냐? 그리고 넌 규앙 사숙님을 모시고 있지 않았더냐?"

"예? 뉘, 뉘신지?"

갑작스런 목소리에 경호는 두 눈을 부릅뜨며 자리를 박차고 일어났다. 뭐가 뭔지 멍한 기분에 그는 그저 죽립인을 보기만 하고 있었는데, 문득 그의 눈에 옆에 자고 있는 여인이 들어왔다.

그리고 그 여인을 본 순간 경호는 벼락이라도 맞은 듯 몸을 쫙 펴고 말았다.

"자… 장 사숙! 장 사숙님이십니까!"

"녀석… 다 알면서 웬 호들갑이냐?"

"이야, 장 사숙님! 정말 오랜만입니다!"

굉장히 어려워하는 줄 알았건만 경호는 붙임성 좋게 그의 팔을 잡고 매달렸다. 장연호는 그제야 죽립을 벗으며 미소를 보여주고 있었다.

생각보다 나이가 어린 사람이었다. 사십을 넘어갈 것으로 생각했건만 현백과 비슷한 나이로 보였다. 하긴 옆의 여인을 보면 나이가 많을 것 같지는 않지만 말이다.

"근데 장 사숙님, 왜 여기 계십니까? 소림사에 계셔야 되는 것 아닙니까?"

"그럴 일이 좀 있다. 아까 하던 이야기나 해보거라. 대체 무슨 일이 있는 것이냐?"

경호는 그제야 손짓 발짓을 하며 이야기하기 시작했다. 현백을 만나고부터 수해를 막고 고마운 마음에 정체불명의 사람들을 만나려 하는 이야기까지 모두 다 말이다.

"그래서 지금 사형들과 사부님은 그 계곡으로 진입하려 하고 계십니다. 일단 먼저 살피는 것이 좋을 것 같다고 말입니다."

"지금 규앙 도장님께서 안으로 들어가셨단 말이오?"

현백은 얼굴을 굳히며 입을 꽉 다물었다. 그러자 경호는 왜 그러냐는 듯 눈을 동그랗게 뜨며 고개를 끄덕였다.

"뭐 잘못되었나요? 아, 의혹이 있으면 의당 살펴야지요."

오히려 현백의 반응이 이해가 안 간다는 듯 경호는 입을 열고 있었다. 현백은 자리에서 일어서며 입을 열었다.

"물론 규앙 도장님을 믿지 않는 것은 아니나 위험한 일이오. 그 검은 옷을 입은 사람들은 전문 살수들, 게다가 그중 한 명은 상당한 무위를 가지고 있었소."

"…예?"

경호는 불길한 생각이 들었는지 좋지 않은 얼굴을 만들었다. 그러자 혁련월이 나섰다.

"무한에서 일어난 일을 모르시는 것 같군요. 실은 이곳에선……."

혁련월은 간단히 자기소개를 하고 이어 그간 있었던 일을 설명했다. 그러자 경호는 입을 벌리며 놀랐다. 설마 현백이 잡을 수 없는 위인이 있다고는 생각지 않았던 것이다.

"게다가 여기 현백 일행은 상당한 부상을 입어 움직일 수 있는 사람이 거의 없소. 있다면 창룡뿐이지만 그는 지금 일행을 지키고 있소. 함부로 나갈 수 있는 상황이 아닌 것이오."

"그, 그럼 사부님은… 사형들은……."

경호는 그제야 사태의 심각성을 느꼈다. 관부에 도움을 청해도 되겠지만 그땐 이미 늦었다. 지금 당장이라도 경공으로 달려가도 될까 말까인 것이다.

"혁 형께서 일행에게 전해주시오. 난 일단 떠나겠소."

"혼자서 말이오? 내 현백 형의 무공을 보아 알고 있기는 하나 혼자서는 무리요! 무모한 짓이오. 차라리 조금 기다렸다가 분타원들을 데리고 가시오! 아니면 관부의 도움이라도 받아야 하오!"

혁련월은 현백을 말렸다. 당연한 것이 현백이 대단하긴 해도 사람 같지 않는 놈들을 상대해야 했다. 게다가 본진엔 더 많은 자들이 있을지 모르는 상황에서 혼자 보낼 수는 없었던 것이다.

"나를 위해 움직이신 분이오. 조금이라도 지체할 수 없소."

단호한 대답과 함께 현백은 움직이려 했다. 한데 일어난 것은 그 혼자만이 아니었다. 조용히 듣기만 하던 장연호도 일어선 것이다.

"경호야, 나의 내자를 좀 부탁한다. 아침에 일어나면 곧 돌아올 것이라 전하거라."

"사, 사숙님… 감사합니다. 제가 잘 모시겠습니다."

허리 깊이 숙여 인사를 한 후 경호는 재빨리 여인의 어깨를 잡았다. 그리고는 탁자 위에 조용히 내려놓았다.

"그럼, 갑시다."

"……."

상문곡으로 331

고맙다는 인사 정도는 할 수 있건만 현백은 그저 고개만 끄덕였다. 그리곤 움직이는 두 사람의 뒤로 혁련월의 목소리가 들려오고 있었다.

"상문곡은 여기서 서쪽으로 백 리 정도 떨어진 곳이오! 길에 나오는 산이라고는 상호산 하나뿐이니 잘 찾으실 것이오!"

그의 말을 들었는지 못 들었는지 알 수는 없지만 현백과 장연호의 신형은 이미 객잔을 벗어나고 있었다.

2

"……."

"뭐 해요? 어서 가야죠. 현 대형 혼자선 승산없는 거 뻔히 알잖아요?"

이도는 조용히 앉아 있는 창룡을 향해 입을 열었다. 이미 혁련월로부터 소식이 전해진 지 오래였다. 한데 창룡은 아무런 준비도 하지 않았던 것이다.

"이러다 날새겠어요. 정말 안 가려고 이래요?"

답답한 마음에 이도의 목소리는 커졌다. 하나 창룡은 여전히 묵묵부답이었다.

대답 대신 창룡은 눈을 들어 주위를 바라보았다. 그러자 동료들의 모습이 하나둘씩 들어오고 있었다.

지충표와 오유, 그리고 남궁장명은 침상 위에 누워 있었다. 세 사람은 도저히 나설 수 있는 상황이 아니었는데 오유의 상처가 제일 가볍긴 하지만 그래도 쉽지 않은 상황이었다.

게다가 지금 말을 하고 있는 이도 역시 양손에 상처가 심했다. 본인은 가죽 수갑이라도 낀 채 나가겠다고 하지만 그도 쉬운 일은 아니었다. 한마디로 움직일 수 있는 사람이 별로 없는 것이다.

제대로 움직인다고 말한다면 본인뿐이었다. 그러나 그는 움직일 수 없었다. 분명 그는 현백에게 이들을 지킨다는 의사를 전했다. 그럼 그리해야만 했다.

현백이 오지 않을 줄 알고 움직였던 결과가 지금 오유와 지충표의 부상이라는 결과로 나타나 있었다. 또다시 같은 상황을 되풀이할 수는 없는 것이다.

"창룡 형!"

"난 갈 수 없다."

창룡의 반응에 이도는 두 눈을 동그랗게 떴다. 대관절 지금 무슨 짓을 하는 것인지 그는 도저히 이해할 수가 없기에 소리를 질렀다.

"그럼 지금 현 대형이 죽는 것을 두고 보란 말이에요! 어떻게 사람이 그럴 수가 있어요!"

어금니를 꽉 깨문 채 이도는 창룡에게 대들었다. 하나 창룡은 여전히 묵묵부답이었고 그렇게 이도가 막 큰 소리를 다시 내려 할 때였다.

"이도야, 그쯤 해둬라. 창룡의 마음은 너보다 더할 거다."

"……."

문득 들려오는 지충표의 목소리에 이도는 고개를 돌렸다. 지충표는 인상을 쓰며 자리에서 일어나고 있었다. 그 역시 움직이기 힘든 상황이었던 것이다.

"근데 말야, 창룡. 내 너한테 한마디 해야겠다."

"……."

"웃기지 마, 이 자식아."

"……!"

지충표의 말에 창룡의 눈썹이 꿈틀거렸다. 남의 속을 안다고 하더니 전혀 모르는 것처럼 행동하는 것이니 말이다.

"네 생각을 모르는 것이 아니지만 여기 있는 사람들에게 물어봐라, 뭐라고 하나. 결과는 정해진 것이 아니냐?"

창룡은 뭐라고 하려다 입을 꽉 다물었다. 지금 지충표는 그저 창룡을 비난하는 것이 아니었던 것이다.

"짐이 되느니 차라리 죽겠다. 다들 마찬가지일 것이고……. 넌 우리가 죽는 꼴을 꼭 보고 싶단 말이냐?"

"충표, 난……."

지충표의 말에 창룡은 뭐라고 이야기하려다 입을 꽉 다물었다. 지충표는 계속 입을 열었다.

"아쉽게도 현백과 너, 두 사람과 우리의 무공 차이는 상당하다. 그간 우리가 아무리 우겨도 엄연한 현실이다."

지충표의 말은 왠지 설득력이 있었다. 지충표는 잠시 상처가 아픈 듯 입을 다문 채 얼굴을 찡그리다 말을 이었다.

"가라, 창룡."

"……."

"가서 현백을 도와라. 그것도 우리 몫까지. 이도 역시 여기 남아야 할 터이니."

"아녜요, 전……."

지충표의 말에 이도는 발끈하며 양손을 들어올렸지만 이내 입을 다물어야 했다. 확실히 부상이 작지 않았던 것이다.

칭칭 감아놓은 목면천은 언제인지 모르지만 붉게 변해 있었다. 아직 채 다 아물지도 않았던 것이다.

"그러니 가라, 창룡. 그래서 현백을 도와줘. 그게 오히려 우릴 위한 것이다."

"그래요, 가세요. 충표 아저씨 말이 맞아요."

"……."

오유까지 덧붙여 말했지만 창룡은 여전히 말이 없었다. 그저 탁자에 시선을 고정한 채 생각만 계속하는 것처럼 보였던 것인데 그때였다. 뒤편에서 낭랑한 소리가 들려왔다.

"하하하, 여기 계신 분들이 걱정이라면 나를 믿으시오. 내 약속하리다."

낯선 목소리에 사람들은 모두 시선을 돌렸다.

화려한 관복을 입은 채 사람들을 대동한 그는 포정자 종요였다. 그는 의원으로 보이는 사람들을 떼로 데리고 왔던 것이다.

"이 객잔 주변엔 이미 철통같은 경계가 되어 있네. 그러니 걱정 말고 가시게나. 본의 아니게 문 앞에서 엿듣게 되었으이……."

차분한 목소리로 입을 여는 종요를 보며 결국 창룡은 결정을 내렸다. 그는 수중의 장창을 손에 쥐고 일어났던 것이다.

"그럼, 부탁드립니다."

조용히 입을 여는 창룡을 향해 종요는 사람 좋은 미소를 머금었다. 창룡은 바로 신형을 돌려 방문을 나섰다.

"제길, 내 생애 이렇게 죽고 싶은 적은 처음이다."

"저도요."

지충표와 오유의 중얼거림 속에서 이도는 고개를 푹 숙였다. 의원이 다가와 상처를 보려 했지만 그는 손을 들려고 하지도 않았다.

마치 패잔병과 같은 자신의 처지를 생각하니 한심해서 그런 것인데 차라리 약을 먹고 잠에 빠진 남궁장명처럼 되었으면 하고 생각했다. 그럼 이런 못난 꼴을 당하진 않을 테니 말이다.

"일단 이 탕약부터 드시지요. 심신을 편하게 해줄 것입니다."

마치 이도의 마음을 알아서인가? 종요가 데려온 의원이 탕약 하나를 내밀고 있었다. 이도는 기다렸다는 듯이 탕약을 받아 들었다. 그리곤 뜨거운 탕약을 단숨에 들이마시고 있었다.

"옳지, 그래야 합니다. 그래야 빨리 낫지요. 핫핫!"

의원은 뭐가 좋은지 너털웃음을 짓고 있었다. 왠지 그 웃음이 보기 싫어 이도는 다시 고개를 떨구었다. 세상 모든 사람들이 자신을 비웃는 것 같아 보였던 것이다.

"자, 그럼 푹들 쉬시구려. 본인은 잠시 일이 바빠 다시 관청으로 들어갈 것이오. 여기 있는 사람들 모두 옆에서 있어줄 터이니 행여 무슨 일이 있으면 연락하게나."

"호의에 감사드립니다."

지충표는 사람들을 대신해 인사를 올렸고 종요는 고개를 끄덕이며 신형을 돌렸다. 그러나 돌아서는 그의 입가엔 사이한 미소가 흐르고 있었음을 그 누구도 알 수 없었다.

*   *   *

"아무래도 이곳이 곡구 같구려."
"그래 보이오."

새벽녘이 다 되어서야 현백과 장연호는 어떤 장소에 도착할 수 있었다. 짙은 어두움이 특하나 더 짙은 곳, 무림인의 안력으로도 저 안을 들여다볼 수 없을 정도로 어두운 곳이었다.

조금 전 그들은 상호산이란 곳을 찾았고 그 산 뒤의 계곡을 찾았다. 사방에서 높은 산이라고는 이것 하나뿐이라 더 이상 다른 지형이 있을 수 없었던 것이다.

그리고 몇 걸음 더 앞으로 가자마자 맞게 왔다는 느낌이 들었다. 피비린내가 진동하고 있었던 것이다.

"이미 시작된 건가?"

작은 중얼거림과 함께 현백은 앞으로 더 나아갔다. 그러다 어느 한순간 신형을 멈추었다.

발밑에 한 구의 시신이 있었던 것인데 싸늘하게 식은 지 오래였다. 벌써 상당한 시간 전에 누군가 이곳을 통과했었던 것이다.

"가슴뼈가 으스러진 것을 보니 중검의 흔적. 아무래도 사숙님께선 이미 들어가신 것 같소."

"……."

현백은 고개를 끄덕이며 성큼 다리를 내밀었다. 그리고 그 다리를 채 딛기도 전이었다.

파아앗!

어둠 속에서 상당한 기운이 담긴 공격이 날아오고 있었다. 현백은 오른손에 도파를 꽉 잡았지만 이미 조금 늦은 감이 있었다.

하나 현백이 나설 필요가 없었다. 바로 옆에 있던 장연호가 손을 쓰고 있었다.

피이이! 키리리리릭! 파아앗!

기묘한 검술이었다. 날아오는 자를 향해 정면으로 검을 찌른 채 손목만으로 제압하고 있었다. 그의 검은 마치 눈이라도 달린 듯 휘어지며 상대의 목줄을 끊어놓았던 것이다.

그러나 그것은 눈의 착각일 뿐이었다. 실제론 엄청난 손목 힘으로 움직이는 것이었고 상대는 어떤 검에 당할지 알 수가 없었다. 그러니 당하는 것이다.

물론 그것이 장연호가 쓰는 탈명검의 전부는 아니지만 그 속도로 보면 쾌검도 보통 쾌검이 아니었다. 게다가 장연호의 신형은 어느새 이 장여를 미끄러져 나가 있었다.

확실히 군더더기없는 깔끔한 동작, 충분히 대단하다고 할 만했다. 현백은 고개를 살짝 끄덕여 감사의 표시를 했고 장연호는 아무것도 아니라는 듯 앞장을 서 나가기 시작했다.

가면서 보니 점점 그 시신들의 수가 많아지고 있었다. 아까의 공격은 그중 살아남은 몇몇이 한 듯했는데 장연호와 현백은 잠시 걸음을 멈추고 상황을 살폈다.

저기 한 삼십여 장 앞에 작은 불빛들이 흘러나오고 있었다. 그곳이 이곳 상문곡의 중심부인 듯한데 규앙 도장 일행이 어느 쪽으로 갔는지 짐작도 되질 않았다.

"찾는 것보단 불러내는 것이 나을 듯한데, 어떻소?"

"동의하오."

현백의 짧은 한마디에 장연호는 서서히 내력을 끌어올리고 있었다. 그러다 문득 뒤쪽에서 느껴지는 거대한 기운에 깜짝 놀라 시선을 돌렸다.

"……."

현백이었다. 어느새 상당한 기운을 끌어올린 현백의 두 눈 끝엔 긴 빛의 꼬리가 달려 있었다. 장연호는 그 모습에 고개를 끄덕였다.

암습 하나도 제대로 못 막는 사람인 줄 알았건만 그게 아니었다. 역시 한 수가 있었던 것이다. 개방의 명사찬이 이야기한 이유가 있었던 것이다.

"하면 저자들을 불러내겠소."

"부탁하오."

현백의 말에 장연호는 고개를 끄덕이며 앞으로 나섰다. 그리곤 수중의 장검에 기운을 불어넣고 있었다.

우우우우웅!

청백색으로 빛나는 검날을 치켜든 채 장연호는 앞으로 한 걸음 나섰다. 그리곤 양팔로 꽉 쥐고는 그대로 쳐내렸다.

"하압!"

쿠구구구구궁!

지면을 가르며 장연호의 검기가 치달아가고 있었다. 뭐 지면을 가르고 간 일격이라 그리 큰 효과는 없었지만 목적은 충분히 달성할 수 있었다. 갑자기 저 앞에서 수많은 기운들이 느껴졌던 것이다.

스스스슷!

순식간에 퇴로까지 막힌 두 사람은 누가 먼저랄 것도 없이 등을 밀착시켰다. 문득 두 사람의 귓가에 누군가의 목소리가 들려오고 있었다.

"오늘따라 상문곡을 찾으시는 분들이 많구만. 게다가 이번엔 월척이라."

목소리는 낯설지만 그의 눈빛은 낯설지 않았다. 바로 현백과 동수를 이루며 도망친 그자였던 것이다.

"현백, 그냥 조용히 있으면 될 것을 왜 여기까지 왔나?"

마치 친근한 친구에게 하듯 입을 열었지만 현백은 그 말이 친근하게 느껴지지 않았다. 이미 그가 한 일을 생각하면 친근하게 느낄 수가 없었던 것이다.

"남의 이름을 부를 땐 그만한 준비가 되어 있어야 하겠지. 본인의 이름부터 밝히는 것이 먼저 아닌가?"

현백은 낮지만 내력을 실어 말했고 상대는 그 말에 어깨를 살짝 들썩이고 있었다. 아마도 웃는 것처럼 보였는데 이어 그의 손이 허공으로 들렸다.

화아아악!

순식간에 수십여 개의 횃불이 켜지며 마치 대낮처럼 밝아졌다. 현백은 잠시 눈을 좁혔다가 이내 다시 떴다. 그러자 오장여의 앞에 한 사람이 서 있는 것이 보였다.

"내 이름을 밝혀달라……. 과거 운남의 산천을 떨게 만들었던 전호의 명성으로 볼 때 조금 어울리지 않는군. 안 그런가?"

"……."

사내의 목소리에 현백은 어금니를 꽉 깨물었다. 이미 자신에 대한 조사를 상당히 한 것처럼 보였는데 어쩐지 좋지 않은 기분이 들고 있었다.

"규앙 사숙님은 어디 있나?"

이번엔 장연호의 입술이 열렸다. 장연호는 신형을 돌려 한 걸음 앞으로 나서고 있었는데 사내는 죽립을 쓴 그를 향해 입을 열었다.

"이것 참, 방금 옆에 있는 현백이 이야기하지 않았나? 더욱이 방문자로서 이름 정도는 이야기해 줄 수 있을 텐데?"

사내는 현백의 말을 빗대어 놀리고 있었다. 장연호는 앞으로 다시 한 걸음 크게 내디디며 입을 열었다.

"말장난 따위나 하러 온 사람이 아니다!"

시링! 피이이이잇!

그는 그저 허공에 검을 휘둘렀을 뿐이었다. 그러나 그 검에선 한줄기 빛살이 뿜어져 나갔다. 그러자 사내는 대경하며 손을 들어 이를 막아내었다.

키기기긱! 파아앗!

"흑!"

사내의 뒤편에 서 있던 사람이 가슴을 부여잡고 쓰러지고 있었다. 그저 어깨 윗부분을 좀 깊게 다친 듯했는데 사내는 다시 일어서지 못하고 있었다. 잘게 몸을 떨 뿐…….

그저 사내가 장연호의 검기를 막아 흘렸을 뿐이었다. 분명 그는 허공으로 방향을 잡아 퉁겼는데 검기는 살아 있는 듯 빙글 돌아 뒤편에 있던 흑의인을 격살한 것이다.

"…탈명검!"

죽립인이 뽑아 든 송문고검과 살아 있는 듯 휘어지는 검기. 거기에 스친 듯하지만 치명상을 입는 것은 누가 봐도 잘 알 수 있는 노릇이었다. 사내는 탈명검을 익힌 사람이었던 것이다.

"탈명천검사 장연호로구나!"

예상외였던지 사내의 얼굴빛이 조금 핼쑥해졌다. 하나 이내 신색을 회복하며 입을 열었다.

"허허허! 오늘 이 양모가 호강을 하는구려. 당대의 새로운 신진고수들을 한꺼번에 둘이나 보다니."

스스로를 양모라 밝힌 그는 곧 차가운 눈빛으로 바라보았다. 그리곤 두 사람을 향해 소리쳤다.

"비록 여기 내 아이들 개개인의 무공은 너희들보다 낮을지 모른다. 하나……."

그는 잠시 시간을 두고 입을 닫았다. 그리고는 양손을 들어 올리며 다시금 입을 열었다.

"다 함께 있다면 너희 둘 정도는 큰 문제가 아니다. 먼저 침입한 놈들의 생사를 알고 싶다면 어디 한번 이들을 꺾어보거라!"

피시시시시.

밝혀졌던 수십여 개의 횃불이 모두 꺼지고 세상은 다시 어둠 속에 잠겼다. 그 어둠의 끝에서 한 사람의 목소리가 들려왔다.

"현 형, 아무래도 조금 있다 봬야 할 것 같소."

"저 역시 시간이 걸릴 것 같소이다."

차분히 대화를 주고받은 두 사람은 거리를 두고 떨어지고 있었다. 밝게 빛나는 현백의 눈과 검기를 받은 여린 송문고검의 불빛만이 세상에 존재하는 유일한 빛이었다.

*　　　*　　　*

"여기 이 객잔이오."

"후… 이제 다 온 것인가요?"

개미 한 마리 보이지 않는 인적 드문 성도 거리에 두 사람이 서 있었다. 한 사람은 어떤 여인을 등에 업고 구슬땀을 흘리고 있었고, 또 한 사람은 그런 사내를 부축하고 있었다.

바로 황학루에서 쉼없이 달려온 혁련월과 경호였다. 두 사람은 일단 부상당한 현백 일행이 머무는 곳으로 온 것인데 혁련월은 왠지 이상한 기분이 들었다.

"이 빌어먹을 놈들이, 번을 서라고 몇 번을 말했거늘……."

이미 해가 떠 세상이 밝아졌는데도 번 서는 자가 없다는 것은 정말 이상한 일이었다. 설사 졸았다고 해도 이 앞에서 졸아야 하는 것이다.

"일단 들어가 보죠. 사숙모님부터 모셔야겠습니다."

"그럽시다."

경호의 말에 혁련월은 바로 문을 열고 들어갔다. 그리곤 손을 들어 이층을 가리키며 입을 열었다.

"이층 첫 번째 제일 큰 방이오. 난 아이들부터 찾아야겠소이다. 내 이놈들 오늘 완전히 요절을 내버려야겠소."

"알겠소. 그럼……."

혁련월은 일층의 곳곳을 찾아다녔고 경호는 한달음에 객방으로 올라갔다. 그리고 힘겹게 문을 열고는 그 자리에서 굳었다.

"뉘, 뉘시오!"

"……."

그곳엔 두 명의 노인이 서 있었다. 다른 사람이라고는 전혀 없었는데 이건 방을 잘못 찾은 것이 아닌가 하는 생각을 하게 만들 정도였다. 그러나 일층의 제일 첫 방은 바로 이 방이었다.

"어린 녀석이 말을 함부로 하는구나! 우리가 누군지 묻기 전에 너부터 신원을 밝히거라!"

그중 키가 큰 노인이 호통을 치자 경호는 등허리에 식은땀이 흐르는 것을 느꼈다. 음성에 실린 내력이 보통이 아니었다. 경호는 옆의 의자에 여인을 앉히고는 바로 검을 뽑아 들었다.

치링!

"남의 방에 와 있으니 함부로 말할 수밖에! 당장 신원을 밝히지 않는다면 내 손속을 원망하지 마시오!"

비록 경호의 무공은 그리 크지 않았지만 지금은 어쩔 수 없었다. 죽더라도 여인을 지켜야 하니 말이다.

그리고 이렇게 큰 소리를 지르면 밑에 있는 혁련월이 들었을 터였다. 즉, 조금만 시간을 벌면 되는 것이다.

하나 상황은 그렇게 쉽지가 않았다. 키 작은 노인이 마치 쭉 늘어나듯 눈앞으로 다가오더니 귀신같은 손놀림을 보여준 것이다.

타타타탓!

뼈가 없다고 해야 하나? 한 손으로 검을 휘감았다고 생각하는 순간 이미 검은 그의 손에서 떠나 있었다. 경호는 눈을 크게 뜨며 입만 벌리고 있었다.

"흐음, 송문고검을 보니 무당의 아이로구나. 한데 어째서 네가 이 방의 주인이라 하는고? 이 방의 주인은 다른 사람이 아닌가?"

"아… 그게… 저…….."

일순 어떻게 이야기해야 할지 몰라 경호는 말만 더듬고 있을 때였다. 뒤쪽에서 언제 나타났는지 혁련월의 목소리가 들리고 있었다.

"무슨 일……! 자… 장로님!"

혁련월은 주먹을 쥐고 뛰어 올라오자마자 바로 무릎을 숙여 오체복지하고 있었다. 경호는 문득 그가 한 말이 생각났다.

장로… 그럼 이 두 사람은 개방의 장로란 뜻이었다. 개방의 장로는 모두 셋이었고 그중 두 명이 눈앞에 있다는 말이었다.

"개방 무한 분타주 혁련월, 모인 장로님과 양평산 장로님을 뵙습니다."

"…붕천벽수사! 일지신개!"

빙글빙글 웃으며 자신을 바라보는 그들의 정체를 그제야 경호는 알 수 있었다. 그는 실태를 깨닫고 바로 포권을 취하며 입을 열었다.

"무당의 경호, 개방의 어르신들을 뵙습니다. 무례를 용서하십시오."

"허허허, 고놈, 참 똘똘한 놈이로다. 한데 다들 어디로 간

게냐? 분명 이곳이라 연락을 받았거늘. 우리도 지금 방금 와 뭐가 뭔지 모르겠구나."

모인은 허허롭게 웃으며 입을 열었다. 그러자 혁련월의 몸이 상당히 심하게 떨리고 있었는데 그건 분노하고 있는 모습이었다.

"무슨 일이 있는 것이냐? 어째서 그러하느냐?"

양평산이 이상한 기분이 들어 입을 열자 혁련월은 이를 꽉 다물며 말했다.

"말씀드리기 부끄럽습니다만… 아무래도 납치당한 것 같습니다! 방금 전 후원에서 이곳을 지키던 아이들이 모두 시신으로……."

"뭐라!"

모인의 입에서 일갈이 터져 나왔다. 그는 허리를 쭉 펴며 주위를 둘러보고 있었다. 그 어디에서도 싸운 흔적은 없었던 것이다.

한데 이들이 없어졌다라… 그건 어떤 가능성을 이야기하고 있었다. 잘 아는 사람에게 당한 것이다.

"현백은? 현백과 창룡도 모두 당한 것이냐?"

"아닙니다. 현 형은 지금 상문곡이란 곳으로 향했습니다. 창룡은 저도… 모르겠습니다."

"상문곡? 그곳은 왜?"

모인은 빠르게 혁련월을 채근했는데 혁련월은 그간 있었

던 일을 차분하게 말했다. 그러자 모인의 눈에서 불길이 솟았다.

"하면 지금 어떤 놈이 장난을 친 것이로구나. 간이 큰 놈이로다!"

"형님, 상문곡으로 가실 것입니까?"

모인의 목소리에 양평산이 물었지만 모인은 고개를 좌우로 저었다.

"아니야, 탈명천검사 장연호가 같이 있다면 당분간은 괜찮을 것이야. 일단 여기서 사라진 사람들을 찾아야 한다."

모인은 차가운 목소리로 입을 열었고 이어 혁련월에게 소리쳤다.

"삼장로의 권한으로 명령한다! 지금 즉시 주변 분타의 걸개들을 모두 모아라! 한시가 급하느니라!"

"알겠습니다! 장로님! 그럼."

혁련월은 빠르게 일어나 사라지고 있었다. 모인은 바로 신형을 돌려 뭔가 증거가 될 만한 것을 찾기 시작했다. 사람이 있었던 흔적은 그대로 있었던 것이다.

그중 모인의 눈에 띈 것이 하나 있었는데 바닥을 구르는 사기그릇 하나였다. 그 안에 약간 검은 액체가 눈에 띄었던 것이다. 모인은 손가락으로 살짝 찍어 맛을 보았다.

"퉤! 미혼분의 맛이구나. 그럼 의원 놈들부터 알아봐야겠다."

"그렇게 하겠습니다. 형님, 전 일단 주변의 의원을 보지요."

"그래, 자네가 좀 수고해 주게."

모인의 말이 끝나자마자 양평산의 신형은 사라졌다. 경호는 그저 멍한 채 어디로 사라진지 모르는 양평산의 흔적을 쫓았는데 아무리 봐도 흔적은 없었다.

"대체… 무슨 일이 있었던 것이냐……."

텅 빈 방 안에선 모인의 혼잣말만이 울리고 있었다.

*　　　*　　　*

"장연호와 현백이라… 생각하기도 싫은 조합이 눈앞에 있군 그래."

"아이들의 손실이 너무 큽니다. 지금이라도 손을 쓰시는 것이 어떻습니까?"

정갈한 방 안에서 두 사람이 이야기를 나누고 있었다. 청의 무복을 입은 사내와 검은 옷을 입은 사람이었는데 바로 초 대인이라 불리던 자와 밀천사 양각이었다.

"아니, 아직 그렇게 힘든 상황은 아니지 않나? 그리고 설사 그렇다 해도 낭인들을 쓸 때가 아니지. 그러기엔 너무 아까워."

"……."

초 대인의 목소리에 양각은 양손을 꽉 쥐었다. 이대로 나간다면 현백과 장연호를 죽일 수도 있었지만 그 역시 모든 것을 다 잃을 판이었다.

양각의 밑엔 총 육백 명의 사람들이 있었다. 그중 일급살수라 불릴 만한 사람들은 백여 명뿐이었고 나머진 좀 떨어지는 사람들로 오백여 명이 있었다.

지금 저 현백과 장연호를 상대하는 것은 그 오백여 명의 살수였다. 해가 뜨지 않았던 새벽부터 중천에 떠 있을 때까지 싸웠으니 족히 여섯 시진은 싸웠을 텐데 이미 반수가량의 사람들이 쓰러진 상태였다.

이대로 가다간 일류살수까지 모두 써야 할 판인 것이다. 그러니 양각으로선 답답할 노릇이었다. 이런 데 쓰라고 만든 녀석들이 아니니 말이다.

"헛헛, 자네 요즘 정말 조급해졌군 그래. 천천히 생각하게. 내게 중요한 것은 자네의 병력이 아니라 자네일세."

"……."

힘이 아니라 사람을 원한다라… 듣기에 따라선 아주 좋은 말이지만 이미 양각에겐 다른 의미로 다가오고 있었다. 그저 달래는 말로밖에 들리지 않았던 것이다.

"저는 요즘 불안합니다. 저희가 하는 일 모두가 다 말입니다."

"응?"

상문곡으로

뜻밖의 말이었는지 초 대인은 눈을 동그랗게 만들었다. 양각은 그 눈을 피하지 않으며 말했다.

"신념이 있었습니다. 제가 하는 일 하나하나가 모두 강호의 안녕을 위한 초석이라고 여겼습니다. 그건 대인께서도 잘 아실 것입니다."

"물론일세. 내가 내 입으로 그리 이야기했지. 어찌 내가 잊을 수 있겠나?"

"하면 감히 여쭙겠습니다. 지금도 그 생각엔 변함이 없는 것입니까?"

양각은 진지했다. 초 대인도 더 이상은 웃는 얼굴로 그를 대할 수 없다는 것을 깨닫고 진지한 얼굴로 입을 열었다.

"물론일세. 그리고 그날이 멀지 않았네. 모든 것이 다 순리대로 되어간다면 그땐… 내 분명히 말해줌세. 하나 지금은 아직 아니네. 나의 이름 초호라는 두 글자를 걸겠네."

결국 별다른 이야기는 없었지만 양각에겐 그 말 한마디면 족했다. 양각은 얼굴에 작은 미소를 띤 채 입을 열었다.

"알겠습니다. 대인, 그럼 전 이만……."

양각은 고개를 깊이 숙이고는 움직이기 시작했다. 그는 다시 저 앞으로 나가려 하고 있었다. 현백과 장연호가 있는 그곳으로 말이다.

그가 나가고 나서 초호는 그저 그의 등만을 바라볼 뿐이었다. 머릿속으로 자신과 양각의 인연을 다시금 떠올리기 시작했다. 그를 처음 만나서부터 지금의 위치에 이르기까지 행했던 수많은 일들이 말이다.

그 모든 기억을 다 되새긴 이후에 초호는 잠시 생각에 잠겼다. 그리고는 허공을 향해 조용히 입을 열었다.

"진위장. 진위장 거기 있나?"

"예, 대인."

칙칙한 어둠 속에서 한 사람이 앞으로 나오고 있었다. 거대한 체구에 듬성듬성 수염이 난 사람이었는데 초호는 그를 보지도 않은 채 입을 열었다.

"이곳을 버린다. 대원들 전부 철수 준비를 하게. 비상 집결지에서 만나기로 하지."

"알겠습니다. 하면 다른 사람들은 어찌해야 합니까?"

"……."

진위장이란 자의 말에 초호는 잠시 생각을 하는 듯했다. 그러나 이내 그의 입은 열렸다.

"마침 무한에서 연락이 왔었다. 현백의 일행을 붙잡고 있다 하더군. 새로 들어온 아이들 좀 붙여서 고도간에게 내어주어라. 그럼 알아서 할 것이다. 그리고 미호는 스스로 알아서 하게 놔둬라. 쫓아온다면 막지 말고. 눈치 하나는 빠른 계집이니."

"예, 대인."

말과 함께 진위장은 다시금 어둠 속으로 사라져 가고 있었다. 초호는 조용히 고개를 돌렸다. 그리곤 저 앞의 전장으로 천천히 걸어가는 양각의 뒷모습을 보며 작게 입을 열었다.

"양각… 미안하네… 부디 날 용서하시게."

스스슷! 파아아앗!

한 번의 움직임에 두 명의 흑의인이 떨어져 나갔다. 현백은 흑의인들이 떨어져 나가자마자 오른발에 힘을 주며 뒤로 움직였다.

카라라랑!

그가 있던 자리엔 어김없이 병기들의 울림이 들려왔고 현백은 다시 몸을 움직였다. 앞으로 나가는 듯하다가 기운을 살짝 왼쪽으로 틀었다.

스스슷.

또다시 현백의 몸이 떨리고 있었다. 자연스러운 내력의 기운이 몸 안 가득 울리자 현백의 신형은 더 이상 눈으로 잡을 수가 없었다. 현백은 오른손의 도를 휘둘렀다.

파파파팟!

끔찍한 자상에 이어 피가 튀지만 흑의인들에게선 어떤 비명도 나오지 않았다. 필시 혹독한 훈련을 받은 것이 분명했는데 그것도 살수의 훈련일 것이었다.

하나 아무리 살수라도 드러낸 채 덤벼드는 자들을 막지 못할 이유가 없었다. 보이지 않는 곳에서 위험한 것이 살수이지 보인다면 살수가 아니니 말이다.

어쨌거나 지금까지는 어떻게 버티긴 해도 앞으로가 문제였다. 이젠 몸이 조금씩 굳어지고 있었다. 너무 많은 내력을 사용한 것이다.

아무리 현백이 자연의 힘을 사용한다고 해도 결국은 사람, 몸이 피로한 것은 그도 어쩔 수 없었다. 이대로는 위험한 것이다. 한데,

삐이이이이익!

"……"

갑자기 긴 휘파람 소리가 들려오자 현백은 고개를 들었다. 그 소리와 함께 사람들이 썰물 빠지듯 뒤로 물러났는데 반대로 앞으로 나오는 한 사람이 있었다.

아까 전 스스로를 양모라 일컬었던 그자였다. 문득 그의 목소리가 들려왔다.

"이 정도 싸웠다면 충분히 알 자격이 있겠지. 나의 이름은 양각. 여기 이들을 수족같이 여기는 사람이다."

"…밀천사?"

양각이란 이름을 듣자마자 장연호의 목소리가 들려왔다. 고개를 돌린 현백의 눈에 장연호의 모습이 들어왔는데 그 역시 무리를 많이 했는지 검을 쥔 손이 살짝 떨리고 있었다.

"무당의 신성이 보잘것없는 이 몸의 외호를 알고 있다니… 허허, 참으로 신기하구나."

스스로를 밀천사라 인정하는 양각을 보며 장연호는 어금니를 꽉 깨물었다. 그렇다면 이런 공격으로 끝날 리가 없었다. 상대는 살수의 왕이라는 밀천사이니 말이다.

"무슨 수작이냐?"

장연호는 내력을 돋우어 소리쳤지만 양각은 아무 말 없이 손만 들 뿐이었다. 그러자 오른편에서 커다란 소리가 들려왔다.

콰아아아앙!

자욱한 먼지가 피어오르는 것으로 봐 폭약이라도 쓴 듯싶었는데 매캐한 연기가 한차례 피어오른 후 서서히 풍광이 눈에 보이고 있었다.

곡 내의 한쪽에 꽤 큰 구멍이 뚫려 있었다. 양각은 빠른 걸음으로 그곳으로 가더니 신형을 돌리지도 않은 채 입을 열었다.

"나는 살수, 보이지 않는 무기를 쓰는 사람이다. 나를 꺾고 싶다면 이 안으로 들어와야 할 것이다. 아울러······."

"······."

"먼저 온 사람들을 찾으려면 날 꺾어야 할 것이다!"

"······!"

그의 말에 두 사람은 누가 먼저랄 것도 없이 신형을 옮기고 있었다. 양각은 입가에 진한 살소를 머금은 채 안으로 들어가 버렸다.

"괜찮소이까?"

"아직 버틸 만하오."

장연호의 말에 현백은 차분히 입을 열었다. 보폭을 맞추어 걸어가는 두 사람은 전혀 기세를 누그러뜨리지 않고 있었다. 문득 장연호의 목소리가 다시금 들려왔다.

"어쩌면 죽어 천당 가긴 틀려 버린 것 같군······."

자신들이 죽인 시신들을 넘으며 두 사람은 움직이고 있었다. 아무리 적게 잡아도 칠십 이상의 사람들이 그들의 손에 죽었다. 사정이고 뭐고 살인을 한 것은 사실인 것이다.

"지옥에서 부른다 해도 상관없소······."

한데 현백의 입에선 당당한 목소리가 흘러나왔다. 장연호는 걷는 와중에도 눈을 돌려 그를 바라보았다.

"내가 걷는 길··· 이 길이 옳다면······."

"······."

뜬금없는 이야기였다. 대관절 어떤 의미로 하는 말인지 아리송한 이야기였는데 이만한 사람들을 죽인 것이 정당하다는 말로 들릴 수도 있었고 그보다 더 큰 무엇인가를 이야기하는 것도 같았다.

하나 분명한 것은 그 의미를 알려면 더 결과를 두고 봐야 한다는 것이었다. 장연호는 고개를 끄덕이며 말을 이었다.

"세상이··· 옳고 그름으로 구분되어 있던가?"

마치 지나가는 듯한 그런 가벼운 어투였지만 장연호의 말속엔 현기가 서려 있었다. 현백은 고개를 끄덕이며 다시금 입을 열었다.

"최소한 지금은… 난 그렇게 믿고 있소."

"……."

현백의 말에 장연호는 아무런 대답이 없었다. 그저 작은 웃음만 지을 뿐 움직이는 발걸음조차 줄이지 않은 채 그는 앞으로 움직였다.

현백 역시 장연호와 발걸음을 같이하며 움직이고 있었다. 서로가 어깨를 나란히 한 채 양각이 사라진 곳으로 두 사람 역시 사라지고 있었다.

"옳고 그름이라……."

왠지 모를 자조적인 장연호의 음성만이 바람결에 흘러지고 있을 뿐이었다.

『화산진도』 3권 끝

무한 상상 · 공상 세계, 청어람 신무협&판타지

『한백무림서』11가지 중『무당마검』,『화산질풍검』을 잇는 세 번째 이야기『천잠비룡포』의 등장!!

천상천하 유아독존!!
새로운 무림 최강 전설의 탄생!!

『천잠비룡포』
(天蠶飛龍袍)

천잠비룡포(天蠶飛龍袍) / 한백림 지음

천잠비룡황, 달리 비룡제라 불리는 남자.

그는 누군가의 명령을 받고 움직이는 남자가 아니다.
그는 자신의 적을 앞에 두고 물러나는 남자가 아니다.
그는 자신의 이름 안에 있는 자들의 원한을 결코 잊는 남자가 아니다.

그 누구보다도 결정적이고 파괴력있는 면모를 지닌 남자.
황(皇)이며, 제(帝). 그것은 아무나 지닐 수 있는 칭호가 아니다.
그는 제천의 이름으로도 제어할 수가 없는 남자였다.

무적의 갑주를 몸에 두르고
가로막은 자에게 광극의 진가를 보여준다.

유행이 아닌 자유추구 -
WWW.chungeoram.com

청어람 판타지의 재도약!!

혁신과 **참**신함으로 무장한
새로운 판타지 전문 브랜드의 탄생!

「알바트로스」
Albatros

판타지계의 커다란 근간을 이뤄온 청어람 판타지 소설!
새로운 브랜드「알바트로스」라는 커다란 날개를 달고
거대한 웅비를 시작합니다.

알바트로스는 판타지의, 판타지를 위한 개척자이자 도전자로 존재하겠습니다.
알바트로스는 형식적이고 나태해진 판타지계의 구습을 벗어나겠습니다.
알바트로스는 판타지계의 도약을 위한 든든한 날개 역할을 묵묵히 수행합니다.
알바트로스는 변화와 혁신을 통해 새롭게 태어날 환상 공간입니다.
알바트로스는 판타지를 아끼고 사랑하는 이들을 향한 청어람의 굳은 약속입니다.

다세포 소녀
원작 만화 출간!!

2006 부천 국제만화상 일반부문 수상!!

전국 서점가 최고의 화제작!
OCN 슈퍼액션 드라마 시리즈 방영!
왜? 사람들은 다세포 소녀에 주목하는가!
상식을 뒤엎는 기발하고 엉뚱한 상상력!

『다세포 소녀』의 숨겨진 힘!!
다세포 소녀 원작만화 (전 5권 예정)
B급 달궁 글·그림 | 값 9,000원 / 부록 예이츠 시집

몇 페이지만 읽어도 좌중을 휘어잡을 이야깃거리가 넘쳐난다!
둔감해진 머리에 영감을 주는 아이디어가 마구마구 솟구친다!
원작을 더욱더 빛내주는 기발한 댓글 퍼레이드!
300만 다세포 폐인을 열광시킨 상식을 뒤엎는 엉뚱한 상상력!

또 하나의 이야기! 또 하나의 재미!
소설『다세포 소녀』
초우 장편소설 | 값 9,000원 / 원작자 B급 달궁

"그건 모르겠고, 나는 외눈의 사랑이야. 사랑을 줄 수는 있어도 마주 할 수 없는 사랑이지. 두 눈을 가진 사람은 주고받을 수 있지만, 나는 주는 것만 할 수 있어. 나는 주는 사랑으로 족해. 외사랑이지."
-외눈박이

초등학생이 반드시 읽어야 할 좋은 책 49권

각 학년별로 초등학생이 반드시 읽어야할 좋은 책을 선정하여 통합논술의 기본이 되는 '올바른 독서법'을 일깨워 줍니다.

교과서와 함께하는 초등학교 통합논술

초등1학년 | 값 12,000원 / 초등2학년 | 값 9,500원 / 초등3학년 | 값 11,000원 / 초등4학년 | 값 9,500원 / 초등5학년 | 값 9,500원 / 초등6학년 | 값 11,000원

♣ **혼자 할 수 있어요.**
엄마가 책 읽는 방법을 가르쳐 주어도 좋아요.
독서지도하는 선생님이 가르쳐 주어도 좋답니다.
"초등 교과서와 함께하는 **통합논술 시리즈**"는
아이 스스로 독서할 수 있도록 꾸며진 책이에요.
엄마와 선생님은 요령만 가르쳐 주시면 된답니다.

♣ **교과서의 중요한 내용이 총정리되어 있어요.**
각 학년별로 중요한 교과 내용이 함께 수록되어 있어요.
초등학생은 교과서 내용을 충실하게 공부해야 합니다.
아울러 그와 병행한 독서가 대단히 중요하지요.
"초등 교과서와 함께하는 **통합논술 시리즈**"는
두가지 방법 모두 알려준답니다.

♣ **이 책은 훌륭하신 선생님들이 함께 쓰신 책이랍니다.**
동화작가 선생님들이 쓰셨어요. 소설가 선생님도 쓰셨답니다.
국어 논술독서지도 선생님들도 함께 쓰셨지요.
"초등 교과서와 함께하는 **통합논술 시리즈**"는
엄마의 마음으로 모든 선생님들이 함께 꾸민 책이랍니다.

입소문을 통해 아는 분은 다 알고 계십니다!
올 한해 공인중개사 최고의 화제작!

1~2권 합본 | 이용훈 지음
3~4권 합본 | 이용훈 지음
5~6권 합본 | 이용훈 지음
용 어 해 설 | 이용훈 지음
1~2차 문제풀이집 | 이용훈 지음

수험생 기본 필독서
만화 공인중개사

제목 : 만화공인중개사 쓰신 분에게 감사드립니다.

학원을 두달 다녔어요. 근데 과연 그 숫자 외우기 그런게 몇 문제나 나올까 생각을 했어요. 아니라는 생각이 드네요. 학원강의를 뒤로 하고 서점을 갔어요. 내 머리에 가장 이해될 수 있는 책이 없나 하구요. 거기서 만화를 발견했어요. 무조건 세번 봤어요. 3개월 걸렸어요. 문제집을 보라고 했는데 그건 시행을 못했어요. 근데 합격을 했네요.

어떻게 감사의 말을 해야 될지…

도서관에서 만화책 들고 다니니까 사람들이 비웃더라구요. 만화책으로 공인중개사를 공부한다고 미친사람처럼 보더라구요. 근데 그거 다 감수하고 했던 내가 자랑스럽습니다.

어떻게 감사의 말을 해야 할지 정말 감사합니다.

부디 행복하세요. 제 나이 41살에 좋은 스승을 만난 거 같습니다.

엎드려 감사드립니다.

-본사 홈페이지에 독자분이 올린 메일 中 에서 발췌-

잘나가고 싶은 사람은 읽어라!

그에게 한눈에 반했다! 그것은 분위기 탓?
애인과 나란히 걸어갈 때 당신은 좌, 우 어느 쪽에 서는가?
이성은 왜 서로 끌리는 걸까? 그 심층 심리를 해명한다!

30초의 심리학

■ **30초의 심리학**
아사노 하치로우 지음 / 계일 옮김 / 값 8,500원

처음 본 사람인데 와 닿는 느낌이
너무나도 강렬한 사람이 있다.
흔히 하는 말로 '필이 꽂힌 사람',
그래서 잊혀지지 않는 사람,
한눈에 반했다고 하는 것이 바로 그것이다.
이런 인간의 감정을 논하는 데
남녀의 구분이 있을 수 없다.
사랑하는 그, 혹은 그녀를
생각하는 것만으로도 가슴이 두근거린다.
이상할 것 없다. 당연히 그럴 수 있는 것이다.
그렇기에 인간을 감정의 동물이라 하지 않는가.
그러나 그렇게 좋아하는 그 사람이
어느 날 갑자기 싫어지는 경우는 왜일까?